中考

早知道

——中国学生成长经验之五

刘子仲 编著

只有早知道，才能早准备

只有早知道，才能早预防

只有早知道，才能早成功

九 州 出 版 社

JIUZHOUPRESS

图书在版编目（CIP）数据

中考早知道 / 刘子仲编著 . —北京：九州出版社，
2009.5

（中国学生成长经验；5）

ISBN 978-7-5108-0055-9

Ⅰ. 中… Ⅱ. 刘… Ⅲ. 高中－入学考试－经验 Ⅳ.
G632.474

中国版本图书馆 CIP 数据核字（2009）第 065992 号

中考早知道

作　　者	刘子仲
出版发行	九州出版社
出 版 人	徐尚定
地　　址	北京市西城区阜外大街甲 35 号（100037）
发行电话	（010）68992190/2/3/5/6
网　　址	www.jiuzhoupress.com
电子信箱	jiuzhou@jiuzhoupress.com
印　　刷	北京洲际印刷有限责任公司
开　　本	700×1000 毫米　16 开
印　　张	16.5
字　　数	200 千字
版　　次	2009 年 6 月第 1 版
印　　次	2009 年 6 月第 1 版　第 1 次印刷
书　　号	ISBN 978-7-5108-0055-9
定　　价	28.00 元

出版说明

　　本书是为了让父母和老师在教育子女的过程中尽可能地避免失误，有的放矢，因"材"施教，让孩子在学习的过程中早知道，早起步而特别编写的。

本书的目的：

　　本书旨在帮助初中生及其家长提前预知中考中将要面对的问题，是看得见的"预防针"；可帮助家长老师及学生及时吸取前人的经验教训，是买得到的"后悔药"。

本书的内容：

　　本书紧密围绕"中考"的主题，对中考的考前准备、应试的技巧和策略以及心态、健康等方面的各项事宜，提出了极其详细并极具指导性的意见，希望对在中考路上跋涉的行者和他们的家长起到全程指引的实效。

本书的对象：

　　本书适合初中生及其家长使用，也可供老师、研究者及一切关心孩子成长的读者参考。

九州出版社
2009年5月

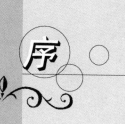

序 ○ 中考路上早知道

　　两千多年前，一位哲人立于河边，面对奔流不息的河水，想起逝去的时间与事物，发出了千古流传的感叹：逝者如斯夫，不舍昼夜。今天不同寻常，因为今天距离中考没有多少日子了；你们不同寻常，因为你们将面临人生的第一次重要的选择；这次选择不同寻常，因为这次选择将决定你是否能顺利升学，是否能坐在重点中学的教室里学习，甚至决定你能否进入象牙塔，进而决定你将来的人生发展。

　　"十年寒窗磨利剑，六月沙场试锋芒"，中考对你们来说不同寻常，因为你们将面临人生的第一次重要的选择。面对即将到来的中考，或许有的同学正在因为自己成绩不理想而彷徨，或许有的同学会因为时间的短暂而叹息，或许有的同学还不以为然逍遥地数着日子。可是同学们，你们知不知道，你们的父母正为你即将到来的中考心急如焚，你们的老师在承受着巨大的压力，你们的竞争者们在摩拳擦掌，跃跃欲试。中考，容不得我们有一丝迟疑，中考，容不得我们有片刻的停滞！中考，我们必须胜利！

　　也许你认为自己不够聪明，但无数人的成功经验告诉我们，影响个人成功的因素有五个：第一是自信，第二是胸怀，第三是勇气，第四是坚持，第五才是聪明。有些同学或许现在成绩不够理想，就不思上进，浑浑噩噩，虚度

时日。成绩一时不理想并不可怕，可怕的是丧失了信心，可怕的是没走上战场就倒了下来。只要把握好考前的每一天，我们就足以创造奇迹！当然，对于有些成绩较好的同学，一定要做到戒骄戒躁，沉下心来，做到更规范、更严谨、更刻苦，这样才能百尺竿头更进一步。

年年有中考，但学生应该怎样复习，怎样考试，家长应该怎样助孩子一臂之力，却是一个常说常新的话题。我们要想让考生省时省力，少走弯路，单纯靠他们在几次考试的实践中来揣摩感悟是完全不够的，而本书的宗旨就是将这些好的方法和技巧，整理归纳并梳理成队，同时指出应用这些方法和技巧的背景环境，力求考生及关心孩子成绩的家长们轻松掌握，达到既知其然，又知其所以然的功效。

我们常常会看到这样的一些现实，有的考生花费了大量的时间和精力用在学习上，却换来不理想的成绩，而另外一些看似不太用功的考生，却学得很轻松，考试成绩也居高不下，为什么呢？其实这没有什么可困惑的，究其根源，就是没有掌握好的学习方法。复习有技巧，应试有绝招，这些都是有规律可循的，本书立足于此，分上、下两辑，上辑主要是针对考生的一些疑问，下辑主要是针对考生家长面临的一些茫然，每辑都从学习、生活、心态等各个方面详细回答并阐述中考所涉及到的重要问题。精选的例子真实生动、趣味性强、可操作性强，是中考生及其家长们不可多得的财富。

读了这本书，你会意识到中考重要但却不神秘，除了要在学习中不断地积累经验，还要多汲取借鉴别人的宝贵经验和成果，充分把握适合自己的方法和技巧。祝大家取得最后的成功！

目录

中考早知道
Zhong kao zao zhi dao

第一章

背上梦想的行囊——学生学习篇

在老师的引导下复习事半功倍

临近中考了，每一位考生都希望自己能够在有限的时间里掌握更多的知识，这种愿望是无可厚非的，但有些人的做法却是不足称道的。

下面先看一些例子。

王捷的第一次中考模拟考试成绩很不理想，现在已经进入第二轮复习了，他希望在冲刺阶段能够尽可能地把成绩赶上来。可是按照老师的指导进行复习，他觉得自己的进步不大，为尽快提高成绩，他开始自行复习，课堂上很少听老师的讲课。但后来他发现自己的这种复习方法效果并不好，主要是找不着复习的侧重点，越学心里越着急，越学心里越没底。后来经过和老师谈心，与同学沟通，他很快改变了复习策略。上课时认真听讲，牢记老师讲的每个知识点；课后再根据自己的薄弱环节巩固提高，这样反而心里踏实了。王捷在顺利地升入重点高中后总结说："复习时千万不要背着老师搞小动作，老师毕竟经验丰富，只要自己在复习中思维紧跟老师，并融入自己的学习方法和知识点的掌握情况，一定会取得明显进步。切记'心急吃不得热豆腐'的道理。"

在班级成绩属中等偏上的赵文浩同学临近中考时变得焦虑起来，为了能够快速地提高中考成绩，跨进理想的高中，他打起了吃小灶的主意，同样父母立刻给他请来了一个大学生，赵文浩又自作主张地买了一些课外学习材料，背着老师开始在家里另行备考。但结果怎样呢？因为家教毕竟不是毕业班的老师，他能做到的就是帮助解题，但他对中考大纲又不甚了解。不了解中考大纲，就只能进行盲目地辅导，所以在短期内要想把成绩提高到一定层次上的可能性几乎为零，本来很有机会升入重点高中的赵文浩却没考上，自己的付出没有得到应有的回报，真是悔不当初。

　　其实毕业班的老师都是非常敬业的，他们会倾尽毕生的心血来辅导学生，试想有哪一位老师不希望桃李满天下呢？老师们有着多年的教学和辅导经验，他们的教学计划具有很明确的针对性，所以他们才是最能把握分寸的人。他们既能将有效的知识有计划、分步骤系统地传授给学生，又能详细地介绍解题技巧。因此在课堂上一定要做到随时随地不走神，课后尽可能地完成老师布置的复习材料，这样才会增进对老师下一步课程的理解，形成良性循环。很多同学在冲刺复习时往往会有这样一种感受，即老师所讲解的知识点早就掌握了，而自己的不懂之处老师又较少提及。也有学生走入了两大误区：一是抵触老师的授课规划和知识链接，二是独自钻研生涩艰难的试题。其实这样的考生都忽略了一个十分重要的问题：那就是中考不是竞赛，它不会曲高和寡；而老师是过来人，他知道如何引导你。老师可以说是最了解每一位学生的人，一个带毕业班的教师也一定有他的过人之处，所以如果你对课堂上老师所讲授的内容没有完全理解的，或是就自己的实际复习情况有困惑之处的，一定要及时请教老师。老师是能够赐给你金玉良言之人。有了这些金玉良言，你将受益匪浅。

　　下面再看一个紧跟老师的复习步伐走，最终取得了优异的中考成绩的例子，希望能给广大的考生带来启迪。

　　孙龙昊同学是辽宁省实验中学高一学生，是沈阳市 2005 年中考状元。孙龙昊初中就读于沈阳市敬业中学。初中三年学习生活，孙龙昊一路平淡地走过来。"就是刚升到初三的时候，稍微有些紧张。"孙龙昊回忆自己的初三经历，得出最重要的结论是一定要紧跟老师的复习节奏走，"即使初三备考最紧张的那会儿，我晚上学习也不超过 11 点。"孙龙昊当然也不认为自己的学习习惯就是最好的。他的意思是一定要选择一种最适合自己的学习习惯和方式，而这一前提是让自己每天的学习效率最高，让自身处于最佳的学习状态。充分利用在校学习时间。因为老师布置的题型、题量都是事先选择过的，经过多年实践检验的，所以最好不要另起炉灶。

从上面正反两个方面的例子来看，只有紧跟老师的复习步伐，才能牢固地掌握中考所要求的知识，背着老师另搞一套，是最不明智的做法，走了弯路不说，还会产生背道而驰的恶果。

小 贴 示

那种独树一帜、走偏激路线的方法是不可取的，就像离群单飞的大雁很容易迷失方向，独自流浪的动物很容易被猛兽吃掉一样。只有跟上队伍不掉队，才能保证前进的步伐。

要制定合理的复习计划

中考对一个人来说无疑是一次重要的挑战。怎样迎接挑战，并成为竞争中的胜利者，我认为除考生自身的实力外，还与考生的复习计划是否合理等许多因素有关。当中考进入倒计时阶段，每一位面临这一人生重大转折点的学生，其心情的复杂程度是可想而知的，真可谓"数年寒窗苦，只待今朝一试"。如何使每个考生都以最佳的状态走入考场，并发挥出最好的水平呢？这时候就体现出制定一套系统完善的复习计划的重要性了。就如同运动场上的长跑运动员一样，不到最后的终点站，决不能松懈下来，就必须做好全力冲刺的准备。因此从某种意义上讲，只有充分利用好中考的复习阶段，才有机会有把握赢得胜利，因为成功永远属于那些有充分准备的人。

很多同学在面临中考时，才发现自己要复习的东西很多，很着急，于是乎东一榔头西一棒槌，一会儿做数学题，一会儿背英语单词，忙忙乱乱的，哪一科也没复习好。因此，要想事半功倍，就需要我们在复习的过程中制订一个适合自己的复习计划，制定每天的小目标，在完成的同时，就在向最终目标挺进。那么如何制订适合自己的复习计划呢？

下面就如何规划复习阶段的学习，合理有效地制定复习方案提供一些可行的建议：

一、制订复习计划前，首先要了解自己的情况

面临考试的考生要力争弄清诸多学科中，自己的强项、弱项各是什么；个人在每一学科的薄弱环节是什么；各个学科在考试中的地位如何；自己一天的情绪高低潮各在什么时间。张辉同学通过观察，发现自己晚上记忆效果好，早上头脑并不太清醒，于是调整计划，将早上背单词改为晚上背单词，将晚上收拾书包、整理卷子改为早上做。这样张辉的学习效率大大提高了。

小鹏的英语成绩一直不太理想，进入总复习阶段后，通过和老师家长认真研究平常的英语试卷和练习题时发现了自己的不足之处，于是针对这一弱点集中改善。自己做的同时，请老师帮助辅导。结果在中考时小鹏便取得了不错的成绩，这可都是了解自己的情况后针对弱项集中复习的功劳。正所谓临阵磨枪，不快也光。

二、要先制订一个长期计划

长期计划的第一个主题是安排各学科的主要复习时间。数学是重在推理的学科，因其理解性胜于记忆性，应主要置于复习中前期。像语文、英语等学科，因其记忆性强于理解性，则必须在复习中后期留出充分的再回忆时间。长期计划的第二个主题是，找出知识体系中的薄弱环节，进行重点突破。

三、将长期计划分解为若干环节，以"周"为时间单位

在北京电视台工作的关先生，儿子中学要毕业了。他发现儿子学习比低年级时一下子忙了许多，难免手忙脚乱，影响学习。怎么办呢？关先生忽然想起每周的电视节目预告，于是他和儿子商定，每个周末也定一份下周的"节目表"。具体步骤如下：第一，先安排各"频道"的时间分割。大头当然是"学习频道"，剩下是"休闲频道"。第二，再安排每个"频道"各"板块"的时间分割。如"学习频道"，英语占多长时间，数学占多长时间等等。第三，最后确定每个"板块"的"播出时间"。如英语安排在每天早上 6 点至 7 点，数学安排在每晚 8 点至 9 点等。当然，"播出时间"也要以"节目预告"为准。关先生的儿子自打有了这个"节目表"，每天该干什么心中有数，忙而不乱，学习效率大为提高，最终以高分考入了重点中学。

短期计划有两忌：一是不要纵容自己的好恶，不要让自己用一整天的时间复习自己喜欢的某门功课，一定要保持各个学科齐头并进的良好态势；二是不要制订不符合实际的计划，一定要有张有弛，否则，考生到考试时就会成为强弩之末。考生可以给自己准备一个小本，每周末将下一周的计划安排好，每完成一项就在小本上将它划去。这样，每划去一天的计划或一周的计划，考生自己就会产生一种难以表达的喜悦。在实施短期计划时，要将计划中复习内容的突破口置于一天思维效率最高的时段。

四、复习计划要留有余地，不要"满打满算"

冬冬的妈妈就是这样安排儿子晚上的复习：7 点到 8 点是数学时间，8 点 15 分以后的时间留给英语。数学复习完后让儿子喝口水，起来活动活动，再开始看英语。留有余地可以让孩子稍作休息，避免连轴转。这样做既可以确保上一段计划的完成，也可以为下一段计划的顺利进行做好心理和体力上的准备。还是以 7 点到 8 点复习数学为例，万一时间到了，孩子却没做完题目怎么办？留有 15 分钟的余地，孩子就可以具体问题具体解决，而不致产生浮躁的情绪。

五、要结合教师的复习进度制订计划

老师的复习进度是考生为自己制订复习计划的前提。考生需要做的是针对自己自身的特殊情况加以调整。考生感觉到自己掌握得好的地方，可以少花一些时间复习；而自己学得不太好、问题比较多的地方，应多花些时间，在完成了老师布置的作业之后再多看、多想上几遍。另外，再找一些相关的习题让自己练习一下，将薄弱的知识夯实。考生自己制订的计划可以进行得比老师的计划略快一步，但绝不能比老师的计划慢。当然，这些调整都是以绝对保证完成老师布置的复习任务为前提的。如

果有可能，应该和老师谈一谈自己的情况，听取老师的意见，这样制订出的计划才会有的放矢。

六、以课本为主，狠抓"双基"

所谓"双基"即基本知识和基本技能。基本知识是学习的基础，复习阶段不能只满足于死记硬背，而应当注重理解，可以通过适当地分析、研究，将分散的知识点系统的串联，归纳、整理后挖掘出知识间潜在的联系。基本技能是应用基本知识解决实际问题的能力，所以在复习基本知识的同时，要仔细研究书中的例题（包括教师提供的典型例题）和精心演算习题，切记做题不是简单的演算，而是要通过这种演算的过程来总结出所用到的基本知识、基本方法，并归纳出解题规律。复习时，历年的中考试题也不容忽视，要多做一些，才能悟出中考强调的解题思路。这都有利于我们的准备与中考方向保持一致，防止脱轨。

七、复习计划要全面

张京同学很喜欢数学，不喜欢英语，于是复习的时候，总是把大部分时间花在数学上，对英语则不怎么重视。结果英语成绩越来越差，最终没能进入重点高中。他很是后悔当初没有顾及全局，全凭自己的喜好来安排计划。其实，每个考生都有自己的强项和弱项，因此考生自己在制订计划时一定要全面覆盖自己所有的科目，不可以个人的爱好而有所偏废，要做到强化优势、弥补劣势。

考生大多有这样的习惯，就是自己越是喜欢、擅长的科目就越是喜欢先复习，不喜欢不擅长的科目，就向后推。没时间了甚至可以不复习。这样做势必会导致强项科目越来越强，弱项科目始终没得到实质性的提高。所以制定复习计划一定要兼顾全面，即使不能把各学科的时间平均分配，但最起码也要做到强项更强，弱项不拖后腿。

八、计划的执行要兼顾原则性与灵活性

考生自己一定要清楚，准备中考复习，光是由计划是不行的，有计划还要有行动，并且执行计划贵在坚持，不能三天打鱼两天晒网。有的学生计划制订得井井有条，但是只能执行两三天，一遇到困难就放弃了之后还像过去一样，放学回家后想做什么就做什么，原先的计划就形同虚设。

建议考生每天晚上临睡前想好第二天的复习内容，越具体越好，例如要解决数学中的某一个知识点，如何解决，这样就可以避免盲目复习而导致劳而无功了。通常情况下，在临考的前两周应把全部知识过完，利用剩下的这两周将重点放在查漏缺补上。今年考上北京某重点高中的赵子宣同学，原本成绩并不是很优秀，回忆起去年备战中考时说："就是因为我制定了详细的学习计划，时间几乎都精确到分了，并且按部就班地坚持下来，成绩才有了质的飞跃，最终顺利地进入理想的学校。"

另外，在执行计划时，要体现灵活性。小明在执行复习计划的时候有点死心眼儿。一次，他复习数学时遇到两道难题，花了一个小时也没有理出思路，却非要作出来不可，一晚上的时间都搭上去了。结果，这两道题还是没有眉目，其他的科目也耽误了，弄得一晚上什么也没有学到，白白浪费时间，而且情绪也很糟糕。对于这样的考生，要明白一个重要的道理，就是不妨先把这两道题放一放，先完成其他科目的计划，最后如果还有剩余时间，再回过头来处理先前的"遗留问题"，如果没有时间就放在明天或后天再做。抑或直接求助于老师或者同学，提高复习效率，千万不能做又丢了西瓜，又没捡到一粒芝麻的傻事。复习时要分清楚轻重缓急，争取在有限的时间里掌握更多的知识。

其实，同学们可以随时随地检验自己计划完成的效果，例如完成了一天的学习，准备休息之前，躺在床上可以问自己7个问题：

第一个问题：我今天上课前都准备好了吗？因为只有做了充分的课前预习，才能在上课时跟上老师的思路，和老师同步进入角色。

第二个问题：今天在课堂上我与老师互动得如何？我主动参与了吗？我是今天的主角吗？

第三个问题：从这堂课，我在知识、能力、方法、技能、情感上有所收获吗？

第四个问题：在课堂上我投入激情了吗？有激情地学习，才是有兴

趣地学习。

　　第五个问题：我今天的得与失在哪里？善于总结才能有所进步。

　　第六个问题：明天我还有哪些任务？

　　第七个问题：今天我过得快乐吗？我们要学会享受复习，才能体会到复习的乐趣。

　　总之，考生制定复习计划时一定要注重复习的实际效果。考生在复习备考时，可以通过日常的练题、测试，找出自己的弱势，再认真加以反复的有针对性的练习。要尽量做到在考前少遗留悬而未决的问题。突出"实效性"的另一方面还表现在复习中要狠抓重点知识、重点方法因为这些内容往往起到"龙头"的作用，可举一反三。因为通过时效性检查，最能看出自己制定的计划是否适合自己，以及实施的效果是否达到自己的预期效果。

小贴示

　　一个周密的、合理的复习计划制定出来以后，如能坚持执行，可达到事半功倍的成效。切记不能三天打鱼两天晒网，要坚持做到有始有终。自制力比较差的孩子可以请家长监督计划的实施，以达到最佳效果。

考前最后三个月怎么复习

　　通常在中考前三个月，各门课程都已经进入了复习阶段，有同学回忆说：这三个月是黑色的三个月，是难忘的三个月。可见这三个月多么重要。如何合理有效地利用这段时间，提高自己的复习效率是每一个考生都十分关心的问题，下面提供几种简单易行的方法，不妨试着做做，相信通过实践，再加上自己的努力，一定能把这黑色的三个月变成充实的三个月、收获的三个月，无愧于九年的学习生涯，为人生的第一次选择画上一个圆满的句号。

下面详细的说明一下准备中考复习的六个要点：

一、围绕中心，及时复习，巩固深化知识。

复习的首要任务是巩固和加深对所学知识的理解和记忆。首先，要根据教材的知识体系确定一个中心内容，把主要精力集中在教材的中心、重点和难点上，不真正搞懂，决不放弃；其次，要及时巩固，防止遗忘。前苏联教育家乌申斯基说："与其借助复习去恢复记忆，不如借助复习去防止遗忘。复习最好在遗忘之前，倘若在遗忘之后，效率就低了。复习还要经常，不能一曝十寒。"

复习要以教科书为中心，不能跑题。首先要把教科书上所教的基础知识学懂、学会并记牢。阅读、研究教科书可分四步走：一是从头到尾通读一遍，注意不能有缺漏现象；二是对那些重点难点要反复研读，直到完全理解为止，千万不能一知半解；三是通过大量的练习，把理论与实践结合起来，可以起到巩固新知的作用；四是通过强化记忆，将书本上的知识转化为大脑皮层中的永久信号。

二、查缺补漏，保证知识的完整性。

我们平时学习中难免出现理解或记忆上的知识缺漏，通过复习，一旦发现要及时弥补，加强薄弱环节，学得更扎实。事实证明，凡是抓紧复习，经常对知识查缺补漏的同学，很少在学习上欠"债"，他们总能获得比较完整的知识。

对于弱势科目的重要环节，可使用回忆默念法来复习。就是在复习前，先别忙着看书，而是先把这一部分的内容在脑海里过一遍。对于一些概念、公式及推导方法等先默写一遍，然后再和课本、笔记相对照，找出回忆错误的地方，再通过演算习题加深印象。长此以往，既可增强记忆，又可以明确今后复习的重点和难点。

另外对于缺漏，复习时要掌握好时机，对于那些需要强化记忆的内容，可经常进行。对于阶段性的，比如穿线复习，可以集中时间，一次

性复习。复习时一定要遵循科学的方法，可以最大限度地提高复习效率。

三、先回忆，后看书，增强复习效果。

每次复习时，先不忙看书，而是把老师讲课的内容（包括思路）回想一遍，概念、公式及推导方法先默写一遍，然后再和课本、笔记相对照，哪些对了，哪些错了，哪些忘了，并找出原因。针对存在的问题，再看书学习，必然留下深刻印象，经久不忘。这种回忆，既可检验课堂听课效果、增强记忆，又使随后看书复习重点明确、有的放矢。对于课后复习来说，确能深化理解、强化记忆。

四、看参考书，适当拓宽知识面。课后复习时还可看一些参考书。参考书要精选，不宜多，最好在老师指导下每科选一本。看参考书要和课堂学习同步进行，即围绕老师讲课的中心内容或自己不懂的地方，作为看的重点。还要和教材对照起来看，以掌握教材知识为主，适当加深加宽对书本知识的理解。参考书中的精彩部分，可取其精华，随手摘记。

如今的中考不仅是对课本知识的考察，还是对考生知识面是否宽广、思路是否灵活的有力检验。这就要求考生不仅要掌握好书本上的知识，复习时还要参看与所学知识相关的各类参考书。它有利于加深对新知识的理解，有益于扩展学生的思路，发展学生的思维能力与创造能力，提高应试能力。

但参考书不易过多过滥，在选择参考书的时候要结合自己的实际情况，最好是先与任课老师沟通一下，尽量征求教师的意见（能得到老师的推荐最好），有目的、有针对性地购买。参考书的内容一定要与老师辅导的内容同步合拍，可以进一步深化所学知识，是一种行之有效的复习方法。

五、整理笔记，使知识条理化、系统化。边复习边整理笔记，是使所学知识深化、简化和条理化的过程。整理可以从三点入手：

1. 补充提示。补充听课时漏记的要点或复习时新的体会、发现，提示教材的重点、关键，或正确思考的角度、方法等。

2. 综合归纳。概括各知识要点，写出内容摘要。

3. 梳理知识，抓住知识之间的联系，理清条理，编出纲目。

六、复习应注意的四个问题：

1. 掌握好复习时机。及时复习比延迟复习效果要好，但也并非越早越好。复习的最佳时机，要根据个人的学习习惯，根据课程的性质、难易程度而决定。听课较吃力，疑难问题多，就要及时些；当课堂基本听懂，复习只是深入钻研，则间隔一两天，影响不大。课程概念、原理抽象费解，复习就应及时一点；讲课主要是叙述性内容，与书本内容一致，也可以间隔一段时间再复习。

2. 复习安排要合理。通常有集中复习、分散复习、穿插复习三种形式。课后复习宜于分散、经常进行。以记忆为主的学习内容，如英语的单词、语文的背诵课文，要依靠多次重复以强化记忆，应分散复习。阶段复习最好集中用整块时间，一次复习深造为好。当然集中复习又可将不同的课程（如史地、数理）交替安排、穿插复习，使大脑各神经区得到轮换休息，提高大脑的工作效率。在复习阶段常常会看到这样一种现象：一些同学在抱怨复习时间太紧、任务量太重的同时，又无视时间白白地从身边溜走。发生这种现象的原因主要是他们不会合理有效地分配自己的复习时间。若想提高效率，首先要做到的是上课时注意力要集中，思路跟紧老师，并积极思考，力求在课堂上能消化的内容绝不拿到课后解决。课后要及时复习巩固，提高作业的速度，尽量节省时间，并且要重视老师布置的口头作业。学习上要有紧迫感，时间观念要强，并能持之以恒，杜绝松、懒、散现象的出现。要学会科学地安排复习时间，做到劳逸结合，切忌开夜车，搞疲劳战术。

3. 个人钻研为主，相互讨论为辅。"独学而无友，孤陋而寡闻"，善于从集体讨论中复习，比个人冥思苦想地复习好处多。但讨论应以个人钻研、独立思考为基础，事先要有准备。讨论中也要开动脑筋，不能有依赖思想。讨论应有明确的中心，人数不宜多（二三人即可），而且要和个人的学习安排结合起来，才能起到促进复习的作用。

4. 复习方式要多样化。复习不应是机械地重复。除了背诵、抄写之

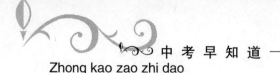

外，还可运用自我提问、举例说明、比较分析、材料对照、绘制图表、编写提纲、做练习题等多种方式。复习中还要不断增添新的信息，把过去学的和今天重看的感受、认识加以比较、分析、提高，发挥思维的灵活性和创造性，求得每复习一次都有新收获、新创见，充分发挥"温故而知新"的"知新"作用，这样创造性地多样化复习能明显提高复习效率。人员安排上可以邀请父母一同参与，让他们也做到心中有数。还可以和要好的同学共同复习，互相取长补短。

小贴示

考生一定要冷静对待复习，做到忙而不乱，学而有效。要相信通过自己的努力，一定能实现自己的目标。

怎么选择合适的参考书

学生在准备复习时，都要选取一些辅导书做参考，做一些课外习题，来巩固书本上的基础知识，拓宽自己的知识面，加强对自己薄弱科目的提高，增强自己的应试技能。但市场上的参考书多如牛毛，良莠不齐，光是同类的辅导书就高达几千种，面对如此庞大的教辅书群，挑选时难免眼花缭乱。很多孩子自己买很多辅导书，或家长为了督促帮助孩子学习，也买了一些辅导书。但并不是买的辅导书越多孩子学习就越好！所以不少学生都感慨："参考书太难挑了！"其实关于辅导书要注意三点：

一、要少而精。孩子的时间有限，我们当然希望挑选最好的。但现在很多辅导书都是东抄抄、西抄抄，拼凑出来的。所以，辅导书的选择最好由有经验的老师推荐，选择好的出版社出版的、经过时间考验的。

二、要选择适合孩子水平的。一般来讲，我们推荐购买略高于孩子水平的辅导书，这样一方面可以促进孩子学习，在原有的知识水平上提高难度；另一方面，可以避免伤害孩子的自信心。

三、阅读辅导书的例题讲解部分。很多同学买书只是为了做题，这是很错误的想法。一本好的辅导书，例题的选择会很多样化，讲解会提供很多种不同的解题方法。甚至会指出一些容易犯错的地方。所以，仔细研读辅导书的例题是很重要的。

选参考书，首先应知道中考复习参考书基本分类。中考复习参考书一般可以分成三类：第一类，偏重讲解与例题的；第二类，讲解和例题兼重的；第三类以练习题为主的。参考书的选择应该与初三阶段的复习相匹配，对不同类型的参考书应该有不同的应对策略，在复习的不同阶段对各类参考书所倚重的程度也应该有所不同。

初三第一学期，尤其是期中以后，就应该较早地投入复习状态，这个阶段最好选用一些偏重讲解的参考书，这样不仅能巩固基础知识，也可以让自己对初三的一些经典的传统习题有一个大致的了解，对一些固定的解题套路有一些初步的了解和认识，有效地避免做题的盲目性。

到了初三，期末考试完毕，从寒假开始，一般学校还没有开始总复习，利用一个月左右时间有计划地做一些练习题，讲解与练习兼重的参考书这个时候应该是最实用的。使用讲解与练习兼重的参考书时，应是研究阅读完前面的讲解内容，然后认真完成后面的练习。

初三第二学期开始，一般学校已完成授课内容，全面进入了总复习阶段。这时，习题集就该成为你复习的主角了。这个阶段，应该着重提高解题的速度和正确率。通过解题提高自己的实践能力，建议家长和同学选一本去年全国中考试题汇编，练习真题，紧贴中考，摸规律，找方法，寻思路，百闻不如一见，百看不如一练，见多识广，熟能生巧，巧能生速。

选参考书是一本书用到底还是多选几本书，这要视情况而定，由于初三阶段各学校纷纷加课、补课，每天留大量的作业，学生的时间和精力有限，建议多数学生只选用一本质量好的参考书"一书到底"为好，好参考书不是认真读一遍就可以了，要完全吃透其中的内容，至少应该

读上两、三遍，甚至四遍。因为在不同的复习阶段，随着自己知识水平和理解能力的提升，收获也会不同，当然读第二遍与第三遍使用的时间和精力，大可不必与第一遍平分秋色，第二遍是突出重点和难点的回顾，第三遍是作系统的回顾，这应该为一种合理的办法。

选择参考书不可盲目，有三条标准供你参考：

首先看出版社。大的有名气的出版社，作者水平比较高，能有效地保证质量。有同学到书店买了一本名叫《中考各科重点难点解题精萃》的参考书，可回来后与同学的一比较，内容却完全不同。仔细一看，原来不是一个出版社发行的。我们到书店实地考察后会发现：书名相同，而出版社不同的书籍随处可见，这不足为奇。因此在挑选参考书时，一定要书名与出版社二者兼顾。目前课外教辅书出版业经过多年的发展，已经形成了一个相对成熟稳定的市场，也出现了一批教辅书品牌，一个好的出版社发行的教辅书往往可以代表它的品牌优势，质量能得到相对的保证。

第二看书的出版内容和时间。年代越远离中考，它的实际意义越远，一本书反复再版，时效性不能保证。因为在如今的教学改革中，课本更新换代得比较快，常常会出现一些旧的教材已经被淘汰，但相应的参考书却还在市场上出售的现象，因此最重要的一条是要看能否与你所学的教材相配套。选购参考书时一定要结合自己的实际情况，不能盲目购买。有学生在英语科目上，主要是语法上面有欠缺，因此在选择参考书的时候，一定要选偏重于语法方面练习的，如果选了一本综合性的，就达不到预期的效果，如果选了偏重于单词方面练习的，就南辕北辙了。而且有些参考书上的题目都很类似，重复做相同的题目根本达不到练习的效果。所以购买参考书时一定要先看内容。

第三，也是最重要的，就是编者。名师、名家固然好，重点中学教研室也是值得信赖的对象，要挑选专家推荐的品牌书。但是对外省市出的参考书选择时应慎重，因为中考题北京与外省还是有一定区别的。目前市场上出售的不少教辅书籍都打上了专家推荐的字眼，这些书往往具有一定的权威性，值得信赖。如果与你所需的参考书内容相符，可优先选购。除专家推荐外，购买参考书时还可以参考任课老师意见。因为老师不仅了解你在哪些方面需要加强，而且任课经验丰富，对市场上的参考书也比其他人了解得多，因此购买前咨询老师的意见将有助于你选到适合自己的参考书，而不至于像只无头的苍蝇一样在书市里胡乱选择。

需要申明的一点是，选购参考书是为了阅读这些书籍，而不是摆在那里做做样子。

有位学生中考后，把她所有的教辅书都送给了我，一大提包，有些还是崭新的，从来没翻过，真是可惜了。教辅参考书的特点，一般都是先罗列、归纳出每一章节的要点，用简洁的语言加以叙述，进而勾画出要点之间的联系，然后再举例进行说明。因此，只有阅读过教科书的学生，才能比较容易地弄明白这些简洁语言的含义，否则，你就不清楚作者的用意何在。参考书中的例题一般也是由易到难。每一道例题都需用到一个或几个概念、公式及定理来解答。每一道妙题，都是非常巧妙地利用了一个概念、公式或定理，而有些则是你从未见过或很难想到的。我们通过阅读这些例题来加深理解书中的概念、公式和定理，并从中理解和熟悉解题的思路和步骤。

阅读了一本参考书的某个章节之后，最好能做一做这一章节后面的习题，因为这些习题是与前面所讲的要点和例题配套的。阅读之后，概念和解题技巧尚记忆犹新，立刻做一下这些配套的习题，所花的时间最少，效果最好。做完与每一章节配套的习题之后，要立刻对照书后的答案来核实一下自己的结论与答案是否相同。及时的信息反馈，可检验和提高自己的学习效果。对于与答案不一致的地方，不要轻易否定自己。若能找到不一致的原因，无论谁对谁错，或是两个都对，都可使你对内容的认识和理解提高一个层次。进步正是在这种寻找差异的过程中发生的。对于一个初级水平的自学者，若没有老师帮你批改练习，一般不要做没有答案的习题。因为得不到及时的信息反馈，你不知道你的解题过程是否正确，这时往往得不到好的解题效果。

阅读参考书及加大习题量，是扩大视野、加深理解，进而提高学习成绩的有效途径。对于一个即将参加中考的学生来说，尤其如此。一个棋手，若只会背诵游戏规则，而不去加强练习和向高手学习，其棋艺是很难得到提高的。学生学习也是如此。但要记住，阅读参考书，一定是在阅读教科书之后，而且每次阅读之后，都要立刻做书后的配套习题才会有好的效果。

小 贴 示

参考书能否起到应有的作用，不在于多而在于精，关键是要有的放矢。一般一个科目只选一两本作为参考即可（弱势科目可适当增加一本）。

复习时怎么克服"高原现象"

所谓"高原现象"可以这样解释：例如，一名射手在进行一系列射击训练时，开始成绩逐渐上升，但到了一定程度之后，成绩却不再上升，甚至下降，我们把这种现象叫做高原现象。高原现象在数学复习阶段表现得十分明显。平时授新课，新鲜有趣；搞复习，要重复已学的内容，有的同学会觉得单调、枯燥无味，致使成绩提高缓慢，甚至下降。针对这种情况，一方面，同学们要从思想上提高对复习的认识，主动进行复习；另一方面，要以"新"的方式提高复习的积极性。诸如制订新的复习计划；采用灵活的复习方法；抓住新颖有趣的内容和习题，把知识串连起来，使书"由厚变薄"。

一、只有基础扎实，才能融会贯通（第一轮复习）

俗话说"万丈高楼平地起"，只有根基扎实，高楼才能坚固。学习数学也是一样，只有把基础知识、基本技能、基本方法学得扎实，运用娴熟，才能为知识的深化、能力的提高创造条件。具体做法是：

（一）重在平时，打好基础

初中三年的数学教材中，基础知识、基本技能、基本方法涉及面很广。有近二百个重要的知识点。如果"平时不烧香"，那么到了临近考试，只能是"临时抱佛脚"了，必然是不分主次，胡子、眉毛一起抓，顾头顾不了尾。要改变这种状况，我们就让程度中等的学生根据自己知识点的薄弱环节，结合课本进行复习，程度好的同学在竞赛上下工夫，分层次给学生布置作业。进入初三学习后，老师就要引导学生，一方面要把初三学习的新内容认真学好，另一方面我们在平时练习和考试中，不限定章节和内容，只要是学过的都有可能做到或考到，当然每周一次的综合巩固提高不可少。这样，从结束新课开始，便可以在老师的带领下，将复习专题和基础知识、基本技能相辅相成，在此基础上，再运用数学思想去指导综合题的复习，这样做既不单纯重复，水平又可提高，一步一个脚印。

（二）加强双基，全面复习。

在复习中，教师应当引导学生在复习好概念的基础上掌握数学的规律。在进行概念复习时，应当从实例或学生已有的知识水平出发，逐步引导学生加以抽象，弄懂概念的含义。每章内容复习之前，让学生自己去整理本章节的概念，不是光抄书。对于容易混淆的概念，要引导学生用对比的方法，弄清它们的区别和联系。对于数学规律，应当引导学生搞清它们的来源，分清它们的条件和结论，弄清抽象、概括或证明的过程，了解它们的用途和适用范围，以及应用时应注意的问题，对于基本技能的训练和能力的培养，要遵循学生的认识规律，结合复习内容，选择合适的复习方法，有目的、有计划、分阶段地进行。

（三）条块结合，编成网络

渔网之所以能够捕获到鱼，是由于经线和纬线编成网的缘故。我们在初三进行总复习时，也应该从两个方面进行复习：一是按照知识系统进行复习，我们称之为条条复习。这样可以把3年所学的知识加以系统

化、条理化；二是按照专题复习，称之为块块复习。这样可以从解题思路、解题规律、解题技巧上总结规律，提高能力。如果把条条复习称为经线，块块复习称为纬线，这样就把知识编织成网络，再把数学思想方法看成渔网上的总绳，那么便可以提纲挈领、收放自如、得心应手。

例如通过复习可以把证明两条直线平行的方法归纳如下：1. 利用平行线的定义；2. 利用平行公理；3. 利用三线八角；4. 利用中位线的性质；5. 利用平行四边形的性质；6. 利用比例等。又比如证明一个三角形为直角三角形：1. 有一个角为90度；2. 有两个锐角互余；3. 勾股定理；4. 一边上的中线是这一边的一半；5. 利用相似等等。

（四）抓住关键，突出重点

复习中，突出重点，主要是指突出教材中的重点知识，突出不易理解或尚未理解深透的知识，突出数学思想与解题方法。要抓住教材中的重点内容，让学生掌握分析方法，引导学生从不同角度出发思索问题，由此探索一题多解、一题多变和一题多用之法。培养学生正确地把日常语言转化为代数、几何语言。并逐步掌握听、说、读、写的数学语言技能。

二、综合复习重在能力的培养（第二轮复习）

（一）复习数学概念要抓住其实质

我们研究了前几年的中考试卷，发现近几年来的中考十分重视基本概念的考察，而学生往往不重视概念，他们认为只要数学题会做就行了，数学又不是语文，难道还有去背概念吗？他们把概念的理解简单当做是死记硬背，因此在平时和复习阶段我们有意识地去加强学生的概念理解，也向他们说明"概念不清，寸步难行"的道理，数学概念的学习直接影响到数学公式、法则、定理的学习。数学中的概念通常可以分为两类。一类是不定义的概念。如点、直线等，它只是直观的描述，对这些概念只要正确了解就可以了；另一类是通过定义给出它的确切含义。如分式，一元二次方程，正比例函数，平行四边形等。这一类概念要真正弄清它的意义，并正确加以应用。复习时要抓住概念的实质，弄清概念之间的联系，并在应用中加深对概念的理解。

（二）复习时要注意归纳类比，总结规律

在初中数学中，不少数之间、形之间都存在着内在的规律，这些规律需要按照一定的思想方法加以探求，归纳与类比就是其中重要的方法。归纳的方法是人们认识事物的一种重要方法，它是从特殊到一般的推理方法，当找到一般规律后，用它作指导，再去研究类似的问题。如学习函数，我们往往是从四个方面来学习。学习函数的定义、函数的图像、函数的性质、函数的应用。正如数学家波里亚说的那样："人们总认为数学只是一门系统的演绎科学，但往往忽略了它形成过程中的特点——又是一门实验性很强的归纳科学。"

类比也是人们认识事物的一种重要方法。它是把某些相同的量或相似的量进行比较，从而找出它们之间的某种联系。在初中数学中，应用类比的地方很多。如全等三角形与相似三角形、一次函数、正比例函数与反比例函数等等。

（三）复习时要加强数学思想的渗透学习

数学思想方法是解题时的灵魂，它揭示了概念、原理、规律的本质，是沟通基础与能力的桥梁。在复习中不断渗透数学思想方法，可以克服就题论题、死套模式，它使我们在解题时，加强思路分析，寻求已知、未知的联系，提高分析问题的能力，从而使思维品质和能力有所提高。在初中数学中，常见的数学思想有转化思想、方程思想、数形结合思想、分类讨论思想等。在复习过程中我们讲数学方法进行专题的学习，提高综合运用知识的能力，加强知识的横向联系。

三、针对中考，模拟训练（第三个阶段）

中考毕竟是每个初中学生都要过的关，要取得好的成绩，模拟训练必不可少。

（一）认真参加每一次考试，我们学校对于区里组织的联考准备都是十分认真的，考完之后全组老师认真分析考试情况以及制定后一阶段的工作重点。特别是到了初三，我们的期中期末考试都是和采荷中学一起

考的，通过联考我们可以了解兄弟学校的学习情况。加强校与校之间的交流和联系，学他人之长，对自己会有更大的提高。

（二）通过模拟训练，查漏补缺。及时调整复习的深度、广度。而且增强学生的自信心，鼓足干劲，相信自己能在中考时取得好的成绩。因此，每次的模拟试题不宜太难，要与中考接近。特别在初三的几次月考中，我们的试卷最大的特点就是浅而活，与生活结合，中间渗透了很多的数学思想和方法，贯穿了新课标的思想。

（三）注重学生解题中的错误分析。在总复习中，学生在解题中出现错误是不可避免的，教师针对错误进行系统分析是重要的，首先教师可以通过错误来发现教学中的不足，从而采取措施进行补救；错误从一个特定角度揭示了学生掌握知识的过程，教师认真总结，可以成为学生知识宝库中的重要组成部分，使学生领略解决问题中的探索、调试过程，这对学生能力的培养会产生有益影响。

我们在教学工作中发现学生的错误主要是以下：（1）字面理解水平。这一部分学生对公式、概念、命题或法则，具有套用公式的能力，不了解知识发生过程，不了解这些知识在解题中的作用，出现张冠李戴现象。（2）计算能力比较差，有些学生会做题，但是计算常常拿不到分。但是这些人往往不会引起重视。（3）学习习惯差，少做，漏做，书写不符合要求，不注意细节，比如分式方程不检验，应用题不答等等。（4）数学能力的问题，碰到综合性的题目就不会做。

针对这些情况，我们在复习过程中，一方面让学生纠错，总结错误原因，其次，在复习过程中，提问是重要复习手段，对于学生错误的回答，要分析其原因进行有针对性的讲解，这样可以利用反面知识巩固正面知识。最后，课后的讲评要抓住典型加以评述。事实证明，练是实践，评是升华，只讲不评，练习往往走过场，怎样讲评呢？第一，对解错题目的评讲，分析错在哪里？为什么会错？怎样改变条件和问题，使错误的答案变成正确的答案；第二，对正确解题的评讲，要分析解题的根据是什么？还有没有别的解法等；第三，对于学生数学的作业或练习卷的要求：第一步找到答案，第二步对答案进行检验，第三步是否有别的方法求解。精做细想，扎扎实实地提高基本功。

学生在平时学习时，只接受正确的知识，缺乏对错误出现的心理准备，往往看不出错误或看出错误但又改不对。在总复习中，教师揭示、分析错误，展示这一尝试、修正的过程，这对学生认识错误的发生和解决问题会产生有益的影响。同时，对学生今后的继续学习和工作能力的提高也大有裨益。

（一）在老师辅导下复习

部分同学担心老师的复习方法未必适合自己，便闭门造车按照他们自己的思路复习。不管学生对知识的掌握程度如何，首先要配合学校老师的教学。学生每天主要的学习任务都是在学校完成的。老师指导的复习一般都是分层次、分专题、有系统的复习，这样可以有效地避免某些学生无计划无目的复习，特别是有的学生遇到不感兴趣的题目就绕过去，而对那些自己早已掌握的知识，做着重复学习，这样做对提高成绩帮助不大。复习中脱离老师，对考生自己也是一个损失：课堂内容不能消化，作业难以完成，将直接影响到学习效率。

（二）重视基础知识

在专题练习即将结束时，有些同学喜欢选择偏题、难题反复琢磨。其实中考选拔的不是只会做难题的天才，更重要的是选拔认真、踏实、仔细的学生。中考考查基础知识的题目占相当部分，如果考生不能保证试卷中基本的选择、填空、简单的问答、计算题有一个较高的得分率，后边的大题答得再好也不会有好的成绩。因此重视基础知识对每一个学生都很重要。

（三）总结每次考试

很多学生对考试产生了畏惧心理，甚至把模拟考试也当成了负担，其实中考前的模拟考试对学生是一次很好的"练兵"。无论知识掌握多扎实，应用多灵活，最终反映学生成绩的依然是中考试卷，除了智力因素外，临场经验直接影响着考试的发挥。考生应珍惜学校有限的模拟考试

机会，从中发现自己的问题：考试紧张、审题不清、时间安排不合理……如果每次考试后能做总结，看一下哪些非智力因素影响了自己的正常发挥，在中考之前加以改正，中考时一定会有所改善。

但是在中考前的复习中，学校组织的模拟考试不会太多，考生可以自己创设一种考试环境，发现自己应考经验的不足之处，这对考试至关重要。

模拟考试的另一个作用是可以帮助考生发现知识上的不足，及时查漏补缺。模拟考试中的题目考查知识点非常全面，新题型较多，阅读量和题型设置都比较科学，能够真正帮助学生估计实力。

小 贴 示

同学们要掌握主动权，有目的进行针对性的复习好基础知识，这样在考场上才不会畏惧，保证基本的成绩。

语文复习有窍门

对于即将参加中考的学生来说，若想在短暂的复习时间里较大幅度地提高语文成绩是有一定难度的，因此常听同学说："语文科知识面太广了，想复习，根本就无从下手。"殊不知语文虽广博，但并非高深莫测。世间万事均有规律可循，语文复习也不例外，只要找准规律，就可纲举目张，就能"以巧破千斤"。

在最后的冲刺阶段，应该讲究哪些策略和方法？下面结合我们在最后复习阶段的几点做法谈谈：

应认真"吃"透近两年的中考题。近两年的中考试题，在试题结构、命题内容和题型、题量上基本上没有变化。试卷分为"积累"、"文言文阅读"、"现代文阅读"和"作文"四大板块。试题内容也保持相对地稳定，测试目的明确：从课内外名言名句的积累运用，到课内外文言文的阅读，再到课外现代文的阅读，最后是话题作文的写作。重视考查学生的知识积累，尤其是注重考查学生联系生活实际和生活经验，运用所学的知识分析问题、解决问题的能力。对于近两年的中考试题，应该怎样分析？现仅就试卷的四大板块简单说明。

一、积累部分。考试的范围基本是初中教读篇目中要求背诵的名篇名句。背诵复习不但要强化记忆还要理解记忆，并且能够灵活运用。不但篇篇背诵，还要字字落实，尤其是平时默写时经常出错的字，更要时时"温故"。切记一字出错，满盘皆输。

记忆方法上，死记硬背、不讲究科学性是行不通的，要把这些多而广的知识点通过整理、归纳、总结的方法，形成一个相对独立而又相互联系的知识体系。使其更具系统化、条理化。举个例子：我们在记忆古诗名句时，就可以把它们归类成哪些是描写春、夏、秋、冬四季的，哪些是有关"爱国、壮志、惜时，思乡"的等。不要记得过多过杂，只把握好那些经典部分就可以了。光会背诵还不行，还要会默写，并在默写中找出那些易错易混的字词，重点记忆，直到准确无误为止。

二、文言文部分。课内文言文考试的范围是初中教读篇目。复习时一定要抓好重点。根据考纲的考查范围和要求以及自身的熟悉程度对复习内容进行取舍、侧重。一般考查常见的文言虚词、实词的含义和用法。实词则常常考查一词多义、古今异义、词类活用的词语；对句子的考查则侧重于关键句子的句式和句意；对内容考查就与现代文基本相似。从字、词、句到文学常识以至于思想感情、表现手法等，都要拎出要点，总结规律。二要选好篇目。选取教读篇目中那些文质兼美的文章，它们往往也是文言文中最典型的、知识的覆盖面最广的文章，这样复习可以起到事半功倍的效果。文言文阅读题主要分为两类：一是翻译类。此类题解答思路是：1. 粗知全文大意，把握文意的倾向性。2. 详知译句上下文的含义，并逐字对应翻译，做好换、留、删、补、调。注意翻译时应抓住句子中关键字词，这些字词往往是得分点。3. 还可由现代词、成语

推导词语在文中的含义。4. 另外还要注意词类活用、古今异义、通假、偏义复词等特殊现象。5. 若直译不通，则用意译。须根据上下文推导，不拘泥于原文结构，联系生活实际大胆推想；二是启示类。解答这类题目时要注意思想倾向，抓住作者基本的感情立场，联系文章主要情节及主要人物，抓住评论性的语句从多角度、多侧面思考作答。

三、现代文阅读部分。要把握"考点"，掌握答题技巧。近两年的中考现代文阅读的选文大多是一篇偏重于议论的散文和一篇自然科学类的文章。因此，在最后复习中，在课外选段上应尽量多选取这两种类型的文章进行练习。另外，在阅读题目的设置上，一般都是按照"整体——局部——整体"的顺序进行考查。做题时要牢牢地记住："答案不在你的脑子里，答案只在原文中"，同时这也是我们检验解答效果的唯一标准。任何文段的考查都侧重两个方面：一是信息的筛选，二是对阅读材料的理解和分析。在阅读复习中，应该注意句与句、段与段之间的联系，了解作者的观点和文章的写作意图，做到从整体上把握文章，首先弄清"写了什么"、"为什么要写"这两个问题。最重要最有效的方法是"靠船下篙"——在原文中找线索找答案。比如，整体感知类的题目，常常要求考生回答"文章的主要内容是什么"或者"作者的主要观点是什么"等问题。做此类题，答题时应从三个方面来考虑：一看标题，二看开头、结尾，三找议论、抒情的语句。这些常用的方法和思路一定要熟记于心。

有些语言表达能力比较差的学生，在回答现代文阅读题目时，往往不能把自己的理解准确恰当地表达出来。建议这部分学生在复习时，要有意识地训练自己的语言表达能力，学会怎样系统、条理地表达自己的观点。考试时也可以利用一些答题技巧，转换文章中的某些语言来表达自己的观点。

四、作文部分。"话题"作文仍然是今年考查的主流。在最后阶段要多读书看报，开拓自己视野、了解时代信息、把握时代脉搏，并学习别人的语言风格、章法技巧，为写作积累素材，补充新鲜血液。虽学习比较紧张，但仍要每天"挤"出十到二十分钟的时间来看书读报。在写作中，要善于从大处着眼，小处入手，大题化小，以小见大，学会"一滴水里见阳光""半瓣花上说人情"；善于联想，张扬个性。让文章体现出你真挚的感情，丰厚的文学积淀，做到文质兼美，富有生活气息。其次，在复习中要养成良好的学习习惯。历年的答卷中都存在着一些考生不认真看原文，不能认真审题的毛病。平时做阅读练习，一定要养成认真审题的好习惯抓住关键词句，再作答。另外，书写也应重视，若平时书写潦草，则会在积累中出现错别字，在写作中丢掉书写分。俗话说"习惯成自然"，若平时不能养成良好的阅读和书写的习惯，考试时也就会出现一些不必要的丢分。总之，"厚积而薄发"是语文学习的一个重要特征。提高语文成绩，需要扎实的基础知识、正确的答题思路，以及较强的理解表达能力。当然同学们可根据自己的实际情况，在复习中有所侧重。若三者都能兼顾，相信你一定会在中考中取得优异的成绩。

小贴示 ✐

　　语文考察的是基本功，重在平时的点滴积累，考生不应奢想靠着一朝一夕的突击取得一个好成绩。考生在平时应当多多背诵识记一些优美的语句段落，尤其是古代诗歌和散文等。它们都是先贤们留给我们的宝贵精神财富，考生若能从中汲取营养，定能提升自己的语言素养，在面对写作时不至于一筹莫展，下笔无言。

如何写好考场作文

　　作文是决胜中考语文的关键所在，中考时如何把握作文拿分的技巧，是考生们关心的问题。这里将考场作文经验归纳为"心中有自信，笔下出好字；手头有材料，胸中有成式；不变应万变，妙手著文章"。同学们

只要扎扎实实地按照这几步来做，作文得高分并不是一件难事。

一、自信上考场

自信是写好作文的先决条件，相信自己就不会怯场，不怯场才能使自己的思维处于最佳状态，潜在的能力得以充分地调动。

二、按时写作文

120分钟的语文测试时间，应该留出40到60分钟的时间作文。时间充足，心中不慌，文思才会泉涌，否则仓促成文，难免丢三落四。

三、细心审题目

命题作文，审题时一定要抓住题目中的关键词语，并进一步展开合理的联想，才能真正把握题目的实质。材料和话题作文，要弄清楚在材料作文与话题作文中，命题者所提供材料的不同作用。在材料作文中，所提供的材料既是考生作文立意的出发点，又是归宿点。考生一定要读懂题干，做点分析，明确主旨，再去下笔，确保万无一失。

四、精心选文体

中考作文一般不限文体，这给了考生很大的选择文体的自由，考生应该掌握文体选择的基本原则：一是采用该话题更适宜的文体写作，二是采用考生本人更擅长的文体作文。自己擅长，行文才会得心应手、游刃有余。

五、心中有模式

考生心中要有文章的基本结构式：议论文，开篇点题＋分析论证（典型事例＋事例分析）＋结题收篇。供料议论文的基本结构式：引材开篇＋析材明理＋联材写事＋点材收篇。写事记叙文的基本结构式：事件发生（清楚明白）＋事件发展（生动曲折）＋事件结局（含蓄启迪）。写人记叙文的基本结构式：契入（用外貌、语言、环境、细节入题）＋铺垫（简述几个事件）＋高潮（详叙典型事件）＋点化（用点睛的议论或抒情句收束）等，上述结构式不是一成不变的，可以演绎出许多的变式来。

六、巧思出新意

为体现可写性的命题原则，中考的作文不管是命题作文，还是话题作文大多都是宽泛的。例如《责任》这样的题目，范围太宽，无从下笔，这样的题目就要去窄作。所谓窄作，就是对题目所涉及的内容进行修饰、限制，然后再针对被限制后的某个侧面扩大其内涵。若从"我们当代青年的责任"这个角度去写，可能就容易多了。

七、素材书中找

要写好一篇考场作文，除了掌握写作模式，还要有写作素材。当你在考场上因缺少素材而抱笔时，可别忘了你学过的语文课本！那里有你取之不尽，用之不竭的素材。

八、主旨要明确

中考作文主旨不要过于含蓄。由于时间的限制，阅卷老师不会斟字酌句，所以如果写记叙文，不管叙事多么生动，也要在行文中适当地用一两句抒情或议论语句点明文章主旨，让阅卷老师一目了然；议论文力求事例简洁新鲜，说理充分，紧扣主旨。文章要实实在在，不要过于另类，在明示主旨的基础上，适当张扬个性。

九、首尾亮起来

中考作文开头和结尾的写作大有讲究。一般来说，文章开头力求做到一简二美三有哲理。简，就是开篇语言简洁，直奔主题，使阅卷老师一目了然；美，就是开头的语言能给人以美感，或文采斐然，或意境深远，或情趣盎然，那样，必会打动阅卷老师的心；哲理，是一种深度，一种高度，如果都做到了，那效果肯定错不了。中考作文由于受时间和字数的限制，开头最好采用"开门见山"的写法：或"落笔入题"，说明写作缘由；或"开宗明义"，揭示全文主题；或"言归正传"，快速开讲故事；或"单刀直入"，挑明论敌谬说。也可以采用"形象化"的写法：或描写环境，以引出人物；或抒发感情，以渲染气氛；或先叙故事，以引出深刻道理；或借诗词谣谚，以为叙事的开端。好的开头，新颖生动、引人入胜。

结尾的方法也很多：总结全文，以揭示主旨；展示未来，以鼓舞斗志；抒发情怀，以增强文章感染力；造语含蓄，使读者掩卷而思，退想

不已。

十、行文如流水

在语言运用上，除平时要求外，还应特别注意要善于调动各种修辞手段，例如比喻形象、对偶华美、排比蓄势、对照鲜明、反复强调、设问抑扬、反语讽刺、暗示等。此外，长句短句错综搭配，雅句俗语相得益彰，也可使文章生色。

十一、字迹要清楚

中考语文试卷是网上阅卷，潦草的字迹、不洁的卷面有可能给阅卷人带来不愉悦，所产生的后果是可想而知的，如果字迹不清，丢失的可就不只是几分了。

十二、用 15 分钟进行审题构思

一篇好作文应该有观点、有亮点、有深度，有吸引力。应试作文的本质是炫示，是放大、强化自己的优点，用各种各样的表达方式展示自己的优点。所以，应尽量在表达的角度上、在材料的选择上、在思考的内容上有一定的新颖性。在文章的结构上应匀称而严谨，在语言表达上应华丽而流畅。

作为考生，应讲究写作的程序。花 50 分钟时间写作文是比较适当的，其中应该有 10 分钟左右的时间审题构思。一定要仔细研究题目，审题不慎，满盘皆输。文章应有联想拓展的部分，以丰富文章的内容。然后设定文章的框架，列出文章的结构提纲。

从整体上说，有 6 个问题须引起考生在学习或应试中特别注意。

1. 要注意文体的选择。现在中考作文在文体上几乎对考生没有限制，但文体影响着评卷老师对一篇文章优劣的认定，所以考生千万不能掉以轻心。

2. 要注意材料的运用。引用材料宜概括，不要原文照抄。一篇文章 800 字，其中照抄材料 200 多字，评卷老师对这样的文章第一感觉是这个同学在凑字数。引材料时也不要说在报纸上看到一则材料，听到一个故事等。

3. 要注意文章的模仿。应该说文章可以模仿，但如果全文照抄就不行了。有的同学的文句表达很有特色，但整篇文章的框架内容都是从别人那里"借"来的，得分就不高。如果材料内容都是从一些大家都熟悉的考前辅导材料和一些发行量很大的杂志上"借"来的，得分起码要降一个档次。

4. 要注意文章的主题不要偏离社会的主流价值观。虽然现在强调学生的中考作文只要能够自圆其说，怎样的观点都可以，但这里必须有个度，这个度就是社会的主流价值观。如大家都认为"作弊"是不对的，你却写文赞扬"作弊"，认为是勇敢、有本事的表现，这样的文章写得再好，得分都会很低。因为它偏离了社会的主流价值观。

5. 要注意在平时多观察、多思考，强化文句表达训练。阅卷中发现几乎 90% 的作文，基础等级与发展等级不同步。学生在发展等级中存在的问题基本上是缺乏深刻的思考和文采。在平时的训练中要有意识地强化这两方面的内容。

6. 要注意追求独特的构思，但不为追求而追求。独特的构思吸引人，尤其在许多模式化、公式化的文章中。独特的构思必须用丰富的内容来支撑，丰富的内容必须紧扣中心。

从具体方面说，也有 6 个问题值得高度的重视。

首先，要重视审题。虽然现在的中考作文在审题上基本不设障碍，但从阅卷情况看至少还有 30% 左右的同学不理解题意，如把"一枝一叶一世界"理解为"一枝一叶构成一世界"，审题一错，后边也就全错。

其次，要注意文章的题目。题目忌宽泛、不明确、太大众化，如"我说一枝一叶一世界"等，题目宜直截了当，或含蓄有意蕴，或生动形象、或以小见大，如"一部红楼万声叹息"等等。

第三，要重视开头。有 25% 左右的考生在开头这个小节中就出现了病句或错别字，还有的考生，开头不入正题而绕一个大圈子，影响阅卷老师对文章等级的评定。

第四，议论文必须有分析。70% 左右的考生是用议论文体写的，这

其中 30% 的文章几乎没有分析，只是材料的堆砌。作文其实就是检测考生的思考力和表达力，没有一定的分析，就无法表现自己的思考力。

第五，要注意答卷中的时间分配。有 10% 左右的同学，作文没有写完整，这是很可惜的。从分值看，写作文比答现代文阅读题划算。一篇只有 400 字左右的文章能得 15 分左右，也就只花 10 分钟左右的时间。但现代文阅读的简答题，花 20 分钟全部做对也只有 18 分。其他如卷面的整洁，结尾的简练都要注意。

第六，有重点地准备一些材料。中考作文是难以猜到的，但是根据自己的理解，准备一些材料、话题是可以的。如成长中的反省、知与行等这些话题可以练一练。可以根据最近几次考试，对自己存在的问题进行系统地分析，然后通过练习来解决这些问题。

小贴示

卷面整洁与否也将直接影响最终的写作质量和效果。因此考生平时就要养成良好的书写习惯，时间允许时可以练习描摹字帖，尽可能地把字写得工整规范、卷面要保持整洁干净、使人赏心悦目。

其实数学并不可怕

如今的数学教育和测试越来越趋于科学化、合理化，早已从传统的简单的计算、求解，转化为如何使用这些计算求解的方法来解决实际问题。中考更注重考查学生分析、整理、探索实际问题的能力。因此在复习阶段要掌握好的方法和技巧。初三现阶段已结束新课，转入紧张的中考复习。复习的效果直接影响到考试的结果，那么怎样进行有效地总复习呢？下面结合笔者多年指导学生中考复习的经验及中考命题的思路谈一些体会。

一、重视课本

现在中考命题的趋向以基础题为主,有两题的难度要求高。坚持源于教材的基础题(按以前的惯例)约有122分是课本上的原题或略有修改,后面两大题的要求是"高于教材",但原型是教材中的例题或习题,是教材中题目的引申、变形或组合,建议第一阶段复习应以课本为主。集中精力把初三代数、几何内容,初二的几何及代数中的分式与根式的化简部分的习题,例题等每一个题目认认真真地做一遍,并归纳分析。现在许多初三学生一味搞题海战术,整天埋头做大量的课外习题,其效果并不明显,有本末倒置之嫌。

二、重视对基础知识的理解

基础知识即初中数学课程中所涉及的概念、公式、公理、定理等。要求学生能揭示各知识点的内在联系,从知识结构整体出发去解决问题,要求学生综合运用各种知识。

每年的中考数学会出现一两道难度较大、综合性较强的数学问题。解决这类问题所用到的知识都是同学们学过的基础知识,并不依赖于那些特别的,没有普遍性的答题技巧。而主要是知识间的相互关系。

三、重视初中数学中的基本方法

中考数学命题除了着重考查基础知识外,还十分重视对数学方法的考查,如配方法、换元法、判别式法等操作性较强的数学方法。同学们在复习时应对每一种方法的实质,它所适应的题型,包括解题步骤应熟练掌握。其次应重视对数学思想的理解及运用,如函数思想,在初中的试题中,明确告诉了自变量与因变量,要求写成函数解析式,或者隐含用函数解析式去求交点等问题,同学们应加深对这一思想的深刻理解,多做一些相关内容的题目。

四、应注意实际问题的解决和探索性试题的研究

现在各地风行素质教育,呼吁改革考试命题增强运用数学知识解决实际问题的试题。在其他省市的中考命题中已经体现,而且难度较大,

这一部分尤其是探索性命题在平时学习中较少涉及，希望同学们把近几年其他省、市中考试题中有关此内容的题目集中研究一下，以备无患。

五、中考复习的第二阶段应以构建初中数学知识的结构网络为主

中考复习的第二阶段应以构建初中数学知识的结构网络为主，从整体上把握命题的范围和内容对重点内容应重点复习。首先拟出主要内容，然后有目的有针对性地做相关内容的题目，着重收集主要题型和技巧解法，像小论文式地重组知识，不要盲目地做题，要有针对性地选题。

小 贴 示

学有法而无定法，贵在得法。其实，数学并不可怕，只要找到正确的学习方法，循序渐进，就一定可以攻克难题，柳暗花明。

浅谈英语复习

英语是一门语言学科，随着中考制度的改革，英语的考试方式已由传统的"记忆－重现"式转化为现在的"掌握－应用"了。近两年的中考英语主要以能力考核为主导方向，旨在考查学生基础知识和基本技能的同时，更加侧重于考查学生的理解分析能力、表达能力以及综合语言运用能力。这些能力的培养不是一朝一夕就能解决的问题，只能依靠平时不断地训练、积累，并在实践中逐步得到提高。在最后的复习阶段，怎样在短时间内解决一些英语弱势考生存在的实际问题？争取每个得分点，进一步提高成绩，成了很多考生关注的热点。考生怎样才能在总复习中取得事半功倍的效果呢？我认为主要应从以下几个方面入手：

一、词汇复习

词汇复习也就是在复习基础知识和基本技能这一阶段，考生应该把所学的单词、短语、过去式、过去分词（不规则）等，过一遍筛子，从而达到查缺补漏的目的，同时也为词语运用和单词拼写这两道大题奠定坚实的基础。

词语运用题只要考生能在阅读短文的同时，根据文意，将词或短语的序号填入文中，使短文意思完整就可以了。也就是说在填词的过程中，只需将原词填进去，而不需要作词形上的变化。这就要求同学们在总复习时做到：

（一）要加强基础知识和基本技能的学习训练，掌握大量的单词和固定短语搭配。

（二）要重视语言的上下文理解，把语言放到真实的语境中。

（三）要了解英语语言的背景知识和文化知识，尽可能用英语去理解英语。这样才能在解答此题时，得心应手。

单词拼写试题则不同于词语运用题，它不仅仅是单纯地测试单词拼写，而是把单词放在句子中和句子有机地结合起来，旨在考查单词的运用技巧。因此在复习和考试中，解此题应注意以下几个方面：

（一）如果所填的词是名词，则要注意是可数名词还是不可数名词，如果是可数名词，则要注意它的单、复数形式。

（二）如果要考查的词是形容词、副词，则要注意其等级变化，特别要注意的是那些特殊的形式，像 bad，badly；ill 所用的比较级、最高级形式 worse，worst；像 little 的比较级、最高级 less，least 等，更应该引起考生的注意。

（三）如果是动词，则要注意其单数第三人称的形式，还有过去式、过去分词等变化，以及其非谓语动词的运用。

（四）如果是人称代词，则要注意使用的是主格还是宾格。

（五）如果是物主代词，则要注意是名词性物主代词还是形容词性物主代词的形式以及反身代词等的用法。

二、语法复习

（一）对动词的复习

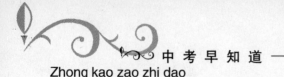

从历年实测的情况来看，动词或与动词相关题目的考查，占相当的比重。因为动词的变化多，而且是句子的核心部分，所以同学们在进行单项或知识点复习时，务必把动词和与动词相关的部分作为复习的重点。首先是动词的时态和语态，不但要把常见的基本概念搞清楚，而且有必要做大量的相应练习。这样才能在实际应用中少出错或不出错。

（二）对从句的复习

在复习从句时，特别要理清时态在从句中的用法，如状语从句（这里主要谈时间状语从句和条件状语从句）时态的用法是，当主句是一般现在时、一般将来时、祈使句时，从句要用现在时。当主句是过去时时，从句则要用过去时态。

宾语从句时态的用法则是当主句是一般现在时时，从句的时态可根据从句的时间状语来选择任意时态。当主句是过去时时，从句则只能用过去时态的某一种（客观真理等则只能用一般现在时）。

定语从句则要重点掌握几个引导词的用法也要注意。

（三）其他知识点

1. 可数名词的复数和不可数名词的表达方式，名词的所有格。

2. 人称代词、物主代词、反身代词、指示代词、不定代词、疑问代词、连接代词、关系代词和相互代词。

3. 冠词和不定冠词。

4. 数词。

5. 形容词和副词的比较级、最高级。

6. 介词。

7. 直接引语与间接引语。

三、情景交际

纵观近几年中考试题，"补全对话"作为阅读理解类题型成了必考题，用来考查学生的情景交际能力。因此对于考生而言，一定要熟悉日常交际用语及对话话题。如问候、介绍、告别、感谢、祝愿和应答、道歉和应答、邀请和约会、提供帮助、请求允许、谈论天气、购物、问路、看病、劝告和建议。时间和日期等在英语教学大纲中要求的话题及常用习语。以上的情景及话题在汉语中也是很常见的。但中英文在思维及表达式上差距较大，命题人常从此方面设计考题。如接电话人说："This is…speaking 或 Who's that?"不说："I'm…或 Who are you?"语言是灵活多变的，所以一定要注意根据语言环境具体问题具体分析。要做好这类题，需从以下三个方面着手：

（一）仔细审题，明确大意

首先要仔细审题，即在对话不完整的情况下，尽量弄懂该篇对话的大意（main idea）和情景（如购物、看病、问路和应答、约会、口语应用等）。

（二）分析对话，试填答案

在解题过程中，要根据具体语境和上下文，分析对话中所缺部分、判断所缺的句子。

（三）全文复读，融会贯通

在试填好答案之后，应从头至尾再把对话读一遍，按照对话情境，中心内容，推理判断。

四、完型填空

完型填空题，是同学们感到困惑最多的一道题。它从多个角度命题，涉及的知识点较多，考查的范围也很广，要想完成好这道题必须从这几方面入手。

（一）通读全文，领悟大意

完型填空常以文章或段落的形式出现，因此通读全文，把握文章整体大意就尤为重要。很多同学为了省时间或其他原因，只看选项，不看文章。不看上下文，不寻找文章中句子与句子的关系，结果作出来的答案往往是错误的。

（二）联系上下文，前后要贯通

完型填空经常对连词进行设题。因为，连词的使用为各句之间提供了紧密的因果、转折、并列等内在逻辑关系。

因此，同学们对以下连词的正确理解和运用就显得尤为重要。通过发现和正确地运用连词，可以从宏观的角度把握文章的大意，构建全文的内在逻辑结构，领会作者意图，获得正确的信息，找出正确的答案。

（三）仔细推敲、反复核对

在做完此题后，最好把所有答案填回原文中，然后将弥补完整的全文从头至尾看一遍，以确保文章上下文顺畅连贯、语法准确、逻辑合理。

完型填空的文章一般都是一个意义相关联的语篇。它围绕一个话题论述，在行文中词语重复、替代、复现和同现现象是不可避免的。根据这个原则，某一个空格所对应的答案很可能就是在上下文中复现或同现的相关词，我们可以根据这些动词之间的有机联系，确定答案。所以解题时，应联系上下文，寻找相关线索。

五、阅读理解

阅读理解在中考英语试题中，占有相当大的比例，比分比较大。而且文章题材涉及甚广，像日常生活、人物、史地、科普常识、经济等诸多方面。这就需要考生不但具备一定的词汇量和丰富扎实、正确的语言知识，而且还要具备一定的自然科学、科普常识，以及外国的风土人情，历史背景等。因此，同学们在平日复习中，一定要加大阅读量，阅读的题材要广泛。有意识培养和练就阅读能力。在做到广泛的同时，还要进行限时阅读。只有这样，才能在中考有限的时间内，准确地按时地完成大量的阅读题。在平日阅读中，还要学会带着问题读，要学会概括文章的主旨大意。

通读全文并了解作者的写作意图和文章的中心思想。还要学会通过看文章，或上句子的联系，猜测生词。另外，还要对文章进行合理的推断。要按照上下文的逻辑关系，站在作者的立场上进行合理推断。

阅读理解部分考试题型大致可分为以下几个类型：

（一）主旨题

主旨题主要测试学生对文章中心思想、主旨大意的理解能力。在初中阶段，有关这类题的常见提问方式为：

What is the main idea of this passage?

What is the best title of this passage?

在处理这类问题时，通常采用快读方法，先从头到尾把文章浏览一遍，因为这样可以使注意力集中于文章的整体思路及要点之间的联系，而较慢地阅读会使你过分注意细节，甚至个别词，因而影响对主题的概括。特别要注意仔细阅读开头段和结尾段，因为大多数文章的中心思想都出现在这两段里。

（二）细节题

细节题主要测试学生识别阅读材料中的具体事实和细节的能力。考生必须特别注意作者在陈述中谈到的是何人、何事、何处、何时、何故，在有关此类问题的地方作一个标记，以便在回答问题时迅速查找。

（三）词义题

词义题主要是检测学生在具体文章中，根据上下文理解某个词或某个短语的意义的能力。遇到这类试题，可从以下三方面入手：

1. 通过上下文的种种提示来准确猜出这个词的含义。

2. 一个单词可以通过前缀、后缀、合成等形式派生出来很多单词，因此可以根据构词法辨认其中的词根的含义，就可以判断出其派生、转化或复合词的其他词义。

3. 如果遇到非常熟悉的词汇，一定要尽量撇开其基本含义，注意其引申的意义。

4. 推断题

推断题主要考查学生透过文章的表面文字信息，进行分析、综合、归纳等逻辑推理的能力。

5. 观点态度题

观点态度题主要考查学生通过掌握主题思想和具体事实，对作者的观点和态度作出合理推断的能力。如果能按照以上的技巧来答题，答案的准确率就会大大提高。

六、作文

就去年中考书面表达题来看，作文的分值已经占得较大。因此作文

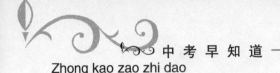

的得分对英语总成绩的影响也是不可忽视的。所以在写作文前，一定要仔细审题。看清楚题目要求，确定内容要点，在此基础上尽可能用所学过的词汇和语法结构，使语言更具有多样性、准确性、逻辑性，行文连贯性和语言连续性，并准确运用时态和语态，还要注意单词拼写的正确性。写完之后，一定要对所写文章通读一遍，检查错误，加以改正。另外在平日的阅读中，就要积累和背诵一些精彩的句子或短文，为自己准备一个资料库。当写作需要时，信手拈来，既快捷，又准确。更重要的是要把老师近期的每一篇命题作文，都精心修改，使其成为上等作文。以便于在考场上可以根据实际情况，进行迁移。千万不要到考场上去现想一篇作文，那种情况下是不会写出好文章来的。

在写作文时还要注意以下几点：

（一）观察题目和情景所提供的内容。分析、提炼要点，理顺要点。概括考题所要求表达的全部意思。

（二）综合运用各项英语基础知识，灵活运用词汇和句型，正确地用词造句，连句成文，进行有效的信息表达与传递。

（三）认真思考，选择正确的表达形式，正确使用结构词和过渡句，使表达内容连贯。

（四）书写要工整，要清楚。

七、有关听力测试的答题方法及答题技巧

近几年听力测试虽然不纳入英语试卷，但听力测试的等级对考生的总成绩也有一定的影响。因此，同学们近阶段要加强对听力的练习。怎样做才能在听力测试中取得好成绩呢？

对话理解和短文理解，同学们除了应在听短文前，把所给的问题迅速过目，然后带着问题去听以外，还要知道短文一般涉及哪几个问题，像短文中故事的人物、故事的主题、故事发生的时间、地点，还有对话中说话人的身份、谈话的话题、谈话的时间地点等。在听短文时，则要注意文章的整体性，还要善于抓住主要信息，捕捉关键词，这些关键词往往是提供信息和内容的关键。关键词听懂了，整句的意思也就基本理解了。

另一种考查短文理解的形式是将所听到的词或短语填入题中的空格中。这就要求考生在平时练习听力时，要注意训练自己的记录速度和准确性。一般来说，第一遍可边听边写，第二遍补充检查。待放音结束后，还应将短文从头至尾检查一遍，特别要注意词尾听不太清楚的一些词，像名词所有格、名词的单复数，动词的时态、语态，形容词、副词的比较级和最高级、单词的大小写以及英语中同音异义词等。以便保持文章的正确性。最后谈几点有关听力的答题技巧：

（一）试卷发下来后，在未开始听力测试前，应抓紧时间抢读一些题，从而确定听音重点，使听音具有明确的方向性、选择性。

（二）适当做些记录，提高记忆效果（年、月、日、时间等）。

（三）在听力中如有一题未听清而被卡住，应马上放弃这一题，集中精力应对下一题，否则就会因跟不上语速而漏题。

（四）情绪稳定，沉着冷静，只有沉着冷静，考试中才能正常发挥。

小 贴 示

英语是种语言，要想取其精髓，必然要付出努力。若单纯为了应付考试而学习，则效率低下；唯有将其作为一种充实自己、提高自己的捷径你才能全心全意地为之投入。复习时掌握方法，事半功倍。

使出你的考场"杀手锏"

有学生最近很困惑，他平时学习很努力，领悟知识的能力也很强，课后做练习题的准确率也很高，但一旦上了正式考场，却总是考不出好成绩来。分析这里面的原因，除了心理因素外，还有另一面的原因就是

这类学生不会考试。其实考试是一门科学，有它特殊的学问和技巧，掌握了这门科学，你才能在考场上发挥自己的最佳状态，才不会一失足成千古恨，出现自己多年的努力与勤奋变成"一江春水向东流"的局面。所以每一位考生至少在复习阶段就要学会这些应考技巧并有意识地加以训练、养成习惯。等上了真正的考场，答题才能有条不紊，按部就班，做到精神抖擞的走上去，信心百倍的走下来。

一、浏览试卷

首先要用五分钟的时间把整张考卷大致地浏览一下，注意题量的多少，分值的分配情况，试卷的难易程度，有哪些具体要求，做到心中有数，为合理地安排答题时间做充分的准备。通常情况下，出卷人会考虑考生的心态，题目一般都是按照由易到难的顺序安排的，所以答题时要按顺序作答，先做简单的、熟悉的题目，千万不要倒过来做。如果答题顺序颠倒，会先遇到很多难题，精神就会紧张，可能导致前面简单的题目也没有思路了，考试成绩就会大打折扣。

二、规划答题时间

在浏览试卷的同时，根据你所掌握的包括题量、分值、难易等这些信息，迅速地将总的考试时间分解，并在头脑中规划出一个合理的时间分配方案。很多考生有一个考试误区，就是要快速把前面那些比较简单的题目做完，然后预留出大量的时间去抠后面的难题。他的理由是这些难题分值较高，是得分的重点。其实这种想法是错误的，因为简单的题目虽然分值较少，但占整张考卷的比例却很大，难题却恰恰相反，分值虽高，但比重很少。因此要正确把握好时间分配原则，前面简单的题目答题速度不宜过快，确保准确率，抓牢这部分你已熟悉掌握的基础分数。反之，只会顾此失彼，得不偿失。在答题时还要注意提高书写的速度，可以节省出一些时间用于思考问题。

三、仔细审题

仔细审题非常重要，只有知道让你做什么，你才会知道怎样去做。在考场上经常会发生有考生漏看题或看错题的现象，并造成终身的遗憾。

因此审题是解题的前提，解题是得出正确答题的关键。要学会找出题目的关键性词汇。比如像"论述"、"概述"、"比较"、"简述"等，恰当准确地理解这些词的含义，不能张冠李戴，如果你把简答题答成了论述题，非但得不到高分，还浪费了宝贵的时间。要尽量避免这种失误。对于那些"似曾相识"的老面孔，更不能掉以轻心，要将它与平时做过的题目对照一下，看看是否有"细微末节"上的差别，找出这些差别来才能作出准确的、有把握的答案来。看到陌生的试题也不要心慌，因为它很有可能就是你的老朋友，只不过它化了个妆，易了点容而已。要冷静认真地思考，设法将题意弄清，不能仅凭想象作答。

四、出现"失忆"宜暂时搁置

有些考生可能因为心理太紧张，出现明明记得的概念、定理或公式，却突然想不起来的现象。如果遇到这种情况，千万不要坐在那里冥思苦想，白白地浪费时间，可以把这道题先暂时放一放，并做上记号，以便查找。然后去做其他的题目，有时候遗忘的内容会突然"再现"。如果过一段时间，"失忆"仍然没有缓解，可以想一想与遗忘内容相近的知识或有联系的事情，通过换位思考，增加联想来使问题得到解决。如果临近考试结束，仍然没有回忆起来，就尽力而为地答一些，对那些实在超出自己水平的难题要舍得放弃。

五、确定合理的答题量

一些偏文科目的某些试题，其答题量的多少要视考卷的要求而定，可以先把你头脑中贮存的材料过滤一下，斟选出精华部分，滤掉那些不相干的或关联不大的内容，不要因为你知道得多就不加筛选地统统写上。有些考生答题时还喜欢"摆排场"，来一大段开场白，然后才切入主题，最好是丢掉这些"懒婆娘的裹脚布"，省略这些不必要的繁文缛节。抓住中心思想，紧扣主题即可。试想阅卷老师在闷热的夏季，看到你清晰、亮丽而又组织得好的答卷会有怎样清凉美好的心情呢？

当然也不能少答了所要求的题量，即使你没有足够的时间去完成所有的题目，也不要让某些题目空着一字不写。至少要简明扼要地叙述一

下该题的要点，让阅卷人知道你并不是一点不懂、一窍不通，通常他们都会酌情考虑给你一些分数的。

六、检查试卷

如果答题时间分配合理的话，可利用最后空出的一些时间将考卷大致检查一下。检查的内容主要包括两个方面：一是查漏补缺，就是检查有没有漏做的题，答案不完整的题。尤其要注意试卷背面是否有题目漏掉未做。逐一检查每道大题目里包含着几个小标题，每个小标题里又隐含着几个问题，有无疏漏现象。一旦发现，立刻补做，确保整个答卷的完整性，减少不必要的丢分；二是要纠正错误，如果你有足够的时间从头到尾逐一检查更好，如果没有那么多的时间，检查的重点应放在自己觉得有疑虑、感到不踏实的题目上。在检查中若发现错误，修改要准确，让阅卷人清楚哪个才是你想要的答案。

检查的方法多种多样，可以重新演算，可以换一个思路来复查，也可以直接把得数放到原题目的条件中去核对，看看前后能否保持一致。对于两种都模棱两可、把握不大的答案，一般以第一次做的为准，不要随意改动，修改的重点应放在计算错误和审题错误上。

小贴示

考生不容忽视的一个问题是：你的考卷必须整洁干净，字迹工整，答案清晰。如果轻视了这一点，你将丢掉你的"印象分"。另外，在遇到不会答的问题时，也不要让题目空着一字不写。至少要简明扼要地叙述一下该题的要点，尽可能地为自己争取分数。

中考早知道

Zhong kao zao zhi dao

第二章

强壮身体上战场——学生健康篇

劳逸要结合，张弛亦有道

众所周知，一个人只有在清醒的状态下做事，才会高效，否则，只会事倍功半。考试也一样，良好的精神状态对我们准备中考复习和考试是来讲相当重要。

中考的脚步越来越近了，考生们都已经进入了紧张的备考状态，有的考生恨不能把一天 24 小时当成 48 小时来用。熬夜不说，还比赛早起，学习期间更是不肯停下来歇一会儿，力求通过高强度的复习，在最后的"磨枪"阶段使分数"更上一层楼"。这种做法是完全可以理解的，但效果却不容乐观。因此有不少考生纷纷诉苦："我整天都抱着书本，却仍然感觉千头万绪，复习完这儿，又觉得那儿还有问题；复习完那边，又觉得这边还没真正掌握。复习来复习去，心里总是没有着落。搞得自己身心疲惫。"之所以出现这种局面，主要是没有科学分配好时间造成的，要慎防走进这种复习误区，在废寝忘食的同时，要注意劳逸结合，才能提高效率、达到目的。

常有这样的学生：学习积极努力，十分勤奋刻苦，然而考试成绩却不如人意，甚至较差。原因何在？其中一个重要原因，是他们学习与休息的方法不当。就拿学习时间来说吧，大致可以分为四个不同的时刻：高效时刻、低效时刻、无效时刻和有害时刻。在各个时刻内学习，其效果是大不相同的。辛辛苦苦地学了很长时间，不一定取得高效。很多人一谈到读书学习，必然强调"勤奋是成功之母"、"手不释卷"、"一寸光阴一寸金，寸金难买寸光阴"之类的名言。不错，这些名言确实道出了部分可贵的相对真理，然而如何科学地实践这些名言，乃是涉及十分重要的方法问题。美国大科学家笛卡儿曾说过："方法的知识是最有价值的知识！"勤奋程度之大小、学习时间长短在一定范围内是与成绩成正比，

但绝不是只要勤奋刻苦、学习时间越长，成绩就会越好。真理往往多向前跨一步，就成了谬误。有些学生，节节课到堂，作业、笔记也没少过，晚自习后还加班加点学习，连做课间操、课外活动都生怕误了功课，电视不敢看，常常是满脸愁容，不敢多玩。然而考起试来成绩仍是不佳。很明显，他们在低效和无效时刻勤奋学习，成果甚微，在有害时刻学习，简直是伤害自己，时间长了，还可能弄垮自己。

怎样为自己求得高效学习时刻呢？具体有效的方法就是主动休息。何谓主动休息呢？主动休息是指每工作或学习一定时间，身体尚未觉得疲倦时就休息。采取这种休息，既可保证接下来的时刻为高效时刻，也使身心健康不受损害。主动休息，使头脑保持清醒，易于接受理解新知识，所学的东西印象深、记得牢。反之，如果采用被动休息，即累了才休息，其效果就差得多。你看，若已觉得头昏了、脑胀了、眼睛已干涩难忍了的时候还要学，这时的学习定然费力不讨好。这时理解力差，印象模糊，记不牢，忘得快，身心受损。科学研究表明：人体持续学习越久或劳动强度越大，则疲劳强度越重，要消除疲劳就越不容易。人体好比蓄电池，勤奋刻苦学习时好比是在用电，而主动休息就好比是充电。倘若只管一味用电，不给及时恰当地充电，用得多，补充得少，行吗？文武之道，一张一弛。学习或工作适当时间之后，尽管还不累，就应闭闭眼，养养神或伸伸腰，做深呼吸，或看远方，看看绿色植物等，这就是一种充电方式，简单而轻松。对学生来说，早操、课间操、午休、课外活动及晚上睡觉都是十分重要的充电形式，绝不能马虎对待。每次充电后的一段时间即是高效学习时刻。有些累时，低效时刻；十分累时，无效时刻；头昏眼花，大脑感到酸痛时，有害时刻。要想学习成绩好，一是高效时刻勤学，二是不断创造提供高效时刻。

对于准备中考复习考试的同学们来说，吃饭、复习、睡觉，成为不少初三学生生活的全部。一些学生在课余时间不参加任何体育运动，课间也不休息，中午吃饭只是凑合。他们恨不得将每一分时间和每一点精力都留给复习。这些学生往往只看重一时需求，却忽视了长远的影响；

只注重学习时间的累计，却忽视了学习效率的提高。另外，有的同学甚至还牺牲自己的睡眠来换取学习时间。这样的话，第二天的学习自然而然地精力不会充沛，严重地影响了学习效率，这是得不偿失的。其实这样的做法并不科学，不利于压力的及时释放，非但难以促进学习，反而会使复习效果大打折扣。

因而在学习过程中，一定要注意劳逸结合才能保持精力充沛，才能使注意力集中。那么，怎样做到劳逸结合呢？

一、课间主动休息

课间10分钟是让学生解除疲劳紧张，放松心情的重要时刻，具有承上启下的作用。大脑是人体的"司令部"，在它的指挥下，我们的一切活动都变得有条不紊。由于大脑皮层具有自我保护的能力，当某一项工作做久了，兴奋性就会减低，如果再持续进行这类工作，那么这些外界的刺激就不会使大脑皮层兴奋，甚至会引起抑制。要使大脑的功能一直保持旺盛的状态，就要让大脑的兴奋区和抑制区经常轮换。因此，课间十分钟学生应该走出教室，呼吸些新鲜空气，活动一下筋骨，而不应该仍留在教室内做功课。

一位心理学家做过这样的一个实验：他在一班讲完一堂课后把全体同学带到校园里做游戏，让学生得到充分地休息。上第二堂课时，他测验第一堂课所讲的内容，全班平均得分56分。测验后继续上第二堂课，学生们个个精神饱满，情绪高涨。他在另外一个班讲了同样的内容，但课间十分钟不让同学们休息，布置另外的作业让学生做。第二堂课他一同样的试题测验了全班同学，结果，平均得分只有26分，比一班低了一半还多。测验后继续讲课，大部分同学无精打采，精力不集中，情绪低落。

通过上面的这个实验，我们不难看到，劳逸结合，尤其是充分利用好课间10分钟的休息时间，主动休息能够明显的提高学习效率，保持良好的精神状态和饱满的情绪来迎接接下来的其余学习任务。

二、积极锻炼身体

身体是"学习的本钱"，没有一个好的身体，再大的能耐也无法发

挥。因而，我们要督促自己劳逸结合，不要死读书而忽视了锻炼身体。体育锻炼至少有以下好处：

1. 有利于人体的生长发育，提高抗病能力，增强人体的适应能力。

2. 能够调节人体紧张情绪，改善生理和心理状态，恢复体力和精力。

3. 使身心舒展，有助于改善睡眠质量，以及消除读书带来的压力；

4. 可以陶冶情操，保持健康的心态，充分发挥个体的积极性、创造性和主动性，从而提高自信心。

我国南宋时期的大诗人陆游是古代诗人中创作最多的一位。他勤于创作，同时也注意强身健体，活了86岁。他的秘诀就是"拿扫帚扫地"。写作累了，就用洒水扫地的方法，驱除大脑疲劳，活动四肢，加快血液循环。他的身边总放着一把扫帚，写累了就扫上一阵。他有一首诗很有意思，希望对大家有所启示：

一帚常在旁，有暇即扫地；既省课童奴，亦以平血气。按摩与导引，虽善亦多事；不如扫地法，延年直差易。

三、文理交替学习

在读书求知时，为了充分利用时间，可交叉阅读内容差别较大的不同书籍。在学习内容的安排上要注意各门学科交替进行，特别是文理交替，学生不妨学完语文做物理，读完政治写数学。学习时多用交叉学习的方法，科学运筹时间，情绪饱满地投入学习，以取得学习的更大效益。

人的大脑在接受文科知识和理科知识的时候，所使用的部位是完全不同的，因此在复习阶段要注意用脑卫生。不能长时间连续地复习一门功课，这样会导致前面复习得很有效率，而后面的部分效果就很差了。尤其是文科类那些需要记忆性内容很多的科目。正确的用脑方法是：一个科目复习一段时间之后，就要适当换换科目，最好是文理科目交替复习，让大脑的不同部位交替工作，这样既可以调动大脑的积极性，又不会造成某一部位的过分疲劳，学习效率也会相应提高。

不同科目之间的交替复习也是有时间约束的。有些考生这一刻正解着数学题，还没等解开，突然又觉得还是读读英语好，就扔下数学去背英语，可单词刚背了几个，却又想起上次的语文题还没做好，又赶着去做语文练习，整天忙乱不休，收获却很少。这种做法是不可取的，复习时一定要有始有终。

即使这样，人的大脑长时间持续工作还是容易疲劳的，这时就必须让它得到休息，进行适当的精神调剂。如果不注意休息，继续复习下去只会事倍功半，还不如停下复习，放松一下自己。不妨做些自己平时喜欢的而又不过分消耗时间的事情，比如你爱好文学，可以找几篇优秀的短文来看；你爱好音乐，可以打开录音机听一听舒缓的音乐；你喜欢看电视，就观赏一些文艺类或知识类的电视节目；如果你愿意散步，就走出房间，轻松一下，也未尝不可。这就是我们平常所说的"文武之道，一张一弛"。

四、保持一颗平常心，与同学融洽相处

有的学生到了中考前，变得非常紧张，吃也吃不下，睡也睡不着，生物钟都被打乱了。其实，轻松的心态是取得好成绩的一个重要因素。对于学习，应坚持一种理念，那就是"在快乐中学习，在学习中寻找快乐"。学生应尽量保持平常心，不要刻意改变生活习惯，该怎么复习就怎么复习，该几点睡就几点睡。

人与人之间只有很小的差异，但这种很小的差异却往往造成巨大的差异。这里所说的"很小的差异"就是各人所具备的心态是积极的还是消极的，而"巨大的差异"就是最终的成功与失败。每天有个好心情，做事干净利落，学习积极投入，效率自然高。另一方面，把个人和集体结合起来，和同学保持互助关系，团结进取，也能提高学习效率。

五、保证充足睡眠

有调查发现，初三学生每天课外做作业的时间超过 4 小时的达到70%以上，超过 5 小时的达到35%；平均每人拥有 18 本学习资料，阅读研究这些复习资料剥夺了他们大量的休息时间。学生中流传着这样一句话："大考月月有（月考、模拟考），小考三六九（单元测验等）"。频繁的考试使学生的心理压力很大，精神长期处于高度紧张状态。家长和老

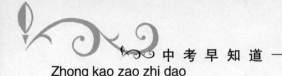
师的期望、激烈竞争的压力等，让部分学生不得不牺牲睡眠时间强化复习。我觉得，无论处于初三复习备考的学生的学习压力有多大，功课有多紧，睡眠时间绝对不能低于 6 小时，这是初三学生的睡眠底线，不能突破。

对于休息时间的安排，可因人而异。如果你的大脑承受能力强，就可以多复习一段时间再休息，反之亦然。要知道我们强调的是复习的效率和复习的质量，并非时间的长短，关键是要看你的大脑是否一直处于清醒的状态。现已就读于北京某重点高中的祝若介绍她的经验时说："我在初三的复习阶段，每周六下午都给自己放半天假，利用这半天时间做我最喜欢做的事，就是听听音乐，跟朋友聊聊天，交流交流经验，然后在家里看看杂志、报纸，了解一下时事新闻，学习休闲两不误。"

所以复习中的考生一定要关心自己的大脑健康，只有健康的大脑，才可能创造奇迹。一味地苦读只会使你的头脑越来越混乱，复习难见成效。要学会科学的用脑方法，做到劳逸结合，实现学习与休息的良性循环。

小贴示

笔者在读中学时最爱唱的一首歌是《我多想唱》，最喜欢其中的四句：一张一弛是文武之道，莫把自己弄得总是那样紧张。只要心情快活精力充沛，学的知识就会永记不忘。

多进行体育锻炼好处多

在中考复习期间，不少同学不愿意进行体育运动或忽视体育锻炼。如有的同学认为"这几个月应抓紧时间复习，每天锻炼会影响学习，暂停一下体育锻炼对健康影响不大"；也有的同学认为"早晨锻炼身体，上午学习时易犯困，影响学习，还不如不锻炼"；还有的同学说"中考复习时间紧张，每天花一小时进行体育锻炼是浪费时间，太不合算"等。甚至有的学校取消了体育课、两操和课外活动。其实，这些观念都是错误的，这样既不利于学生身心健康，也不利于高效率复习，迎战中考。

研究表明体育锻炼对中学生越来越重要。通过对历届毕业班学生的跟踪调查，中考成绩优秀的学生大多数是"能玩能学"的人，而不能把"玩"和"学"有效结合的学生多数不能取得很好的成绩。这使很多只知埋头学习而成绩不好的学生羡慕不已。的确他们没有从"玩"中求得进步、学到知识。怎么"玩"有利于考生的身心健康？怎样有利于学习效率的提高？

一、体育锻炼可以增强考生的记忆力，有利于提高中考成绩

美国的研究人员在 2007 年 3 月份的报告指出："体育锻炼有助于促使与记忆和遗忘相关的大脑部位形成新的脑细胞，从而增强脑力。"他们在实验中发现经常锻炼的老鼠，大脑的齿状脑回区长出了新的脑细胞。同时相关研究表明经常锻炼可使神经细胞更灵活，可以动员更多的神经元参与记忆，使学生的思维更活跃，理解东西更快，记忆的内容更多。

科学家们发现，长期以来一直被科学界以为只负责运动机能的小脑也影响"行为和智力"。一家专门治疗患有多动症、诵读困难症和学习障碍的机构，通过每天进行的平衡锻炼和手眼协调锻炼，使学生的注意力大大改善。与此同时，他们的书写和阅读能力也大大提高。多年前就有人提出"$8-1>8$"的公式。意思是说，如果每天学习 8 个小时，花在体育锻炼上 1 小时，表面上看来学习时间少了 1 小时，但实际上学习效率要好于每天学习 8 小时。因为体育锻炼增加了血液循环，特别是大脑血液循环量增加，使记忆力增强，能记住更多的有效知识、学习效率会提高。

二、体育锻炼可以宣泄情绪，有效降低考生心理压力

中考考生要承受来自家庭、学校、社会等各个方面的压力。如果考生不能有效地减小自身压力，在取得优异的成绩之前就会被压力击垮。体育锻炼是解决问题方法之一，也是"最廉价"的解决问题方式。体育

锻炼经常会有笑声、叫喊声，而活动中的笑声、叫喊声心理学上认为的最好的宣泄情绪的方式，能起到有效的放松，减小考生的心理压力，为中考保驾护航。

例如球类活动能使人把一些不良情绪宣泄出来，慢跑中喊一喊口号也能宣泄情绪，这些都能有效降低考生的心理压力。某校对课间操跑步的效果进行调查，此次调查涉及 10 个班的 561 人，受访者中有 328 人表明这是他们最好的宣泄方式和振奋精神的手段，占受访者的 58.5%。受访者中有 194 人认为跑步时喊口号基本能能宣泄情绪，占受访者的 34.6%。受访者中有 39 人认为不起作用，占受访者的 6.9%。约 93.1% 学生认为课间操跑步和喊口号能宣泄情绪，降低心理压力。球类活动可以锻炼考生的成就感，如打篮球时的投篮活动，每投中一次，神经系统都会释放肾上腺素使人产生成就感。成就感的提高，促进自我能力的认定，使考生自信心增强。

三、体育锻炼能增强考生的意志品质，为考生提供精神动力

现在的中学生多数为出生于 20 世纪 80 年代后期和 90 年代的独生子女，优越的学习、生活环境使她们怕苦怕累、意志薄弱，缺乏在艰苦环境中锻炼自己的勇气和克服困难的毅力，没有吃苦耐劳的精神和顽强拼搏的意志。

心理学家认为，为了调节行为或克服困难所作的努力，叫做"意志努力"。意志的外在表现，叫做"意志行为"，每个人的意志品质强弱是不一样的。体育锻炼正可以锻炼考生的吃苦耐劳的精神和顽强拼搏的意志品质。尤其是中长跑项目能培养考生的顽强拼搏、坚韧不拔的意志品质。球类活动可以锻炼考生的坚持不懈的精神，活动中会有屡投不中的现象，这就是对参与者意志的考验，如果参与者坚持，屡败屡投，不断调整技术，通过"意志努力"最终会成功。培养参与者的坚持不懈、永不言败的意志。

四、体育锻炼可以提高考生的审美意识，开拓考生思维空间

体育锻炼使人产生深刻的美感体验。这种美感体验强烈地冲击着人的心灵，完善着人的身体和心灵。这也是体育最显著的美育心理效应，是在精神愉悦中受到的身心统一的教育。

球类运动中要求参与者有良好的空间感觉，经常参与球类运动会逐步提高和训练参与者空间感觉、空间思维。丰富我们的经验亦可以丰富我们的思维。体育锻炼就可以丰富的经验。通过学习技术动作和对同伴的技术动作的比较，能有效提高学生的欣赏水平，特别是在球类活动中，经常运动和技术动作流畅学生与刚刚练习技术动作不协调的学生之间的差距会提高参与者的欣赏水平和审美意识。美学无处不在，体育锻炼中对学生协调性、节奏感有很好的矫正作用。

五、体育锻炼可以增强体质，从容迎接中考的到来

中考不仅是智慧的比拼和筛选，更是身体素质的较量，没有良好的身体素质很难在中考中拔得头筹，甚至无果而终。坚持锻炼提供了良好的身体基础，这是中考取得胜利的基石。

我国的大教育家孔子长期坚持锻炼活了七十二岁。古希腊哲学家苏格拉底生活俭朴，终生锻炼，在当时人均寿命只有二十多岁的情况下，他竟然活到七十多岁！他的学生柏拉图，也受老师的影响坚持体育锻炼，一生不知何谓疾病，终年八十岁。隋唐两朝时期的医学家孙思邈提出"人欲劳于形，而病不能成"和"动中求静，静中求动"并身体力行，七十岁时写成《千金要方》，百岁时定稿《千金翼方》。这些名人的成就都是以健康的体魄作为保障的。

小 贴 示

既然体育锻炼对考生的重要性毋庸置疑，那么中学生就应该积极地参与体育锻炼。在锻炼时，应安排好时间，选择适当的体育项目，真正做到劳逸结合，学习、锻炼两不误。

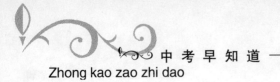
考生该如何制定科学合理的锻炼计划

有的考生不愿在中考前继续参加锻炼，是因为他的锻炼计划不够合理或不够周密造成的，制定科学合理的考前体育锻炼计划是坚持考前锻炼的有效前提。建议如下：

一、早操或课间操锻炼 15～20 分钟。最好以慢跑为主，也可以在短时间的慢跑后再做一些健身健脑的体操或者打打太极拳，还可以打乒乓、跳绳。打乒乓可以很好解决眼疲劳，跳绳则是最好的健脑运动。运动量不要大，以不要使自己感到疲劳为限度。

二、下午为眼保健操和课外活动时间，每天应坚持锻炼 20－30 分钟。紧张复习了一天之后，学生会感到大脑有些疲劳麻木。这时若放下手中的书本去锻炼 20－30 分钟，就会使大脑得到积极恢复，也能恢复体力，晚上的学习效率就会有效提高。

三、各时段学习 1－1.5 小时后，应站起来原地活动一下上下肢及腰腹，最好到教室外散步，或快步从教室走到操场转一圈，也可做椅上健身操或眼保健操，甚至找个地方倒立几分钟。这样再复习时，思维会更敏捷，效果也会更好。

四、复习期间的锻炼，一定要控制运动强度。因此，锻炼时在内容上要选择较为轻松活泼的练习项目，如快步走、跳绳、跳皮筋、踢毽子、打拳、打乒乓球等。不要参加那些过于激烈的比赛和大强度的训练。重点要防止运动伤害，否则得不偿失。

五、运动后应休息 30 分钟再吃东西，剧烈运动后不宜大量吃冷食。

六、要使生活规律化。把一天的复习、锻炼、休息、睡眠、饮食几方面科学地结合起来，要统筹安排，使每天的生活作息定时、动静结合、劳逸适度，这样就可以使大脑皮质兴奋和抑制过程得到调整，也有利于消除或延缓神经系统的疲劳。

其实我们都知道，学习效率和学习时间是不成正比的。备考阶段保证学生有充足的休息时间和体育锻炼时间，不仅能活跃人体的代谢，增强体质，而且对智力的发展也会产生积极的影响，是提高教学质量和教学效率的有力保证，也是提高升学率的必要前提。在《学校体育工作条例》中就明确规定，每天至少保证学生有一个小时的体育锻炼时间，这是有着科学依据的。经常参加适量的体育锻炼是参加中考学生的"兴奋剂"、"加油站"，坚持合理的科学有效的体育锻炼就能使考生在中考中出发挥正常水平，甚至超水平发挥，取得优异成绩。

鉴于体育运动的好处多多，所以考生在复习期间要确保经常锻炼。但适量参加体育锻炼并不等于所有的运动项目都适合，可根据自己的爱好选择，因地制宜，只要把握住"放松不放纵"这条原则即可。最好早晚都能坚持跑跑步，做做操，或进行一些运动量适中的体育活动，如打打篮球、羽毛球等。这可调节情绪、消除疲劳、养精蓄锐，以稳定、饱满的情绪迎战中考。

■ 小 贴 示 ✐

要尽量避免参加那些运动量大的项目和过程时间长的运动，如剧烈的分组对抗等。那样既容易过度疲劳，影响晚上的复习，也会存在意外受伤等安全隐患，得不偿失。

考前熬夜得不偿失

人们常说临阵磨枪，不快也光。因此，许多学生总是习惯在考试前开夜车，希望突击取得好成绩。但是美国科学家最近发现，考前熬夜的方法不但不能提高成绩，反而会影响记忆。

美国哈佛大学医学院的一个研究小组为此进行了记忆试验。研究人员让参加试验的24个人分成两组，在试验开始的第一天让一组测试者保持充足的睡眠，而另外一组人则通宵达旦地熬夜，直到第二天晚上才让他们去睡。但这两组人在第二天和第三天晚上，都被允许睡觉。到了第四天，研究人员对这两组试验者进行的测试表明，第一组实验者的记忆要明显优于第二组。

习惯"开夜车"的同学应把思考的兴奋点调到白天，牺牲睡眠时间去复习是得不偿失的做法。在考试前几天，不少考生仍然抱着"临时抱佛脚"的心态熬夜复习。在临考前这段时间，考生还是应该尽量少用脑，并注意稳定好情绪、避免恶性刺激。这种考生一到深夜，头脑异常清醒，白天却昏昏欲睡。

此外，中考前挑灯夜战，还会增添临考紧张气氛。其实良好的对付紧张的办法就是保持正常的起居生活。

因此至少在考前一个月，考生就要逐步改变开夜车的习惯，争取让大脑在白天进入兴奋状态。

南京某毕业班学生朱宇走下中考考场后，心情很糟糕。原来成绩不错的他，复习准备得很充分，于是蛮有信心地步入了考场。可面对那些似曾相识的考题时，他的大脑却一点也不清醒，昏昏沉沉的，没有一点感觉，答起题来似是而非，没有一点把握。中考结果出来后，朱宇森没有能够如愿以偿地考入理想中的高中，大家都说他运气太差了，连他自己也这么认为。后来偶然的一次与别人的交谈中，他才知道出现这种结局原来都是他中考复习时开夜车，又没有在考前迅速调解自己的生物钟所致，唉，真是悔不当初！

在临考前两个月，考生一定要有意识地着手生物钟的调整了。考试通常在上午开始，人在睡眠充足时，起床后也要两三个小时才能进入最佳思维状态，而有的考生习惯晚上开夜车，甚至喜欢晚饭后先睡一觉再起来熬夜复习，因为他认为后半夜思维灵活，脑子好使。对于这种长期养成的习惯，很难一时改过来，但应尽量设法一天比一天早睡一刻钟，早睡半小时，慢慢地改变这种习惯，到考前调整生物钟时，自然水到渠成。

所以把生物钟调整过来非常重要。在这一阶段，考生要注意早睡早起，晚上睡觉不要太晚，保证有足够的睡眠。尽量少用脑，并注意稳定好情绪、避免恶性刺激，让大脑得到充分休息。早上也不要多睡懒觉，因为经过一个晚上的充电，大脑在早晨会达到最佳的工作状态。中午可以适当午睡一下，以确保整个下午都精力旺盛，但时间不宜过长。

对于安排在上午的考试，考生在起床后绝对不可以再看书解题。如果考试安排在下午，早上可适当地晚些起床，但不宜用过多的时间继续复习，到 10 点左右必须停止。因为如果上午人的思维活动强度太大，到了下午大脑反而会进入抑制状态，反应迟钝，不利于考试。

小 贴 示

考前当夜睡眠是否充足至关重要。只有让脑细胞有机会补充能量，考生才能在考场上正常发挥。与其开夜车，还不如美美地睡上一觉，以更充沛的精力去迎接明天的考试。

考前三餐怎么吃

离中考的日子越来越近了，在此期间，学生们复习任务繁重，大脑处在高度紧张状态，身体能量消耗多，食欲往往不佳，再加上生活规律被打乱，身体抗病能力降低，很容易生病。因此，安排好这个阶段的饮食营养，对保证考生的身体健康和使大脑处于良好状态极为重要。

一般来说，人体在正常情况下血液呈碱性；当用脑过度或体力消耗大时，血液则呈酸性，所以，若长期偏好吃酸性食物，会使血液酸性化。大脑和神经功能就易退化，引起记忆力减退。含磷、氯、硫的食物

都属于酸性食物，如大米、面粉、鱼、肉、鸭蛋、花生、白糖等，常常食用会使血液酸化；反之，含有钠、钙、镁的食物则属于碱性食物。海带所含碱性最大，所以可以多吃海带。另外，一些干果类，如腰果、胡桃及芽菜类等，都含有丰富的蛋白质，维生素 A、E 和矿物质钙、磷、铁等，对人体的记忆力有帮助。要注意饮食卫生，以防胃肠道传染病的发生。

在考试期间，许多考生的生理和心理都承受着巨大考验。大脑会促使交感神经兴奋，刺激脑下垂体释放促肾上腺皮质激素来促使体内的各种激素的分泌，对考生影响最大的就是肾上腺素，它会使考生的血糖升高，心跳加速，血压上升，呼吸加快等，严重的会导致食欲不振、失眠、头疼、消化不良，腹泻或便秘等。而且考试时，每个考生的大脑始终处在高速运转状态，需要消耗大量的营养。因此，考生要及时进行营养补充。通常情况下，早餐、午餐和晚餐供应的能量要分别占人体每日摄入总能量的 30%、40% 和 30%。每天学校或家长为考生准备的膳食应满足以下要求：能量要充足，蛋白质和碳水化合物要足量，尤其是优质蛋白质要丰富，注意给考生补充多种维生素和抗自由基的营养素。

考试前，应多吃些主食。还可多吃些水果，特别是含葡萄糖较多的浆果，如葡萄、草莓等。若食欲过差，可适当服些多维葡萄糖。要保证足够的蛋白质，对促进身体发育和智力发育都有好处。平时，学生每日需要蛋白质 70~80 克，复习考试期间可适当增加一些。蛋白质以动物性食品，如奶、蛋、鱼、肉中的蛋白质为佳。大豆蛋白也是优质蛋白，多吃些豆制品很有必要。要适当摄取脂肪可增强记忆力。脂肪中含有磷脂和胆固醇。磷脂有卵磷脂和脑磷脂，均是大脑记忆功能必需的物质。磷脂是三磷酸腺苷的主要成分，三磷酸腺苷又是大脑细胞能量代谢不可缺少的高能物质。胆固醇也是大脑活动的所需物质，学生尤不可缺。所以，适当吃些脂肪性食物对青少年来说是没有坏处的。当然，高血脂或肥胖的人要注意控制。磷脂主要存在于动物性食品中，如奶类、蛋类、动物肝脏、瘦肉和豆制品中。

初中生正处于身体发育的阶段，身体所需要的营养本来就比成年人要多，可有些学生却忽视了这些，养成了很多不好的饮食习惯。主要表现为挑食偏食，或只吃鸡鸭鱼肉，或一点荤腥不沾，或见到自己喜欢吃的就暴饮暴食，或见到自己不爱吃的就能省则省。尤其是到了中考后期，复习时间长，任务量重，如果不保证营养的正常供给，是无法通过复习这一难关的。因此考生们一定要合理膳食，加强营养，增强身体的健康。顺利地度过中考。

世界上的食物多种多样，但是没有一种食物能够拥有人体所需要的全部营养素。复习阶段的营养不必过分增加，只要做到三餐有规律（不能一日只吃两餐或者暴饮暴食），不挑食偏食，粗细调配合理就可以了。如果晚上复习的时间比较长，还要适量吃点宵夜，补充熬夜所需的营养。在具体的用餐内容上，只要记住一句话就行了：早餐要吃好，午餐要吃饱，晚餐要吃巧。

关于早餐：早餐一定要吃好。通常早餐所摄取的能量应占一日总能量的25％－30％，早餐的食物量约占一天食物总量的1/3。有些考生平时就没有吃早餐的习惯，每天起了床就匆匆忙忙地去上学，这是极不科学的。因为考生身体经过一夜的消耗，体内的营养成分已经消耗殆尽，各种体内的代谢产物在体内堆积；上午考生还要走进考场，大脑需要的能量几乎全部来自早餐，如果体内没有足够的营养物质来满足机体的需要，那么大脑就会利用其他物质来供应能量，由此会产生一些副作用，影响考试发挥。因为人在空腹的饥饿状态下是很难集中注意力去做事的。因此早餐不仅要吃，还要保证吃饱。如果实在没有胃口，可以少吃一点，慢慢调整，等养成习惯就好了。早餐的基本要求就是能量要适当、蛋白质要适量，碳水化合物要充足。碳水化合物主要是由主食和精糖来提供的。

关于中餐：中餐要吃饱，就是说一定要保证足够的摄入量。但也不宜过饱，撑得难受，会增加消化系统的负担，引起消化不良。

关于晚餐：原来我们是说晚餐要吃少，现在提倡要吃巧。注意不要吃油腻的食品，选择清淡易消化、热量适中的食物。

关于加餐：许多考生因为晚上学习得比较晚，所以有必要在睡前一小时左右吃点东西。最好是喝点牛奶、果汁，再加点饼干，还要注意不要吃得太多，加餐的量只能是正餐的1/3左右就可以了。

关于卫生：在合理膳食的同时，还要注意饮食卫生、防止病从口入，吃东西前一定要先洗手，最好不要随便到路边的小吃摊或者卫生条件脏乱差的饭馆就餐。以免引起各种胃肠疾病。

有一些考生平常对洋快餐情有独钟。其实洋快餐基本上都是高蛋白、高热量、高脂肪、低维生素的食物，容易导致营养失衡，对身体健康不利。因此要少吃或不吃。还有那些含糖量较高的食物会降低食欲，油炸类食物不仅营养价值低而且含有某些有害物质。因此对这类食物要尽量减少食用。

均衡合理的膳食摄入是保证健康的先决条件，也是预防疾病发生的基础和前提。因此除了正常的规律性的三餐外，还要注意补充新鲜的水果。因为这是人体摄入各种维生素和矿物质的重要来源，水果中的有机酸还可助消化，促进食欲，增加脑组织对氧的利用，提高大脑活力。

小贴示

在中考期间，学生们复习任务繁重，大脑处在高度紧张状态，身体能量消耗多，食欲往往不佳，身体抗病能力降低，很容易生病。因此，安排好这个阶段的饮食营养，对保证考生的身体健康和使大脑处于良好状态极为重要。考前吃饭最好以清淡为主，不要吃得太饱，否则会使脑供血不足，容易造成疲劳。

远离"空调病"

即将参加中考的西安考生何菲病倒了，出现头晕头痛、恶心呕吐、全身乏力、关节酸痛等症状。妈妈着了急，连忙打车把何菲送到了医院。医生经过询问诊断，才知道何菲得了"空调病"。

空调这种现代化的办公设备，虽然可以创造冬暖夏凉的奇迹，但使用不慎，也会给人体健康带来一些负面的影响。

到底何谓空调病？它的临床表现又有哪些呢？可能很多人都不太清楚。其实空调病的发病原因主要有以下几个方面：

一、由于空调房间与室外的温差较大，人经常进出就会有忽冷忽热的感觉，容易导致上呼吸道系统抵抗力下降，同时空调房间温度适宜而又相对干燥，为病菌和病毒创造了生存条件，也会引起大规模的感染现象。

二、低温环境能使人的体表血管急剧收缩、血液流动不畅，使关节受冷导致关节痛；过冷的刺激使人体皮肤温度出现差别，即四肢的温度低于躯干的温度，手足降温，人体调节温度的能力对此无能为力。

三、冷的感觉能使交感神经兴奋，导致腹腔内血管收缩，胃肠蠕动功能减弱，引起胃肠不适。

四、在空调超净房间里，负离子几乎等于零。空气负离子是带负电荷的空气分子，可使人精神振奋，提高人体机能，被人们称之为空气"维生素"，若缺乏负离子可使人感到空气"不新鲜"，感到胸闷、心慌、头晕、无力、工作效率和健康状况明显下降。据测定，普通居室内每平方厘米负离子数为五十个，而使用空调装置后可减少至十个以下。空调的过滤器却过多地吸附了阴离子，使房间内的阴离子越来越少，阴、阳离子正常比例的失调就会引起人的大脑神经系统紊乱失衡，对大脑造成

一定的伤害。

五、从温度较高的室外或其他房屋进入有空调设备的室内，温差较大且温度骤变，人体的植物神经系统难以适应，就会出现空调病的症状。表现为易怒、紧张、失眠等。此外，由于空调房间通常是封闭的，虽然空调系统能将空气中大部分灰尘和细菌过滤掉，但空气中残留的细菌仍然会造成污染。人们长时间生活在单调不变的空调环境中，人体的生物规律受到破坏，也会造成植物神经功能紊乱。

空调病的主要症状因各人的适应能力不同而有差异。一般表现为畏冷不适、疲乏无力、头痛头晕、咳嗽流涕、恶心呕吐、鼻燥咽干、胸闷气短、浑身乏力、关节酸痛、肠胃不适、头晕目眩、眼冒金星、四肢肌肉关节酸痛、头痛、腰痛，严重的还可引起口眼歪斜，原因是耳部局部组织血管神经机能发生紊乱，使小动脉产生痉挛，引起面部神经原发性缺血，继之静脉充血、水肿，水肿又压迫面神经，患侧口角歪斜。

那么有什么好的方法来控制"空调病"发威？使我们既能享受它带给我们的凉爽舒适，又不至于患病在身而付出不必要的代价呢？你不妨注意以下几点：

一、空调温度不宜调得太低，依个人习惯最好是定在 25 – 27℃ 之间，不可让室内外的温差超过 7℃。并要保持室温恒定，不要一会儿调高，一会儿又调低。夜间睡眠最好不要用空调，入睡时关闭空调更为安全，睡前在户外活动，有利于促进血液循环，预防空调病。

二、空调房间要经常开窗换气，让室内外的空气对流交换。最好开机 1 – 3 小时左右就关掉一段时间，并打开窗户让室外新鲜空气体注入室内。要尽量多利用自然风降温，也可以在使用空调时不要将门窗紧闭，开一点小缝让空气流通。每天应定时打开窗户，关闭空调，增气换气，使室内保持一定的新鲜空气，且最好每两周清扫空调机一次。

三、使用空调的房间要保持清洁卫生，减少疾病的污染源，使用消毒剂杀灭与防止微生物的生长，防止细菌滋生。

四、如果你从外面回来，出汗比较多，一定要换掉湿衣，擦干汗水，等汗完全消了以后才可以开空调，切勿图一时痛快而立于空调风口对着吹，这样降温太快，很容易发病。

五、要尽量避免长时间待在空调房间里，可以学习一会儿，就出来走走，呼吸一下自然的空气，适当运动一下，有利于保护大脑，如果处于不学习状态，最好关掉空调。从空调环境中外出，应当先在有阴凉的地方活动片刻，在身体适应后再到太阳光下活动；长期在空调室内者，应该到户外活动，多喝开水，加速体内的新陈代谢。

六、晚上复习完毕，不要因为劳累疲乏，倒头就睡。最好洗个温水澡，自行按摩一番，有利于缓解空调带来的危害。

七、一旦有头晕眼花、四肢无力的感觉，要及时离开空调房间呼吸新鲜空气。如果仍没有效果，就要进行药物治疗。食疗可以喝一些绿豆汤、西瓜翠衣汤等也能起到缓解的作用。

■ 小 贴 示 ✐

夏季女孩子着装单薄，全部衣着重量最多不过为男装的2/3。体表，特别是手足，易于散热，易于血管舒缩失调。另外，女生体质又不如男孩子好，对冷刺激较敏感而又多畏寒，所以相对来说更容易患空调病，因此习惯在空调房复习的女孩子要注意多穿一些衣服保暖。

考前出现这些意外怎么办

在每年的中考考场上，总有一些考生无法正常发挥，影响考试成绩。部分考生还可能因为这些措手不及的事情乱了方寸，最终导致考试失利；有的考生甚至会因此失去考试资格。所以考生在上考场前，要仔细地做好各种准备工作，尽可能减少意外事件的发生，确保考试顺利进行。可

无论怎样准备，总有一些意料之外的事情发生，下面结合一些案例，总结出考生在考前可能遇到的一些突发事件，并给出相应的解决措施，以帮助考生顺利解决中考中的意外。

意外一、忘带准考证或考前丢失准考证

案例：回想起去年的中考，小丽仍心有余悸。本来离家之前带在身上的准考证，待到考场监考老师检查时，却偏偏找不着了，也不知道在什么地方搞丢了。急得小丽差点哭出来，后来在老师的帮助下，小丽才顺利地度过了中考。

对策：如果是忘带了准考证，需尽快与学校带队老师联系，向考点校领导说明情况，再通知家长尽快将准考证送达考场，下一场考试必须交验。千万不要回去取，因为如果迟到就会被取消该科的考试资格。如果是考前丢失了准考证，要立即提出书面申请，请学校帮开证明到区县招办补办准考证。

意外二、忘带某样文具或答题过程中文具不好使

案例：中考英语考场，小民一接到答题卡就迫不及待地填写起来，填了几个号码后，他发现自己居然用的是圆珠笔！于是急急忙忙地换2B铅笔，却又发现错把 HB 铅笔当 2B 铅笔带来了，急得他不知如何是好。监考老师发现后，立即借了一支 2B 铅笔给小民，最后用了不得已的补救方法：用铅笔再涂一次答题卡，尽量把圆珠笔的印记覆盖掉。

对策：参加中考考试时要带上 2B 铅笔、橡皮、尺、圆规等文具，最好是在出家门之前检查要带的全部物品。如果忘了带其中一样，最好不要回家拿。一般来说，考前可以向熟悉的同学求助，看他们有没有多的同类文具可以借用。也可以向监考老师求助，监考老师会动用备用文具用品。如果在考试中出现钢笔无水、圆珠笔不能用时，要马上举手报告监考老师，监考老师会帮助找同色墨水或借给你同色墨水的钢笔、圆珠笔使用，不要不好意思开口，以免耽误答卷。

意外三、不小心弄脏或损坏试卷、答题卡

案例：小强在去年的英语考场上，可能是由于过度紧张的缘故，手心不断出汗，不小心弄湿了答题卡上的条形码，差点导致电脑无法辨认。

对策：若在未开考前，发现弄脏或损坏了试卷、答题卡，应立即向监考老师报告，征得监考老师同意后，调换本考场的备用试卷或备用答题卡。若在开考后，则不可能再更换答题卡。因此在答题过程中，一定要小心谨慎，千万保护好试卷或答题卡。如果你也有小强这样的毛病，不妨带一块小小的干毛巾，以免出现此类失误。

意外四、考试过程中突感身体不适

案例：小伟是前年的中考考生，在考语文的头天晚上，小伟因没盖好被子肚子受了凉，结果语文考试期间腹疼难忍，一连上了几次厕所，最后奋笔疾书才算写完作文。回想起当年的情景，小伟至今仍历历在目。

对策：如果考生在进入考场前觉得自己发热、发烧，很可能是因为室外气温过高或过分紧张而致，不必过分担心，需及时向考点负责人报告。稍微休息一下、等情绪稳定下来后，体温就会自动恢复正常。如果在考试中出现拉肚子等急症，要根据考场要求举手示意，向监考老师说明情况，立即服用藿香正气水、泻立停等应急药物来做紧急治疗。在征得监考老师同意后，方可上厕所。如果出现鼻子出血等症状，可以向所在考点的医生索要止血物品来止血。考生应该携带一些自己常发病症的药品，但不要吃镇静药物。

意外五、进错考场或找不到自己的考场

案例：小波因粗心忘记在中考前"踩点"，对到达考场的路线不是很熟悉，以至于到达考场很匆忙，见所剩的时间不多，就赶紧找自己所在的第二考场，谁知找来找去却怎么也找不到，最后在巡考老师的帮助下，总算找到了。坐在考场座位上，小波不禁捏了一把冷汗，直怪自己不该不事先踩好点。

对策：考生在对自己陌生的考点，一定要事先做好踩点工作，熟悉一下路线，计算一下途中所需的时间并预留出一些时间以防路途意外发生，等到正式上考场时，就不会出现像小波这样的意外了。一旦发现自己找错了考点，应该马上通过坐出租车等快捷方式赶往应去的考点。在

每个考场的入口，一般都会有监考老师检查准考证，一旦发现考场有误，要及时求助于老师，他们会帮助你通过最便捷的途径到达正确的考场。

意外六、遭遇交通堵塞或路上发生交通事故

案例：因为中考考点离自己的家不算太远，所以小鹏决定骑自行车去考场，可在过一道十字路口时，不小心与一位迎面而来的小伙子相撞，虽然没有撞伤，但被撞的小伙子却不依不饶，揪住小鹏不放，非要小鹏带他到医院做各种检查。眼看着离开考的时间越来越近了，小鹏却遇到了这样的麻烦事，不禁心急如焚，幸亏交警即时赶到，小鹏拿出准考证并说明了情况，后来在交警的帮助下，小鹏才得以脱身，好不容易搭上了中考"末班车"。

对策：如果在赶考的路上发生与人相撞或车祸一类的交通事故，若本人伤势不重，没有涉及生命危险的，应坚持按时到场参加考试。如果是你撞了别人，对方也无生命危险的，一定要态度诚恳地向事主道歉，取得事主的谅解。如果与事主仍然无法达成协议，要马上拨打110报警，并向到场交警出示自己的准考证，说明情况，寻求帮助。通常情况下，警察都会考虑你赶考的特殊性，而向你提供一切有可能的便利。这是你解决交通事故最快捷的手段。如果赶考路上遭遇交通堵塞，的确也很麻烦，可"打的"或请人用自行车带到考场，如果这两种办法也没无法实现目的，同样可以请交警帮忙解决。如果考生乘坐的是私家车或出租车，可让司机打开应急灯，其他车辆在行驶中一般会予以避让；也可以求助交警，向其出示准考证，但要注意别把准考证弄丢。如果考生乘坐的是公共汽车，可向司机、售票员说明自己是参加中考的考生，要求下车，改乘出租车或其他交通工具。

意外七、考试时戴的眼镜（包括隐形眼镜）出了问题

案例：小梅的眼睛高度近视，离开眼镜几乎什么也看不见，为了能顺利通过中考，妈妈新近花高价钱给她配了一副隐形眼镜。可在语文考场上，她总是觉得自己的右眼不舒服，于是轻轻地揉了几下，这下可糟糕了，隐形眼镜片掉了出来，小梅试着把它戴回去，可是越忙越添乱，它却掉到了地上，怎么找也找不着了。小梅的哭声引起了监考老师的注意，最后监考老师帮她借了一副别的考生备用的、度数差不多的眼镜，小梅才算完成了最终的答卷。

对策：通常情况下，戴眼镜的同学，尤其是那些戴隐形眼镜的同学，一定要考虑考场上眼镜可能出问题的情况，并事先准备好一副备用眼镜随身携带，当然考试时若能带一瓶滴眼露最好不过，以备眼睛不舒服时使用。

意外八、考试时过于专心，藏在课桌中的试卷忘记拿出

案例：中考结果出来后，小红落榜了，因为她的数学成绩很低。不过，这是她意料之中的事，因为在数学科考试时，小红见发的试卷太多，桌子上有点放不下，就将一张考卷暂时放到了课桌的抽屉里，想过一会儿再拿出来答。可由于考试时太专心了，竟然忘了那张考卷。直到快要交卷了，才被监考老师发现她少答了一张，可再想做已经来不及了，小红只能眼睁睁地看着监考老师收走了试卷。

对策：考生在接到试卷后，先不要忙着答题，一定要先点清楚试卷的总页数，大致浏览一下全部题目之后再动笔，要做到心中有数。不论试卷多少，都不要把其中的一些藏在课桌里，以免忘记。

意外九、马虎考生忘了我是谁

案例：小忠平常就是个马大哈，在物理考试中，他一心只顾着答题，没有按要求先在考卷上填写姓名和准考证号。等交了卷后，才记起这事，于是请求补填，但因试卷已封存无法补填，只能将这门考试视为零分，小忠真是悔不当初。

对策：这种情况一般很少出现，大部分考生在接到考卷时，都会按要求事先填写自己的姓名和准考证号，开考时也会有监考老师逐一检查。但也不排除有个别马虎考生不按要求做，又碰到不负责任的监考老师，那麻烦可就大了，所以一定要防止这种意外发生。

意外十、答题时突然犯困

考生如果精神过度紧张，很可能会在答卷中途觉得困倦，特别是在

完成某一项或某一题，觉得"松口气"的时候，容易出现打哈欠的现象，这可能是脑部暂时缺氧的表现。这时只要精神不松懈，精力不分散，将注意力集中在试题上，困意很快就会过去。

意外十一、考试时尿急

根据考场要求举手示意，向监考老师说明情况，征得同意后方可上厕所。有的考生有"考场尿频症"，其实与情绪紧张有关，其对策一是心态要放松，二是考前一小时内适当减少喝水。

■ 小 贴 示 ✐

考生在上考场前，要认真仔细地做好各种准备工作，尽可能减少意外事件的发生，确保考试顺利进行。考试中出现情绪紧张、心跳加快、手脚颤抖、思维中断时，应该立刻放下手中的笔，闭上双眼，做深呼吸10次左右，当心跳平稳后再继续答题。考试期间，如有情绪波动较大的情况发生，走出考场应及时向心理老师或心理热线求助。在陷入心理困境时，旁人的点拨，会让你有"豁然顿悟"的感觉。及时调整自己的情绪，即使有一门没考好，也要保证其他科目正常发挥。

女生临考来了月经怎么处理

随着中考的临近，来医院就诊的考生患者也在增加，有过度疲劳引起不适的，有开夜车复习导致失眠的，也有因吸氧过度致使中毒的……在众多的"考生患者族"中有一类特殊的患者，那就是月经发生在中考期间的女孩子。据报道，上海的一位女考生为了改变生理周期，就连续数日服用了避孕药而产生四肢无力、肠胃不适等副作用而不得不到附近的医院就诊。恰逢中考来月经到底会不会影响智力而使考试成绩下降？

有哪些好的办法可以推迟月经来临？中考期间真的来了月经又该如何处理等这些问题，恐怕是所有女孩子都十分关心的话题。

下面先看一个例子：

小洁今年初三，正值最后备战中考考试冲刺的关键阶段，由于她合理安排自己的复习，所以自己感觉各方面状态都还不错，唯独以往都还规律的月经周期，近来却不那么正常了。要么过了 20 多天还不来，要么来了以后总是滴滴答答地不干净，她自己倒并不在乎，可对她生活上倍加呵护的妈妈却看在眼里急在心里，这几天总在小洁耳边叨叨要她去医院看看，可小洁怎么也不肯去。小洁妈妈只好背着小洁自己来到医院，其实像小洁妈妈这样"代劳"看病的家长还真不少呢。

小洁为什么会突然月经不调呢？是否所有的月经异常都需要治疗干预呢？一般说来初次行经之后的两三年之内，月经不规则是不需多加干涉的。因为青少年女性的卵巢从第一次排卵到功能完善常常需要一个过程，许多女孩开始行经的头一两年月经不规则，后来才一月一次慢慢规则起来正是这个道理，如果初潮之后两三年月经还是不规则，尤其是那些体型过胖或过瘦的不用药就不来月经的女孩或者是月经频发长期月经淋漓不净的女孩，往往伴有内分泌方面的疾病和出血导致的慢性贫血应该及时就医治疗。

那么小洁一向正常的月经突然改变了规律又是为什么呢？一般说来处在中考这种特殊生活事件的背景下，看不见摸不着的学习压力和精神紧张是主要的原因，治疗也首先应从这方面着手，家长要学会和孩子交朋友，要善于疏导孩子的紧张心理，教育孩子正确地看待中考结果，决不可因孩子的一次考试失利而恶语相加，冷讽热嘲，要帮助孩子制定一套可行的生活方案。避免经常开夜车影响睡眠，学习再忙也要安排一定的时间去户外活动或郊游放松放松心理，同时要注意在这个特殊阶段安排孩子的合理营养，这些一般的措施都注意了，那么辅助些药物治疗也是可以的。

的确，女孩子大脑皮层的兴奋性在月经期会有所下降，但绝不至于

影响考试，因为考试的刺激会给大脑皮层带来更大的兴奋性。当然月经期间也会流失一定的血液，但只要护理得当，仍然有足够的精力应对考试。有些女孩子不懂这些，盲目地以为月经期间智力会下降，于是便自行采用服避孕药的方法，希望能将月经期推迟到中考以后。其实这样做会产生恶劣的后果。避孕药属于激素类用药，用不好会扰乱正常的内分泌系统，出现早孕反应如恶心、呕吐。还可能导致以后的月经紊乱，出现排卵异常、经量过多（严重的还会大出血）、月经不调、甚至闭经等症状。因此使用避孕药没有什么好处，最好不要因为考试，强行把月经周期打乱。针对月经期间的失血现象，可以通过饮食调节起到一定的补充作用，像红糖、芝麻、大枣、生姜等有助补血的食物注意多吃一点。此外，月经期进补含铁丰富和有利于消化吸收的食物是十分必要的。鱼类、各种动物肝、血、瘦肉、蛋黄等动物类食物含铁丰富、生物活性高，容易被人体吸收利用；而大豆、菠菜中富含的植物铁，则不易被肠胃吸收，所以最好多食用前者。通过饮食来增加营养，无论是体力上还是精力上都足以应对考试，无需有任何担心。

对于痛经现象，也可以通过调节饮食的方法来缓解，比如把姜末剁碎放到红糖水里喝，效果就很不错；也可以敷一热水袋，或卧床休息一下，疼痛症状都可得到缓解。另外建议女孩子睡前最好喝一杯热牛奶，并在牛奶中加一勺蜂蜜，效果更佳。

对于平常月经周期过长，经量过大，甚至有时会因此而导致贫血的考生，为不影响正常的考试，确保发挥无误，可以适当地利用一些药物来抑制月经，比如注射黄体酮，或者是进行一些干预性的手段。但一定要遵医嘱，切不可私自用药。

小贴示

如果考试中途突来月经，或因月经流量突然增多而感到不适时，要马上去卫生间处理，千万不要不好意思告诉老师。疼痛得厉害需要服药，更要请求老师的帮助，一定不要因难为情而影响了考试，因小失大。一般建议女同学们在临上考场前，也最好在书包里放几片卫生巾和一两片止痛药，以防万一，有备无患。

中考早知道
Zhong kao zao zhi dao

第三章

考试何须忧伤——学生心态篇

听同龄人讲中考压力

进入初中以来大家已经多次步入考场，一次次考场的征战，磨炼了大家的毅力，培养了应试的技巧与心理。随着中考一天天来临，大家承受的心理压力会越来越大，而中考又是大家必须直面的现实，考生们各自呈现出了不同的考前状态。成绩优秀的考生信心十足，成绩中等的考生坐卧不安，成绩不好的考生烦躁无主。但只要是考生，不论他们平常的成绩如何，在他们的心理上、精神上都或多或少地承受着某些压力。下面先来看看同学们自己心中最真实的想法。

学生 A 说：中考的压力是源自我们对成绩的期盼，担心自己能不能考好或怎样考得更好。由此造成平时惴惴不安、急躁，越发觉得别人在进步而自己在退步。但若退一步想，我考得好与不好，父母都会欣然接受，父母总是站在我们的一边，是我们精神后盾。中考仅仅是人生中的一次挑战与机遇，要不断地去夺取人生更高的目标。

学生 B 说：考场如同战场，胜败乃兵家常事。失败是最叫人痛心的事，更别说接连失败了。我曾因失败而一蹶不振，苦恼、烦躁……无以言表，想找个人倾诉，可是，每每看见别人在埋头苦学，又不好打扰，于是我拿起了电话，将心中的郁闷一吐而快，对着电话我大声哭泣。几次倾心的交谈之后，我觉得自己好似脱胎换骨，心情愉快，目标明确，心态平静。我要告诉大家，当我们压抑时，一定要向那些可以交谈的对象尽情倾诉，无论父母、老师、同学还是其他人。

学生 C 说：我想提醒大家，面对压力，我们不妨来点"阿 Q 精神胜利法"，或许你的心情就会舒畅。再者我们可以在自己每天都看得见的地方，写下最能鼓励自己的话语，给自己加油，给自己鼓劲，增强自己的信心。

学生 D 说：自信是一个人成功的支柱。但自信并不等于骄傲，它意味着你可能比别人拥有更多的机会，不怕你做错，就怕你不做。自信来自于对自己的准确评价，来自于认清自己的优势与不足。它更来自于我们能给自己找出的一个适合自己的期望值，如此在压力面前我们就会乐观而信心百倍的前行。

学生 E 说：同学们，我们是中考的同路人，因此，我们是对手，也是朋友。同学之间既有竞争，又是携手前行的朋友。别担心别人超过自己，互相帮助共同进步，是我们应该具备的心态。你帮助了同学，也会得到别人的帮助，并会赢得真诚的友谊。在一种宽松的友爱氛围里复习迎考，其效果会更好。为此，我呼吁我们要团结互助携手走向考场，接受挑战。

学生 F 说：进入初三，自己的情绪变化无常，经常莫名其妙地悲伤，有时只是一道题没做出来或做错了，就会使自己情绪进入低谷。静下心来想想，那些情绪都与自己的心态有关。每每在那里患得患失，一次测试理想便不高兴，一次失败就气馁……由此我深深懂得保持一个良好的心态是多么重要。烦恼往往是我们自己塞进自己的心房，而世界却不会因为我们的烦恼停止前行，中考不会因为我们烦恼而降低要求。毅力是我们前行的支柱，在高峰时能看到危机，在低谷时能看到希望，就没有什么能够阻挡住我们。永远不放弃自己的努力，我们才会成功！

学生 G 说：等待别人弱下去，不如自己坚强起来。中考的竞争对手不是别人，而是我们自己。让自己充实地走过每一天，只有自我成长才是成功中考的有力保障。智慧不是与生俱来的，也不是到某个年龄就会自动到来。不断地战胜自己，克服自己的不足，弥补知识的缺漏，我们只能用坚实的脚步一步一步迈向中考。以坚强的毅力，扎实走好走后这段征战路，我们一定能成功，我们一定会成功！

学生 H 说：我想说的是带着压力，闹着情绪复习备考，其效率会极低。我们应该有一个合理的心态，遇到不顺心的事或烦躁时，暂时放下手头的资料讲义；在课间走出教室，欣赏大自然的美景，或听一听音乐，或读一片美文。自然的万物都会冲淡我们的心绪，音乐会陶醉我们的心灵，美文会启迪我们的思维打开我们的心结……

学生 J：把父母当做朋友，把心中的苦恼尽情得倾诉……天空会依然那么蓝，我们的心情会依然那么灿烂。良好的心态，快乐的心情给我带来动力与激情，更给我带来复习的效率！

学生 K 说：健康的身体是人生奋斗的本钱，在压力面前，保持自己的体力非常重要。锻炼自己的意志，跑步是一种有效方式。紧张的复习中，适当地跑步锻炼，有利于我们保持清醒的头脑与健康的体魄。

学生 L 说：其实，考试中我们经常会有自己不理想的成绩时，所以我要说一次失败，那仅仅是一次人生必备的挫折经历。尽管失利是有些酸楚、有些苦恼，但我认为它更是一番必备的经历。我们没有必要把它放在心头。战场上一场战役，指挥者从不会过分计较一城一池的得失，他要取得全局的胜利，就必须不计较。我们也应该抓住中考这个决战时刻，不必为平时一次或两次的失利而烦恼。

……

对"中考压力"这个话题，同学们给予答案是丰富多彩的。你的方法，我的见解，他的忠告……都是为了一个目的：减轻压力，轻装上阵，决战中考。

其实，在我们每个人的心灵深处都有两个自我：一个阳光灿烂的自我，一个暗淡消沉的自我。在一般情况下两个自我于心灵深处偶有争执，当压力挫折来临之时，光明的自我往往会被暗淡的自我赶出我们的心房，我们的心房里仅留下暗淡。请大家记住光明的自我与暗淡的自我无时不在争执、拉扯，所以我们必须小心谨慎，才能保住光明的自我。

有这样的一个问题：假如给你两枚硬币，你如何想办法把世界遮起来？答案很简单，把硬币放到眼前。很多时候，我们正是把问题放在了眼前，使自己不见天日，忽略了其实可以把问题放远点，换个角度看自己。悲观的人看到的是茫茫黑夜，而乐观的人看到的是夜空中的满天星辰。

记得有这样一个故事：某人在屋檐下躲雨，看见观音正撑伞走过。这人说："观音菩萨，普渡一下众生吧，带我一段如何？"观音说："我在雨中，你在屋檐下，而屋檐下无雨，你不需要我渡。"这人立刻跳出屋檐下，站在雨中道："我现在也在雨中了，该渡我了吧？"观音说："你在雨中，我也在雨中，我不被雨淋，因为有伞；你被雨淋，因为无伞。所以不是我渡自己，而是伞渡我。你要想渡，不必找我，请自找伞去！"说完便走了。

第二天，这人遇到了难事，便去寺庙里求观音。走进庙里，他发现观音的像前已有一个人在拜，那个人长得和观音一模一样，丝毫不差。这人问："你是观音吗？"那人答道："我正是观音。"这人又问："那你为何还拜自己？"观音笑道："我也遇到了难事，但我知道，求人不如求己。"遇到问题，不要总是把希望寄托在别人身上，记住成功者自救！心理的压力轻重、急缓来自我们自己，解铃还需系铃人。坦然面对，笑对压力，是我们应该具备的心态。

海明威说过："人可以被打败，但不可以被打倒。"的确，在备战中考的路途中，即使我们会被挫折和失败一百次打翻，只要你有信念，你同样可以在一百零一次后站起来，把苦涩的微笑留给昨日，用不屈的毅力和信念赢得未来。摔倒了，爬起来，换一身新衣服，明天又是一个崭新的我。只要心中有光，任何外来的不利因素都扑不灭你对人生的追求和对未来的向往。很多时候击败我们的不是别人而是我们对自己失去了信心。

恐惧与担忧总是在我们设想事情会如何不顺时出来。我们对失败的可能性想得越多，就越会害怕。而当你朝着积极的目标去思考的时候，就不会心生畏惧。快乐地对待生活，生活也会快乐地对待你！相信自己就是一只雄鹰，以自信为精神支柱，自信的力量是无穷的。把自己封闭的心门敞开，成功的阳光一定会驱散心头的阴霾。走出心理的沼泽地，迎接心灵的艳阳天。最后改李白的诗句送给考生：仰天大笑赴考去，我辈岂是怕考人！

■ 小 贴 示

　　考生要有战之必胜的自信心。马克思有句名言，在科学的入口处，正像在地狱的入口处一样，必须提出这样的要求："这里必须拒绝一切犹豫，这里任何怯懦都无济于事。"考试也是这样，只有勇敢无畏的人，才能在考场上取胜。考试是有其规律的，只要平常学习都准备到位了，那么，考一个理想成绩应是必然的。考生可这样对自己说：考试并不可怕，它和平时作业练习并没有本质的区别。

这样减压最有效

　　实验证明，影响考生成绩的不仅仅靠的是一味地学习，来自四面八方的各种考前压力所导致的心理副作用也是至关重要的一个因素。面对中考压力，很多考生表现出紧张不安、焦虑，性格变得孤僻、抑郁，不愿与家长及其他同学交流，成绩也较大下滑。对此，很多考生家长非常着急。因此要想在考场上做个长胜将军，除了扎实的基础、聪慧的大脑外，你的心情是否释然、心理保健是否做得好是个前提。听过这两句诗吧"汝果欲学诗，功夫在诗外"，现在就让我们一起来探讨一下如何面对压力，实现自我的超越吧！下面介绍几种减轻心理压力的方法。

一、饮食减压法

　　饮食疗法包括两个方面。一方面是指科学合理的饮食可以保证考生心理健康，为考生高强度的脑力劳动提供足够的物质与营养基础。这是考生减轻心理压力的生理保证；另一方面，研究表明有的食物可以直接减轻人的心理压力。如维生素 C。当人承受巨大的心理压力时，身体会大量消耗维生素 C，所以考生应大量摄取诸如草莓、洋葱头、菜花、菠菜、水果等富含维生素 C 的食品；胡萝卜能加快大脑的新陈代谢，有助于提

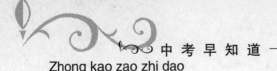

高记忆。香蕉含有血清素，它是人的大脑产生成功意识不可缺少的因素；柠檬能使人精力充沛，提高接受能力。海螯虾含有的多种重要脂肪酸可供应身体所需的养分，为大脑提供营养能使人长时间保持精力集中。

另外，少食多餐也有助于减轻考生的紧张与疲劳。如经常咀嚼诸如花生、腰果等食品对恢复体能、减轻疲劳是有一定帮助的。而过硬、过于油腻的食物，则会增加肠胃的负担，加剧考生的精神紧张。

二、转移减压法

科学地安排生活，将体力劳动与脑力劳动有机结合起来。有意识地转移注意力是减轻心理压力的有效途径。如参加各种体育活动、放学后泡泡热水澡、与家人、朋友聊天、双休日抽出一些时间出游等，可以用各种方式宣泄自己压抑的情绪。考生还可以进行左右脑思维的自主转移，脑科学的初步研究表明文科与理科的思维活动是由人的左右大脑分工负责的，这样文理交叉学习可以让左右大脑轮流活动，这种转移既可以减轻大脑的疲劳度，也可提高学习效率。

三、环境减压法

对于考生来说，在学校的学习氛围已经是够压抑和紧张的了，所以在家庭环境方面，家长应营造一个良好而宽松的生活与学习氛围，如在言行上不要天天对考生灌输努力学习考大学或名牌大学等话，家长可以在为孩子迎考服务方面暗中给孩子以物质与心理上的支持，为孩子安排好饮食。在考前积极与孩子进行亲子沟通，多鼓励孩子而不能以打击或施压等方式鞭策孩子努力学习，还应积极引导孩子进行自我宣泄，如以幽默的方式逗孩子开怀大笑，对孩子遇到不快时适当时可让孩子痛快地哭一场，经常对孩子进行身体接触式的爱抚，甚至经常拥抱孩子等等。

四、睡眠减压法

充足的睡眠是保证考生精力充沛、心理宽舒与平衡的前提。但遗憾的是大多数考生在考前遇到的问题是既没有充足的睡眠时间，也没有很好的睡眠质量，甚至会有失眠现象，即使有的考生能及时入睡，但其睡眠质量不高，如睡眠不深、整夜做梦等。所以保证考生有足够的、质量较好的睡眠是减轻其心理压力、提高学习效率的必要条件。如何改善考生的睡眠呢？首先家庭应为孩子营造一个安静的休息环境，其次考前睡眠时间少、身心过度疲劳，考生应进行多时段的睡眠。多时段的休息是调节过度紧张的有效方法，这已被爱因斯坦等许多科学家的亲身经历所证明。对于失眠的考生，一方面应积极调节心态，另一方面应通过科学的安排生活，建立有规律的起居来克服失眠。同时，在饮食上也可采取一些措施，如睡前喝半杯浓牛奶是有助于入睡的。

五、过度减压法

通常学校与家庭都让考生在考前进行一周以上时间的休息与调整，以让考生以充沛的精力应试。但许多家长以及考生都不了解科学的调整方法，例如大多数考生在考前往往是甩手大休息，事实上这种休息与调整是不科学的。心理学研究表明，人们如果处于高度紧张的工作压力下，长期下来作为一种应急机制，人的大脑中枢相应建立起高强度的思维和运作模式，使人能适应高紧张度、大压力的生活、工作方式，如果突然停下来无事可干，使原来那种适应高度紧张的心理模式，因突然失去对象物，面对宽松无事的环境，反倒不适应。所以许多考生停止学习后，往往会产生抑郁不安、失落、心慌等不适的心理现象。对此考生与家长都以为是因过度紧张的学习造成的，而不知道是急刹车惹的祸。所以考生在考前一个月就应该慢慢减小学习强度和减少学习时间，采取过度调节方式。再从应试角度来说，如果考生在考前一周完全停止学习活动，也不利于考试时迅速建立应急机制。

心理学研究表明，压力过低或压力过高都不利于学习。尤其是长期处于高压之下，情绪不稳定，中枢神经系统处于波动状态，致使学习和考试过程中的记忆能力、思考能力、想象能力等都受到影响，这就是有些同学之所以头脑发懵，思维空白，连简单题目都不会做的原因。所以只有在适当的压力下，才有助于更好地提高学习效率，巩固学习效果。

那么如何地顶住巨大的中考压力、超越自己呢？

一、正视中考前的紧张

中考是同学们第一次用自己的力量来面对人生的第一次严峻的挑战，有所紧张是再正常不过的，说明大家重视，而重视是产生学习动力所不可缺少的。考生们一定要认识到由于学习压力而产生各种反应是正常的，正确地对待学习压力，树立正确的考试观念，以积极的心态和行为面对考试。绝大多数同学在考试前（特别是大考前）都有些紧张，适度的紧张和担心是正常的心理反应，有利于学业水平的发挥。但从你的情况来看，属于过度的"考试焦虑"，长此以往会影响考试时实际水平的正常发挥，也会影响自己的身心健康。

二、认真复习是消除考试紧张的最根本途径

俗话说"家中有粮，心中不慌"。再好的心理素质也不可能让一个知识结构掌握得不好的人顺利地答完考题。如果平时准备充分，面对考题只会是感觉换了一个做题环境而已。记住，考试固然会有一些平日知识的变化与活用，但要相信考题的公正、客观、有效性。考题都是经验丰富的老师经过长时间的酝酿、反复斟酌、共同确定的，是为检验大多数同学的知识掌握水平的，不是为难大家的，所以刻苦努力是不会白费的。一定要注意平时积累。学习在于努力，成功在于积累。好多同学平时不努力，知识掌握不牢固、不系统。考试前临时抱佛脚，肯定心里没底。这样考试的时候就容易紧张、焦虑。所以，平时要努力学习，及时复习，对所学知识和技能做到真正理解和整体把握，考试时才能得心应手。

三、正确看待平日的月考与模拟考试

月考与模拟考试是为了检验大家的复习情况，让大家找出存在的问题，有针对性地复习，并适应正式考试的。要利用考试成绩与自己过去的成绩进行纵向比较，明确进步在哪，问题在哪。与同学的横向比较只能作为参考，千万不要过分在意，不应只重视一城一池的得失，而应着眼于中考的全局。

四、要了解自己，准确定位，合理期望，从而减轻压力

同学们要冷静、客观、现实、理性的分析自身的实力，一方面不要

妄自菲薄，定位过低，要大胆肯定自己；另一方面不要过高估计自己的能力，给自己定一些不切实际的目标，这样势必会产生很大的心理压力。一次考试失利，并不真正代表自己没有实力。把同学当做自己的竞争对手，不仅阻碍了自己潜能的发挥，也阻断了从同学那里学习成功经验的途径。正确的竞争对手应该是自己，而不是别人，只有不断地战胜自己这个最大最强的对手，才能重建自信，实现自我的超越。

五、不要过分在意哪一方面的不正常

心理紧张时会失眠、焦虑，这是正常的生理反应，不会给考试带来太大的影响。邓亚萍在悉尼奥运会期间曾因宾馆枕头的高矮不合适而影响睡眠，但这并不妨碍她夺冠。射击名将王义夫坦言，在瞄准的刹那间并不是完全聚精会神，很多东西会在脑中一闪而过，甚至会想起上小学时的一件事。名人、成功人士尚且如此，我们也不例外。

六、不要刻意强迫或过于勉强自己

复习要讲究效率和效果。复习太紧张，看不进书时，可以索性停下来，用各种方式宣泄自己压抑的情绪。看本轻松的书、进行一会儿体育活动或散散步，暂时忘掉一下，让大脑放松，不要打疲劳战，复习时间不等于复习效果。睡眠要讲究质量。睡不着觉时，不要强迫自己入睡，可以听听音乐，或者让大脑空想一会儿。公安干警有时连续几天几夜攻坚侦查，并不影响他们最终破案。不要对紧张与失眠产生恐惧，陷入恶性循环，高度紧张有时会令人急中生智的。强迫自己学习，根本体验不到学习带给你的快乐。而且你的大脑被各种杂念所充斥，不能全身心地投入到学习中去，由此导致学习效率低下，挫折感重。通过心理放松调节，她有了清晰的头脑、愉快的心情、敏捷的思维、高度集中的注意力、牢固持久的记忆力，何愁没有复习效率呢？

七、要坦然地准备好面对失败

的确，对一个成绩不错、没经历过多少挫折的学生而言，这种打击是沉重的。每个参加考试的学生都希望金榜题名，但并非所有的人都能如愿以偿。因此便出现了一些在失意的泥沼里不能自拔，甚至自暴自弃

的落榜生。应该正视失败，别光盯着消极面。胜败乃兵家常事，考试考"糊"了，对学生而言是很正常的事。一旦你在考试上遭遇挫折，一定要勇敢些，要正视现实，承认你的痛苦和感伤。要知道，从不经历失败，你就无法真正认识人生的真谛。如果一味地生活在懊悔或自责中，消极地看待失利后正在或将要面临的问题，那你能有重新开始的信心和勇气吗？所以，不妨勇敢些、乐观些、积极些。否则，你会由考试的失利转化成心情上的失落乃至人生的失意，而后者对人的"杀伤力"是十分可怕的。

虽然我们都对未来充满了希望和憧憬，但人生不可能是一帆风顺的。年少时的一次失败说不定是命运之神特意安排好来考验你的，一次失败恰好成就了你未来的成功。记住，一扇门在关闭的同时，肯定会有另一扇门为你打开。

小贴示

一些拳击手在上场之前，闭目静默一会，这时他们让自己的头脑中出现这样的画面：肌肉发达、强健无比的自己站在赛场上，感觉到浑身充满了无穷的力量和斗志，而对方是那样的弱小和无能。比赛开始了，没几个回合，饱尝了一顿组合拳的对手已经被打倒在地，无论怎样挣扎也爬不起来了。他们也想象对手虽然不弱，但自己有着坚强的意志和百折不挠的勇气，正是靠这一法宝战胜了对手。这种增强信心的方法也是可以在中考中用一用的，如在考试前，不妨想象考题就是一个个的敌人，而自己则是一个装备精良、训练有素、武艺超群的战士。你镇定、勇敢地打击敌人，真是"撂倒一个俘虏一个"。胜利最终是属于你的。

既要身心放松，又要适度紧张

小邓是一个面临中考的初三学生，很快就要中考了，一想到这次考试会影响到他的一生，他就不知不觉地紧张起来。现在复习的时间已不多，他感觉他自己还没有完全准备好，总是觉得时间不够用。有时候还会瞎想，考试时紧张怎么办？看到题目一下子忘了所学的知识怎么办？作文走题怎么办……想到这么多，他头都大了。他苦恼如何能克服考前的紧张心理，调整心态，笑迎中考？

小邓的例子在现实生活中普遍存在，的确有相当一部分考生学习十分刻苦，相当努力，学习方法也很正确，普通的测验也大多能考出好成绩来，但一旦上了关键的人生大考场，却总是无法发挥正常的水平而跌落下马。考生和家长，甚至于老师都非常着急，想知道问题到底出在哪里。究其根源，就是因为这部分考生存在着一定的心理问题。也就是说他们的心理承受能力差，面对巨大的精神压力无法逾越。具体如偏执、敌对、人际关系敏感、焦虑、抑郁、适应性差、情绪不稳定、心态不平衡等，这类问题如果得不到缓解。都会在不同程度上都会影响考生的应试能力，降低考试分数。

有一位考试专家利用10年的时间研究中考、高考，并用自制的中学生心理健康量表对近4万名中学生进行了心理健康测试。最后的研究结果显示，大约有32%的中学生存在不同程度的心理问题，而他们的考试成绩又恰恰与这些心理问题紧密相连。研究数据表明，考生的心理素质水平与他的各科考试成绩，尤其是语文、数学、英语这三门必修课的考试成绩成正比。也就是说，心理素质越好的学生，他的语文、数学、英语的考试成绩也越好，反之亦然。当然这只是总结出的一般规律，并非人人如此，也有一些特殊情况存在。

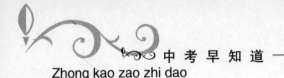
下面来看几个具体的案例：

案例一、一位初三女生在电话中说，自从寒假结束，中考进入倒计时以来，每天早上起床后，她都觉得情绪不振，心情压抑。想到还得在题海里鏖战一整天，心里就难受得要命。就这样下去，万一中途崩溃了怎么办呢？

分析指导：和这位女生有同样感受的考生可能大有人在。但是，一个真正聪明的人是不会让情绪牵着自己的鼻子走的，而是要设法用意志的力量来控制和转移自己的不良情绪，让自己心情舒畅地开始一天的生活。考生要让自己以愉快的心情投入到考前的学习中来，需要学会对自己微笑，多想一些愉快的事情，给自己积极的心理暗示。比如醒来后，先不要急于起床，两手抱拳在胸，把身子微微蜷起来，先偷偷地微笑，慢慢笑出声来，然后再起床，愉快地吃完早饭，带着高兴的心情去上学，路上不妨唱一支流行歌曲给自己听，娱乐娱乐自己。到学校以后，以最短的时间订出一天的学习目标，然后全身心地投入到学习中去，追求一个个目标的实现。等晚上躺在床上，要盘点一天里的收获，最后给自己一个快乐的理由。

案例二、一位男生在电子邮件中诉说，本来自己学习还可以，初一、初二在班里都是名列前茅。可是，进入初三后，眼看着同学一个个赶超过自己，心里就发了慌。尤其是第一次摸底考试，成绩出奇的差，自己都快绝望了。

分析指导：每年都有这样的考生，因为摸底考试成绩不理想而失去了信心，最终导致中考失败，这样的结果实在令人遗憾。其实，这些学生走进了一个误区——把别人当做了自己的坐标，在不断地赶超别人中败下阵来。要取得中考的成功，考生不要盲目地和别人做比较，一定要以自己的昨天为起点，保证自己的今天比昨天掌握了更多的知识，这样就足够了。所以，不管自己的摸底考试成绩怎样，要学会正确地评价自己，给自己一个合理的定位。何况，摸底考试中暴露出问题根本就不是什么坏事，正好可以在中考中避免出现同样的问题。其实，每一个人都有其不同于别人的地方，考生要学会自己鼓励自己，不要自己灭了自己的威风。

案例三、一位王同学说到，随着中考倒计时，他似乎突然间明白了中考对他的重要性，于是开始恶补功课，每天晚上学到 11 点，到凌晨 4 点钟，就让妈妈准时把他叫起来，一直学到天亮去上学，他不知道这样下去自己是不是能够承受得了。

分析指导：许多考生考前开夜车，不知道他们有没有做过对比，学习效率是不是真提高了？这样做是不是事倍功半？临近考试 3 个月前，考生就应该设法调整好作息时间，每天至少在晚上 10 点 30 分之前上床休息。但不是强迫自己睡觉，而是平心静气地回想一天里所学的内容，把前后的知识串联起来，对于回想不起来的内容，等天亮起床后再复习巩固。在回想的过程中，自己会不知不觉地进入梦乡。记住，一个人的精力毕竟是有限的，长时间的精力透支不仅会降低学习效率，而且会严重损害身体健康。所以，越是临近中考，越应该保证睡眠，以保持旺盛的精力迎接中考。

总之，中考心态调整的总体原则是：使自己既身心放松，宁静思远，又适度紧张，保持高涨的求战欲望。这就需要同学们认真领悟苏轼"回首向来萧瑟处，归去，也无风雨也无晴"的感觉，掌握心理调整的策略和方法。考生要注意在自我的成长过程中不断地积累经验、总结经验，让自己的心理健康更趋于完善，最终实现能适应各种生存环境，在遇到困难挫折的时候能勇敢的面对现实，并能采取行之有效的应对措施，顺利地度过人生之中的每个沟沟坎坎，取得与社会、与他人、与环境的心理平衡。希望以上方法能给大家有益的启示和帮助。

小 贴 示

中考不过是人生旅途中要攀登的山峰之一，取得成功的路有很多，就算考不好，也没什么大不了，还有别的途径可以走向成功。中考不过是自己真实水平的展现，它和平时的考试形

式上没什么区别。我们可以告诉自己："考试不过是对我几年来学习水平的检验，如果我都掌握了，何惧之有？如果没有学好，怕又有什么用？"如果考试前复习得充分，心里自然有了底，考试时没什么顾虑，答题时就会挥洒自如，会发挥得出色；反之，心态不好，会影响考试当中的状态。

如何应对和消除逆反心理

首先说一个例子，初三男生小强，16 岁。小时候还挺听话，可自从上了中学后，情绪就变得越来越难以捉摸，脾气也越来越大。只要是自己不愿意做的事情，爸爸妈妈怎么说，甚至打他都没用，如果说话的语气重一点，他就发脾气，不吃饭。有一次，由于妈妈不肯给他买溜冰鞋，他竟然离家出走了！家长费尽周折找到他后，他还是不肯回家。他的爸爸忍无可忍，狠狠地打了他一顿，将其强行拖回了家。

小强这种情况是属于青春期逆反心理状态。我们都知道，当孩子很小的时候，他们认为大人们（尤其是父母）有很多优点，对成年人的钦佩程度和尊重程度达到了最高点，而到了青春期，一切就都反过来了，他们认为大人们的缺点多得简直让人无法忍受，对成年人的敬佩和尊重程度也降到了最低点。慢慢地随着年龄的增长、认识的增加，这个最低点又会缓慢地回升。这就是我们平常所说的青春期逆反心理时期到了。所谓逆反心理，即人们为了维护自己的尊严，对对方的要求采取相反的态度和言行的一种心理状态。逆反心理的形成，与青春期家长与学校教育方式的不当有直接的关系。如好奇心、求知欲得不到满足，某些事物被禁止，轻则行动被限制，重则受到训斥、处罚，家长对孩子期望值过高，要求过严，教师在施教过程中，不尊重、不顾及他们的心理感受与体验，讽刺、挖苦、体罚等，都会在心理上造成压力，当青少年找不到良策去排解这种不断积蓄的压力时便产生逆反心理。

要对中学生的逆反心理进行正确引导，这就必须了解其产生的原因。

首先是好奇心。心理学家认为，当某事物被干扰时，很方便产生人们的好奇心和求知欲。尤其是在只作出干扰而又不作出任何答复的情况下，浓郁的神秘色彩更易产生人们的猜测。中学生们还处于这样一种既非成人又非儿童的特殊地位，纷繁芜杂的社会和来自社会的各种诱惑极易引发他们的好奇心和求知欲（尤其是在只作出禁止而不加任何解释的情况下，浓厚的神秘色彩极易引起他们的猜疑、揣度、推测），以至于不顾禁令地寻根究底或小作尝试。

其次，中学生自我意识的增强。许多中学生朋友都觉得自己已经长大，不再需要父母的管教了，他们希望独立思考问题，不希望父母过多地干涉自己的学习、生活、交友等私人问题。但在父母眼中他们仍是孩子，不得不管教，这势必引起中学生朋友的反感，他们常常会因为父母为自己买的衣服不合心意而大发雷霆；因为父母翻看自己的日记、信件而恼羞成怒；会因为父母干涉自己的交友而离家出走，久而久之，他们越发觉得父母不理解自己，为了强调自我的价值观念和存在意义通常做出有意违反父母意愿或某些约定的事。其实，这恰恰说明了他们还未长大。

最后是整个社会、学校及家长给中学生所造成的压力。现代社会竞争日益激烈，也越来越重视知识和人才，所以在社会、学校及家长眼中，好成绩成了衡量一个学生好坏的唯一标准。所以我们的中学生无一例外地都要被强迫好好学习，这在无形中给中学生们造成了巨大压力。当他们遭受挫折时便产生了一种反抗情绪，有的甚至故意有违父母的意愿不好好学习，这种情况在学校教育中多得不可胜数。

那么，处于青春期的学子们如何应对和消除逆反心理呢？

首先要学会理解和宽容。要试着以积极的态度去理解父母或老师，尽管他们有时候过于啰嗦、批评过于严厉，但他们的出发点是好的，都是出于对你的关心，都是善意的行为。而老师、父母也是人，是人就可

能犯错误，我们只要抱着宽容的态度去理解他们，去原谅他们，就不会有逆反心理了。

其次要把握好自我。要明白突显自己的个性并非一定要通过与他人对抗的手段来表现。要知道退一步海阔天空。

最后要学会适应这一阶段。青少年可以通过多参加一些课外活动，将注意力转移，并在活动中发展兴趣，展现自我价值，从而提高心理上的适应能力，克服逆反心理的产生。

青春期是诸多矛盾的集合体。具体如独立性与依赖性的矛盾，成人感与幼稚感的矛盾，开放性与封闭性的矛盾，渴求感与压抑感的矛盾，自制性和冲动性的矛盾。青春期心理就是在这些矛盾中形成并逐渐趋于成熟的，这是一个自然的过程。我们要正确认识这个"禁区"的内容，多与大人们交流感情，理解他们的用心良苦，学会尊重与信任，把自己的中考复习生活安排得有声有色。

小贴示

在对成年人某些语言或行为的理解中，可以通过换位思考的方式，站在他人的立场和角度上去看问题，往往有意想不到的效果。中学生朋友们要经常提醒自己，遇事多克制自己，多一分理智，少一分冲动。要学会主动与自己的父母或老师沟通，虚心向他们请教，多学他们的宝贵经验，减少相互误解的机会，顺利地度过自己的青春期。

要正确地看待与异性的交往

有一篇文章说一女孩子，每天上学总感到很多人都不怀好意地看她，对此她很烦恼。有人问她说为什么不走另一条路，女孩的回答很有意思：

"那样就没有人看我了。"十六七岁，是人即将走向成熟的时候，对异性的追求、关注是极正常的现象。人的心理是极其复杂微妙的，家长、老师管得再严，总不至于连内心的想法都控制住吧，况且，有时候，这种事情你越不让他想，他的好奇心反而会越加强烈。

从心理学角度分析，青少年进入青春期后，随着性生理的变化，性心理也必然发生复杂的变化。现代男女均在十三岁左右趋向性成熟，到十六至十七岁左右达到性成熟的最高峰。中学阶段正是十三四岁到十七八岁的时候，中学生的性生理的萌发与逐渐成熟，引起了性心理的变化，也给不少学生带来了苦恼。进入青春初期的中学生，随着活动领域的扩大和知识的增多，认知兴趣和求知欲的增强，在性成熟的生理作用下，一方面对性具有强烈的好奇心，产生了许多疑问，从内心深处感到异性吸引的存在，试图接近异性，探索异性的奥秘。另一方面也产生了青春期的新奇感，甚至产生了生理冲动。他们开始注意异性，亲近异性，容易产生爱慕和追求的情感，出现了一系列的思想问题。歌德说过："哪个青年男子不善钟情，哪个妙龄少女不善怀春，这是人性中至真至纯。"所以，青春期男女同学之间的两性间的自然吸引而产生的爱慕之情是自然而美好的。但是，中学生生理、心理尚未完全发育成熟，特别是他们的世界观、人生观、价值观还处于形成阶段，思想还不够成熟。因而，一些学生不能很好地调节自己，缺乏与异性交往的健康心理，把异性吸引误认为爱情，过早地把那种爱慕之心发展为恋爱，产生恋情。

大众传媒对中学生的恋爱给予过多渲染，描写中学生恋爱的文学作品、影视节目纷纷出台，使青少年觉得中学生的恋爱成为学校中的主流，其结果反而对学生的恋爱起到一种推波助澜的作用。此外，不良书报杂志、低级趣味的影像等也对青少年的恋爱有直接影响。当前流行于文化市场的那些不健康的东西，数量之多，覆盖面之广，是前所未有的。各种传播媒介中，性刺激量大大增加，那些庸俗的格调低下的文艺作品特别容易污染青少年纯洁的心灵。

中学生恋爱心理是不成熟的，他们对爱情的真正含义，以及怎样追

求爱情等根本问题，缺乏健全的理性的认识。不能正确地把握友谊和爱情的界限，并且他们没有能力承担恋爱婚姻的社会责任和经济基础，所以一旦有社会风浪的冲击，那种所谓热恋中的海誓山盟便告烟消云散，即便有时一些痴情者表现出的异常"坚定"，甚至以身殉情，那也只能表明他们理智低下、意志薄弱，还无法抑制狂热的感情。可见，中学生不成熟的感情维系的爱情是不会牢固的，因此中学生是不具备谈恋爱的条件，如果这个时候就把自己的命运拴在一个情况多变的人身上，往往会自食苦果。中学时代正是长身体，长知识的黄金时期，谈情说爱必然会分散精力，影响学业进步，影响身心健康发展。因此，我们要根据中学生的身心特点采取科学的行之有效的措施和办法。

中学生恋爱现象并不是洪水猛兽，用不着惊慌失措，更用不着大呼小叫，甚至采取一些"专政"手段。恋爱现象的出现，固然离不开社会、家庭因素，但更离不开心理、思想因素。为此，解决中学生的恋爱问题应着重从心理、思想因素入手，去了解情况，和学生沟通，理解学生；同时也让学生理解你，感觉到你对他们的爱护。这样，用耐心，爱心去化解学生心中的坚冰，问题才能得到较为妥善的解决。笔者认为要解决好中学生的恋爱问题，要做好"预防"和"疏导"工作。"防"胜于"疏"，"疏"是不得已的措施，是补救措施，"防"的意义远远大于"疏"。"预防"工作做得好，就可以避免学生误入歧途，免受精神和心灵上的创伤。"防"是基本点。

众所周知，青少年时期是人生中最为关键的时期，青年、中年、老年的状况如何，一生能否有所建树，很大程度上取决于这一时期所打下的基础。十六七岁，精力充沛、记忆力强，正是长知识、强体魄的最佳时期，过早涉及情爱问题，对个人的成长，对将来的前程极为不利，严重的可能会断送自己的一生。同时，这个年龄，是最叛逆的时期，总以为自己已经长大，总觉得可以主宰自己的命运，对父母的意见早已厌烦，老师的大道理似乎也失去了价值。但是，毕竟刚迈出家门口，对生活的理解还浅薄得很。在这种情况下，要想独立、正确的解决恋爱婚姻这一人生重大课题，实在是相当的困难。

初中生早恋现象，尤其是在中考备战前夕——这个本该是考生们埋头苦学的季节并不足为奇。因为越是到这个时期，考生的情绪越会紧张，感情越会变得脆弱，也就越容易对理解自己的异性产生亲近感，擦出爱情的火花。而恋爱又能给人以情感上的慰藉，缓解由于压力而带来的身体上的疲劳。所以一旦早恋之火熊熊燃烧，再让它熄灭是很困难的。在中考复习阶段，如何对待早恋这个不速之客，如何让这美丽的粉色恋情无声无息地结束，重新找回自己的老朋友——功课呢？你可以按照下面的指导来试着做，为了自己的美好未来，给自己的花季涂上无悔的色彩。

一、用理智战胜情感

人的大脑就像一个盛有两个托盘的天平，一边装着感情，一边装着理智，当我们用心所爱时，也要用心所思。其实爱本身并没有错，错只错在时间和空间的选择上。作为一名正处于人生大好学习时光的学生，尤其是考生，你要时刻铭记什么事情对自己最重要。不要白白荒费掉这读书的黄金时段，你必须要对自己的明天负责，同时也是对爱情负责。其实爱一个人的前提就是要给他（她）幸福，如果现在的你还没有给他（她）幸福的能力，就要努力去创造这个幸福的条件——用功读书，以后有所作为。作为中学生的你，若想赢得将来甜蜜的爱情，就必须学会把爱的种子深藏心底，把所有的时间和精力都用在自己的学业和个性的完善上。

二、化爱情为学习动力

讲个故事吧：一个德国男孩爱上了同班一个九岁的中国女孩，因为她生病未到校就放声大哭，告诉母亲要和女孩结婚。小男孩的母亲并未斥责他，而是和颜悦色地说：那好啊，但结婚要有礼服、婚纱、戒指，要有自己的房子、花园，还要花许多钱。可是你现在什么也没有，连玩具都是妈妈买的。你要和这位可爱的中国女孩结婚，从现在起就得努力学习，将来拿上博士文凭，才有希望得到这一切。那位男孩听后，擦干眼泪非常认真地读起书来。这个故事告诉我们的道理：男孩母亲的这番

话不也是同样适用于出于青春期的中学生么？只不过不是故事里的小男孩罢了。这位母亲说的话是很有道理。我想提醒你：你现在千万不要去打扰他（她），不要去破坏他（她）平静的生活！爱一个人就是对他好。对他好就是给他自由、尊重，以及配合他的喜好，以他能接受的方式，行你认为善意的好！不管他（她）现在是不是也喜欢你，你都不要去惊动这份唯美而圣洁的感情，你可以把他（她）拥在记忆深处，默默地把他（她）的名字呼唤成一首美丽的小诗，悠悠地把他（她）的肖像倾诉成一曲清丽的小调，甚至把与他（她）的点点滴滴精致成一串串回味无穷的故事！请你把他（她）当成一幅画，远远地、悄悄地去观赏吧！

下面有个故事，希望能够给大家以启迪。

小丽在初三那年收到了一个异性好朋友写给她的一封情书，男孩子在情书里表达了自己朦朦胧胧的爱情。不过说真的，小丽自己也蛮喜欢他的，因为和他在一起的日子总是过得那么开心！但是懂事的小丽是个很理智的女孩，她知道自己在中考这个时候不应该涉入爱河的，于是她就和男孩子约定一切等到他们中考过后再做决定。为了这个共同的决定，两个人在初三这一年的学习中付出了自己全部的努力，令人高兴的是，他们俩最后一同考取了当地一所重点高中。上了高中以后，小丽又推迟了决定的时间——高考结束。从此为了实现人生的理想和心中那个美丽的梦想，他们舍不得花一点时间去玩耍嬉戏，又重新投入到紧张、充实的学习生活中来。当他们累得精疲力竭时，只要一想到那个美丽的约定，就会产生无穷的力量。高考终于结束了，他们也都如愿以偿地实现了相恋的约定。如今很多年已经过去了，虽然小丽和男孩子之间的初恋之花最终凋谢了，但当初他们对于爱情的态度是正确的，那就是明确自己的学习任务，把对方感情转化为一种学习的动力。

看到了上面小丽化爱情为学习动力的故事后，我想中学生朋友们应该知道如何处理自己和心爱的那个他（她）之间的感情了吧？

三、把爱恋变成友谊

这是一种值得倡导的异性交往方式。有人问：异性间有纯洁的友谊吗？我想答案是肯定的。我们来看看以下几个同学是怎么对待自己的情感的：

第一对，他们平时都是自顾自地学习，他们在大家面前也就是和一般的同学一样，如果不是有人透露，还没有人知道。但因为是真正的，所以无论人家怎么说，都是从容面对。这是事实，他们也不反对。你爱怎么说怎么说去，我们走着我们的路。他们都是城里的同学，每天也就是放学后才会一块走，其他都很平常。成绩是很正常地起起落落，后来分班他们不在同一班，慢慢地，就走远了，成为很关心对方的好友。不知道他们的心路历程，但相信他们走得很理智，很明白自己的选择和行为。因为自己的喜欢而勇敢地面对自己的心，所以开始；因为自己的清醒而冷静地把握自己的学习，所以正常；因为自己的平静而恬然地做出放弃，所以结束。真的很佩服他们，一切都处理得很好。女孩说："我最终还是选择我的学习。毕竟那是一生都不会离开我的。"男孩说："什么也没多想，她愿意就行。"

第二对，他和她都是活跃分子，在班上本来就很耀眼，备受大家瞩目。两人实在是有太多的共同语言，无论什么都见识过，知识面很广，两人被说成一对很正常。他们俩依旧很要好，依然活跃在各个场合。他们还拿自己开玩笑，就像自己不是大家的谈论对象一样。他们的结局是：两人一直是好朋友，很铁很铁的那种。一方有难另一方绝对帮忙到底，只要一句话：咱是不是朋友？他说："她是个可爱的女孩。我能帮她为什么不帮？她也帮我许多。"她说："我一直把他当弟弟看。"

第三对，他和她是同桌。学习成绩差不多，各有天赋，性格上极为投缘，相互探讨是经常的事，还能相互开玩笑。本来是什么也没有的。可突然有一天，全班哄传着他们的"绯闻"。他们俩都莫名其妙。很凑巧老师换位子，就把他换走了。自此两人没有再说过话，没有再交往，就连最基本的同学之间有可能的联系都被互相避免了。两人见面就互相避开，在听到谈论对方时就离开，就好像有一堵无形的墙立在他们中间。"逃开"以证明自己的清白似乎是他们应付舆论的共同选择。他们的结局

呢？他们的成绩都很好，现在都考上了不错的大学，只不过还是没有联系，坚冰依旧未碎。对过去的这段回忆他选择沉默。她说："这是我一生的遗憾。为什么当初我不勇敢一点去面对？如果能的话，我就有一个很好很好的朋友了。可是，已经无法从头再来……"

不知道你们会欣赏哪一对，但是同学在对待爱情的问题上都很有分寸，都做出了对自己有利的选择。喜欢和爱不是让对方难过，不是让自己痛苦。喜欢为什么不做个无话不谈的好友、知己？那样才能无私地为朋友分担忧愁，才能轻松地为朋友付出。为什么要把那份沉重的责任揽到自己稚嫩的肩膀上？把异性当成一个和你一样的平常的人，忘记他的性别，从精神的层面去欣赏，你会发现，那里有一片更自由更坦荡的天空任你遨游，你将拥有更多能够理解你、欣赏你、喜欢你的异性好友。那时，你就会明白，喜欢并不一定要以恋人的形式表达。把事情想得简单想得单纯一点，把自己的视野放得宽阔放得高远一点，就能好好地处理和异性的交往。

试想：既然你爱一个人，而暂时又不能给他（她）全部的爱和幸福，为什么不选择他（她）做个无话不谈的知己好友呢？这也是一种积极健康的异性交往方式。只有这样才不会让自己痛苦，才是对自己最有利的选择。你可以无私地为朋友分担忧愁，可以轻松地为朋友付出。所以忘记他（她）的性别吧，学会从精神的层面去欣赏一个人，那时你就会惊喜地发现，其实有一片更自由更广阔的天空任你遨游。

爱永远是一个厚重而又圣洁的话题。爱的内涵丰富，爱的外延很广阔。但有一点却是相通的：那就是为爱负责！青春期的早恋现象并不可怕，它只是众多恋爱中一串酸酸甜甜的葡萄，一个似红非红的青苹果，只要我们理性去对待她、呵护她，将来一样可以赢得人世间最美好的爱情！

小 贴 示

在漫长的人生路上，有些人可以是朋友、是同伴、是知己，但不一定适合做终身伴侣。所以提醒那些过早涉入爱河的青少年朋友，莫要冲动地将自己的前途命运与一位异性朋友相连，要学会理智地对待这一人生的重大选择，不可草率行事，更不可提前偷尝禁果。为了明天的美好，需要我们把握好今天！从爱中"跳"出来，化爱情为学习动力。

临场发挥好有诀窍

每个考生迈入考场时都应该信心百倍，就如同大将入沙场，如入无人之地。要忘记自我的存在，达到"壮士一去不复返"的境界，拿出破釜沉舟、背水一战的精神。经过初中三年的系统学习和最后的紧张复习，你已经基本掌握了各个科目的知识主干，你已经完全具备了逻辑判断问题和实际解决问题的能力，所以你不应该对自己没有信心。大不了"兵来将挡，水来土掩"，要保持"我是考卷的主人，我怕什么"，"不管考题千变万化，我都能对答如流"的积极心态。

实际上不管你是胸有成竹还是底气不足，在走上考场时，或多或少的都会有一些紧张，因为中考一方面是对考生知识的综合测试，另一方面也是对考生心理承受能力的有力考验。应该正视自己的这种紧张情绪，不要认为这有什么不正常。但人有自我调节系统，要确保利用自我调节系统迅速将自己的心态调整到最佳，使头脑冷静下来，然后顺利地进入答卷才能提高答题的水平，增强获胜的信心，实现正常发挥或超常发挥。

怎样才能使坐定考场的你，迅速地平静下来呢？首先主动向自己的同学问好，通过轻松对话的方式缓解自己的紧张情绪；其次，可以和自己附近的考生互相激励，保证高昂的情绪；第三，采用各种方法静心，可以微闭双眼，可以凝视一个固定的物体，也可以擦一擦眼镜，叠一叠手绢，使自己的大脑处于空白状态，不去想任何与考试有关的问题，从而达到安静的目的。再有，考生也可以进行自我暗示，比如："我现在的

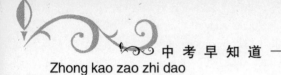

任务是答好题，而不是去考虑前途之类的事情"，"要冷静，成功属于我"或者"考题的难易对大家是一样的，我不会做的题，别人也可能不会做"，等等，可有效去除正式答题前大脑中的各种"杂念"。当然做几个深呼吸让自己平静下来也不失为一个好办法。

下面具体的谈一谈考试时的考试策略：

一、调整心态，沉着应考

当考生来到考场后，会发现以下一些现象：许多陪考的家长在校门外对自己的孩子不断地嘱咐，一些警察在四周巡视，考场外画有醒目的白色警戒线，鼓励考生的标语悬挂在墙上。这种氛围往往会造成考生感到有些紧张。在这种情况下，考生可进行简单的放松训练，如做几次深呼吸，然后暗示自己："我的状态不错，应该取得好成绩。"在考前几分钟应该自己安静独处，不要再和别人讨论知识上的问题，以免破坏自己胸有成竹的感觉。

二、浏览全卷，制定答题方案

中考时一般是提前5分钟发卷，考生应充分利用好这5分钟，首先把整个考卷浏览一遍，对题目难度、题量、题型、答题要求、分值等做到心中有数。然后确定自己的答题方案，即对自己答题的顺序和在各个题目上的时间分配作出全局性的安排，同时还应预留检查全卷的时间。浏览全卷可以对所有的题目在头脑中留下一个印象，在答题时有助于各个题目之间的相互联想，这对于开阔思路，消除记忆堵塞现象有好处。在浏览全卷的过程中，发现自己熟悉的不要过分狂喜，发现自己不会的也不要过分紧张，要保持镇定的心态，应该想到："我难人亦难，我易人亦易。"其实考试过程中题目的难易并不重要，因为你感觉简单的，别人也可能感觉简单。反过来也一样，题目对你来说很难，对别人来说也很难，这都是平等的。所以你答得不理想的科目，别人可能也不理想。关键是要正确把握心态，打好心理战，只要考试还没有结束，人人都有机会。

三、审清题意，细心答题

做题前首先要认真审题，明确题目的要求，避免盲目答题。审题的内容包括：看清题型和题目的具体要求，还包括审准题目所提供的信息。尤其是文科课程的考试，能否从阅读材料中准确地找到所需信息，合理演绎、大胆猜测、反复推敲词意句意，往往是答对题目的关键。在答题的过程中，有的同学没想妥当就匆忙地在试卷上填写，然后改来改去，既浪费了时间，又弄脏了卷面。有的同学则过于谨慎，什么都要在草稿纸上写得清楚明白，然后才往试卷上填写这样实在浪费时间。考试时间十分有限，许多题目没有时间打全稿，特别是一些大题，在草稿上写出答题思路或提纲后，就可以在试卷上直接书写。

考试过程中要看清题目，防止失分。具体可行的方法有：1. 注意题目中表示正误的字眼，有时题目要求你选出错误的答案。2. 理科的题目注意单位。3. 注意挖掘题目的隐藏条件。4. 理科题注意联系实际生活，例如恒取正数（几何的量）或者整数（人数或不可分割的名词）。5. 英语题注意某些拼写错误但很相似故意设置陷阱的题。6. 根据分值揣摩需要回答的点，做到没有遗漏，答多了即使与题目无关只要是本身是正确的也不会扣分。7. 考试时心平气和，不要紧张，在草稿纸上写上"细心"一类的字眼提醒自己。

四、先易后难，合理分配时间

正式进入答题过程后，要先做那些简单而且短小的题目。因为人在不同焦虑程度下适合完成的任务也不同。通常考生在刚入考场时，焦虑程度是最高的，只适合完成难度较小的简单、短小的题目，随着考题完成量的增加，焦虑程度会有所降低，这时再去做那些比较困难的题目，就可以慢慢解决掉这些难题了。

中考试卷的安排一般是从易到难，所以做题时也是按题目顺序做，只要时间安排合理，最后检查试卷的时间是足够的。但问题不是绝对的，每个人掌握知识的情况不同，答题的模式也不是一成不变的。有的同学遇到难题后就一心要把它做出来，忘记了后面还有很多题等着要做，浪费了太多时间，造成心理上的紧张，许多能够做的题也不会做了。正确的方法是先易后难，合理分配时间。先易后难的答题方法有利于消除紧

张，逐步提高自信，以饱满的精神和较佳的思考水平来攻克后面的难题，避免完全按顺序答题时不停地遇到难题，不停地产生紧张焦虑心情，最后会阻碍思维水平的正常发挥。在时间分配上，要注意对整个试卷的完成时间作出统筹安排，最后必须安排5～10分钟的时间进行检查。

五、镇定自若，巧解难题

在考试中不是所有的题目都是自己熟悉的，总会遇到许多困难。考试中经常遇到的困难主要有两类：一是记忆卡壳，平时会做的题，记得很清楚的知识，忽然忘记了；二是题目难度太大，一时间不知道从哪里下手。遇到困难时首先是不要紧张，因为上述两种情况往往是太紧张、太兴奋造成的。正确的方法是：先放下这些题目，去做一下其他的考题，或者去检查一下前面已经做完的与之相关的或类似的题目，看能否从中找到提示，或者回忆一下自己曾经做过的例题，或者回忆一下相关的知识，寻找突破口，以退为进；或者干脆把考试中其他的题目全部做完之后，再把这道题当做一般的练习题来做，没有了后顾之忧，就可以集中精力重点突破。在考试中，切忌赌一时之气，不顾时间和其他的题，无原则地蛮干。

考场上遭遇难题，首先要进行自我心理调节，可以先闭目片刻，做几次深呼吸，然后再进行自我暗示，自我鼓励："要难都难，大家一块难，慌什么！""别着急，冷静思考，我会成功！"尤其在这个时候，谁能稳住自己的心态谁就能以好的状态继续前行，谁乱了方寸谁就会发挥失常。此外，面对难题，亦可采取"退而求其次"的策略：即能做多少就尽力做多少，如果在短时间内还"拿"不下来，还可采用绕过难题"回头再说"的迂回战术。

考试过程中要学会舍弃。考场上之所以紧张，更多的原因是由于题目答得不够顺利。中考不是水平考试，而是选拔考试，遇到不会做的题目是非常正常的现象。所以没必要过分紧张。对那些没有一点思路的难题要学会舍弃，要确保其他题目的解答时间。

六、全面检查，站好最后一班岗

答完试卷以后，应该抓紧时间进行全面的检查。检查的内容包括：

答案的计算是否正确，书写是否有错误，答案的内容是否完整，要点是否突出，阐述是否清晰，选择题的答案是否正确，机读卡的填涂是否正确，题号与答案是否有错位的现象等等。最后一定要注意检查一下姓名和准考证号码的填写情况。

很多人平时的成绩都很不错，但一到考试时成绩总是不太理想，究其原因，就是心理素质不过硬，考试时过于紧张的缘故。我想，你也许把分数看得太重了，所以才会导致考试失利，你要学会换一种方式来考虑问题，你要学会调整自己的心态，人们常说，考试考得四分是成绩，六分是心理，过分地追求往往就会失去说的就是这个道理；不要把分数看得太重，即把考试当成一般的作业，理清自己的思路，认真对付每一道题，你就一定会考出好成绩的；你要学会超越自我，这句话的意思就是，心里不要总想着分数、总想着名次。只要你这次考试的成绩比上一次的成绩高，那就是超越了自我；这也就是说，不与别人比成绩，就与自己比，这样你的心态就会平和许多，就会感到没有那么大的压力，学习与考试时就会感到轻松自如的；还有一年多的时间，你要学会在这一年多的时间里，调整好自己的心态，这样你在中考中才不会失误，才会考出自己的真实水平来。

综上所述，考试的最高境界，就是考生以平稳的心态、忘我的精神发挥自己应有的水平，考出自己的实力。做到中考当平时，答卷如练习。为此，诚望考场上的学子记住四句话：冷静思考寻找感觉，大胆猜测完整认定；选项仔细作答缜密，一旦确认不再回首；循序渐进步步向前，依据实力灵活跳跃；心态坦然发挥正常，沉着应战节省时间。

小 贴 示

监考老师是为考生服务的，不要惧怕监考老师，即使他在自己的身边也不要感觉紧张。正因为有了监考老师严肃认真的监考态度，才能保证正常的考场纪律，才能为考生创造一个公平、公正竞争的环境，维护考生的利益。考生在遇到意外问题时，要首先想到向监考老师求助，而不要自己私自解决，否则会耽误自己的考试大事。认真铭记临场发挥的诀窍，避免走弯路，祝您成功！

考完如何调整心态

"考、考、考，老师的法宝；分、分、分，学生的命根。"直到全社会如此呼吁素质教育的今天，考试还是学校生活的重头戏，而分数的高低则不可避免地决定了老师、学生、家长的喜怒哀乐。因此，中考的过程中，有相当一部分学生会出现不良的心理反应，这些不良的心理反应不仅会使学生内心不安，影响他们正常的考试发挥，还会影响他们的自信心，减少他们以后积极应对考试的动力；甚至还会使一些学生发生心理疾患，影响他们一生的正常发展。那么，及时地发现问题、正确分析这些不良心理，并及时拿出调整措施，是对学生进行心理疏导和有合理性教育的必要前提。

一、盲目乐观心理

每次考试之后，总有一些学生自我感觉良好。不论谁询问他（她）考得如何，他（她）都会喜滋滋地告诉你"还行"，笔者就经常遇到这样的学生。考试刚结束时还真相信了他们的话。后来发现，远不是那么回事。而对于学生来说，如果他（她）认为自己考得很好，而真实的成绩公布之后，自己的成绩和别人相比显得较低，或低于自己原来的估计，此时学生的内心就会经历严重的心理挫折，原来乐观的心理就会被失败、痛苦、内疚所代替。这种痛苦的体验会使心理承受力低的学生失去自信心，产生自卑感，也会使学生心境处于消极的状态。以某同学为例，在期中考试前，应该说他比从前学习刻苦了，考试结束他对家长说："超常发挥，肯定比上学期期末成绩好"，家长也满怀希望地等待着。结果成绩公布后，还是"外甥打灯笼——照舅（旧）"，家长数落，同学白眼，自己沮丧，他自己也思绪万千，"剪不断，理还乱"，跑来泪眼婆娑，困惑地诉说："为什么成绩和原来想象的相去甚远"？"今后怎么办"？这种消极的作用越明显。既然盲目乐观心理的危害这样大，我们就得适时地帮助学生加以调整。

一是客观地估计自己的成绩。切忌过高估计成绩，考试结束后，及时索取答案，和老师研究答案，然后作出客观的评价。二是参照上次成绩来估计。把自己估计的成绩与上次的考试成绩比较，一般情况下，不能过高或过低，因为成绩的提高不是一蹴而就的，需要有一个过程，正确认识自己的实力，从而对将面临的成绩有一个合理的期望。三是与平时相近的同学比较。经验告诉我们，自己取得的成绩只有和与自己平时成绩相近的同学进行比较，才能真正知晓自己的成绩的意义，从而把自己的可能成绩放在恰当的位置。否则，就不会有一个客观的评价。

二、焦虑恐惧心理

许多同学都知道这种情况，刚考完试，老师们正在紧张地评卷，会不时有几个学生羞怯地跑进老师办公室询问老师"卷子评完没有？""老师让我们先查查分数呗"之类的问题。其实，有许多学生在参加了考试之后，急切地想知道自己的成绩，每日都在经受心理的折磨，每日都在紧张焦虑、苦苦等待中度过，这就是考试结束后的焦虑恐惧心理。

焦虑恐惧心理的危害是非常大的。首先它对人的正常的心理活动有影响。因为处于焦虑恐惧中的学生，很难保持良好的考试心态，像我们期中考试后的学生上课注意力不集中、倦怠、消极，就属于这种情况。他（她）在异端时间内，可能会对什么事情都无兴趣，思维混乱，健忘等，如不及时加以疏导，会严重影响他们的学习和生活。

其次是对人正常的生理活动有危害。人处于焦虑恐惧状态时，某些生理技能会受到影响。如食欲减退、睡不着觉，身体健康受到影响，还会导致一切疾病的发生。如有个叫杨扬同学，小学阶段学习很好，顺利考上了重点中学，因一次成绩不理想而产生巨大的心理压力。恐惧、焦

虑、导致害怕考试，上次期末之前，以滚楼梯弄坏右手为借口没有参加考试，这次期中考试没有理由不参加了，而成绩又一次失利，终于病倒了，尿中带血，到医院一查，急性肾炎，必须住院休息。所以，焦虑和恐惧是人类健康的大敌。

既然如此，如何调整呢？一是适时发泄。考试结束后，如果学生的心理处于焦虑恐惧之中，就可以选择一些需要付出体力的活动，如踢球、跑步、拳击等。通过剧烈的活动来发泄自己消极情感。也可以做一些不需要特别投入的活动、如打字、练字等，使自己在充实的活动中等待成绩公布。通过适时的发泄，学生的焦虑和恐惧的程度会降低，对其自身的伤害也会减少。一是运用想象疗法调整。学生可以选择一个不太大的空间，在没有任何干扰的情况下，选择一个自感舒适的姿势，微闭双眼，平静一会，然后开始想象。这样的想象会令人痛苦，但治疗几次之后，学生就会轻松许多了。

三、失败受挫心理

刘柳同学，本来是一个外向型性格的人，但因每次考试成绩距自己及家长的心理期望甚远，心理上多次体验挫折，而变得沉默寡言。这便是失败受挫心理所致。大家知道，人失败受挫的感受是很痛苦的，轻者影响人对快乐生活的体验，也会使人失去自信心，失去努力进去的积极性，还会使人产生自卑感，在以后的学习和生活中过低估计自己的能力，丧失发展自己的机会；重者还可能绝望，甚至会出现变态的极端行为，如出走、自杀、自残、伤害他人等，以不当的方式来发泄，缓冲内心的压抑。

那么怎样调整呢？首先可以多参加一些自己擅长的活动，来增加自信心。如刘柳就在文体活动中发挥自己的优势，为班级争得了荣誉，赢得了大家的一致好评，使自己从自认为什么也不是的心理低谷走出，找回了自信。其次是寻找失败的真正原因。心态变平稳了，才能客观地评价自己，通过分析自己在考试之前、之中的表现，学生可以重新对自己进行评价，一方面正确评价的本身就能减轻失败受挫的心理，以前高估自己而导致失败，而现在正确地评价了自己，就没有失败的体验了。再说找到了问题所在也有利于以后的学习和生活。上面所提到的刘柳就是在老师的帮助下，正确评估自己，树立信心、扬长避短，最终考上了理想的中学。而在中学里，心态平稳，信心十足，据说不但是文体活动标兵，还是学习尖子呢。可见，失败受挫心理是可以调整好的。另外，在调整受挫心理的时候，还可以学会发泄内心不快乐的感受，如找到一个无人的地方大哭一场，和自己的好朋友谈一谈，参加一切体力活动等，会使人感到轻松。特别是性格内向的学生，学会发泄显得更为重要。因为内心失败受挫的感受会在发泄中缓解和消除的。

下面说一个大家身边的例子：

走出中考数学考场后，邓婕有点沉不住气了，因为她觉得考题对她来说有点困难，自己有把握做对的答案不多，大部分都是模棱两可的，于是忍不住和同考场的一个同学对起答案来。这一对不要紧，邓婕发现自己能和别人对得上的答案并不多，而且试卷背面有一道几何题居然还落下忘做了。考虑到和她对答案的那个同学平常数学成绩就很好，于是邓婕更加认定自己的数学科目考砸了，情绪因此非常低落，回到家里，饭也没吃，还伤心的大哭了一场。接下来的几场考试，邓婕总是心不在焉，进入不了状态，连那些平常做过的简单的题目都拿不准正确答案。中考结果出来后，不出邓婕的预料：凡是前面考的科目，她发挥得都基本正常，而发生在数学科后面的考试，她都得了很低的分数。对于这样的结果，她的父母、老师都很奇怪，因为她的考前复习很充分，临考状态也一直保持得很好，为什么却考出了如此不理想的成绩呢？其实答案就在于邓婕犯了中考这种连续性考试中的大忌：考试没有最终结束，就中途就对起了答案。

中途对考试答案于后面的考试会产生消极的作用，比如：答案相同则盲目乐观，因成功而轻敌，答案不同则惊慌沮丧，因失败而泄气。这些情绪上的变化都将不同程度地影响下场考试的正常发挥。

试想想：既然一门科目的考试已经结束，知道与不知道答案已经不

是很重要了，所以有些考生交完试卷，走出考场后就忙于去和别人对答案，忙于去讨论试题的难易和得分，是非常没有必要的。要学会考完一科就放弃一科，要做到走出考场，难得糊涂。与其互对答案后对自己的失误耿耿于怀，把宝贵的时间浪费在这种弊多利少的行为上，还不如散散步、哼哼歌曲，放松一下紧绷的神经，然后集中精力把下一门科目的某些重要知识点再回忆一遍。积极投入到以后的备考中去。只有这样考生才可以"轻装上阵"，并保持乐观的情绪，考试才能越考越顺利。

诚如上面提到的焦虑恐惧心理，如果邓婕同学知道这种心理的危害并能学会克服，她就不会选择在考完数学科目后同其他同学对答案，严重地影响了自己的心态和情绪，导致后面一系列的失利，真是令人遗憾！

中考是对考生综合能力的检验，出现失误也是很正常的现象。如果意识到自己某一科考试失利，也不要惊惶失措。一要学会冷静地看待这种失误，既然结果已经成为无法改变的事实，再怎样惋惜又于益何补呢？若内疚不已、自责不休，对于赢得后面几科考试的胜利是十分不利的；二要以平常心态看待前科考试的失误，偶尔失误不应放在心上，因为中考这种多学科应试不以"一城一池"的得失来论输赢。对于失误，要有大将风度。三要以积极的心态看待这种失误，既然成败尚未定论，后面要考的科目就仍有希望，与其"庸人自扰"，不如振奋精神，放下包袱，集中精力考好以后的科目。你应该想着"下一门考好了，不就能把上一门损失的分数给补回来了吗"。假如后面有些科目考得也不理想，同样可以采取上述态度稳定情绪，力求把每一科的考分都多抓回来一些，这才是明智之举。

小贴示

理智地分析试卷，正确对待考试成绩。无论考的成绩如何，都要对各门试卷进行认真的分析与思考。对答得好的题目，应写出自己是如何理解运用所学知识的；答错了，要找出原因，错在那里、为什么错？以利于今后改正。如果这次考试失败，无论你再伤心、再痛苦、再后悔，它都已经成为现实，因此，你就应该勇敢地正视现实、面对现实，并想法去接受它、适应它。

不以成败论英雄

廖明娟是天津静海的一名中学生，今年 16 岁。她刚刚参加完中考。无论是爸妈，还是她自己，都希望她能考上重点中学——南开中学。本来她成绩是不错的，可由于考试时心理压力过大，在考场上发挥失常，以 3 分之差，与期望中的重点中学失之交臂。而最让她无法原谅自己的是，平时成绩一直不如她的某同学却金榜题名了。看到他春风得意的样子她的心很痛，想到爸妈眼里掩饰不住的失望，突然间她觉得自己的人生都变得灰暗。现在，她整天把自己关在家里，生活在自责与懊恼之中。没有笑容，也没有了追求。她知道这样的状态很不好，但是她自己却不知如何战胜自己。

像廖明娟这样，因经受不起落榜的打击而导致情绪异常的现象近几年来屡见不鲜。更有甚者因一时想不开而走上了人生不归路，飞扬的青春因为这些悲剧的发生而成为人间绝唱！我们知道，生活中人人都渴望成功，但成功并非眷顾每个人，在中考这样激烈的竞争中，总有一些考生被淘汰出局，这是不争的事实。

对于那些始终以读书为本的初中生来说，中考落榜几乎是他们人生路上所遭受到第一次最大的失败。面对如此大的挫折，即使再超脱的人，精神上也无法做到轻松、释然。他们会在以后相当长的一段时间里情绪低落，意志消沉，自卑感重，不敢面对未来，这都是正常之举。然而，这种状态持续时间的长短，却是因人而异的。性格开朗的考生可能在很短的时间内就能走出情绪的低谷，找到自己新的起点，并继续开始努力

和拼搏，积极地奔向未来新目标；而性格内向的考生却会沉湎于自责和不满之中，失去对自己的信心，他们觉得自己的未来是灰暗的，没有前途可言，如果不加调整，这种病态的心理就会不断地恶化，直至摧毁他的一生。

的确，对一个成绩不错、没经历过多少挫折的学生而言，这种打击是沉重的。每个学生都希望金榜题名，但并非所有的人都能如愿以偿。因此便出现了一些在失意的泥沼里不能自拔，甚至自暴自弃的落榜青少年。其实，考试失利后出现短暂的心理失衡是一种正常的情感反应。不过，如果心理压力过于沉重或持续时间过长，就不利于身心健康和成长了。

跟自己比，不要拿己之短比人之长。考试失利后，很多同学之所以在失意的泥沼中不能自拔，是因为他总是以超过别人为目标。一旦事与愿违，便会心理错位，拿自己的"失利"与别人的"得志"比，而你就属此例。"我比某某成绩好，可他考上了重点我却没考上"，这样比来比去，不但把信心与斗志比没了，而且使原本不爽的心情越来越糟糕。正确的方法是：以他人为参照榜样，以自己为超越的目标。和自己比，只要今天的自己超过了昨天的自己，就有理由为自己骄傲、自豪。

转移注意，学会规避挫折。考试失利了是哪个学生都不愿看到的结果。情绪扭不过来的时候，不妨暂时回避一下，打破静态体验，用动态活动转换情绪。若你能聆听一段心爱的音乐，跟随乐曲哼起来，动起来，你的心灵也会与音乐一起得到净化；若你把注意力放在与别人轻松交往上，约三五好友，逛逛街、打打球，这都有助于缓解你的失意情绪。规避挫折不是教你逃避现实，而是希望你能尽可能地把愉快、向上的事串联起来，形成愉悦身心的"多米诺骨牌效应"。这样你就可以逐步摆脱烦恼与沮丧，拥有一个阳光灿烂的心境。

学会倾诉，不制造人际隔阂。有些同学考试特别是升学考试考"糊"之后，便会背负起沉重的精神包袱，往日的笑脸不见了，整日深居简出，羞于见同学老师，面对同学的电话或来访持抵触心理。其实这是不智的，是在为自己制造人际隔阂，同时也暴露出你心理的脆弱。倾诉可以让你的心灵得到释放。为什么不走出去，找亲朋好友倾诉一番呢？即使痛哭一场也总比一个人躲在家里自责强啊！烦恼发泄出来了，"失意"的病毒便在你心里无处藏身了。

总结经验，为下次冲锋积蓄力量。成功只能坚定我们的信念，而失败则给了我们独一无二的宝贵经验。一次乃至多次失败并不能说明一个人价值的大小，没必要"为了一杯打翻的牛奶哭泣"。你要善于从失败中总结教训，为自己积累更多的经验。是基础差，还是"上场昏"？或者是其他因素？这些都需要你在考试失利后认真总结。再比如升学考试失利后，肯定会有一段时间情绪低落，但过了这个阶段，一个正常人就会思考失利的原因和下一步该怎么走。而一个心理不健康的人，可能就会沉溺其中，觉得自己完了。有这种想法的时候，也许他就真的离"完了"不远了。

廖明娟以及其他考试失利的同学，人生不如意事常八九，考试失利不过是命运对你心理承受能力的一种考验罢了。失利了，别失意，若以坚强的意志与自信跨过逆境后，你就会在人生大道上迈出更坚实的步子，获得意想不到的胜利和快乐。

对于考试失利的考生来说，怎样克服由失败而引发的挫折心理，怎样利用智慧来驾驭自己失落的情感，重新找回自信呢？

一、学会宣泄情绪和情绪转移

不要无限地压抑由失败而引发的痛苦情绪，最好让这种情绪得到正常的宣泄。你可以把这些不快写进日记，也可以向知心朋友倾诉你的苦闷。总之，通过这种宣泄的方式把痛苦的感觉抛到九霄云外，驱散笼罩在你心头的失败阴影，从而减轻精神上的负担和压力。

遭遇挫折的你情绪低落，会感到沮丧和烦恼，这时你最好运用可能的方式来转移这种情绪。你可以一个人在家里听听音乐，也可以和朋友们出去看看电影，还可以骑上单车去郊外旅游，领略大自然的美好风光。让这些愉悦的气氛驱赶你心中积存的郁闷，忘掉伤心的过去，重新找回

昔日的快乐。北京曾经有一位基础薄弱的初中生，当他在考试中遇到失败的时候，就习惯性地在夜晚一个人骑车穿越天安门广场，当看到天安门的雄伟壮观，无限的敬意和无穷的豪迈感油然而生，当看到天安门广场的宽阔、壮丽时，心中不禁涌起无比的自信，一切不快都随之烟消云散了。最后他终于渡过了难关，实现了自己的梦想。

二、放下你的心理包袱，坦言自己的失败

考试失败，对于学生来说是很正常的事情，为什么有些同学反应那么强烈，关键在于自己不能接受这种失败，"我从来没有这种惨败过"，是的，对你来说这是第一次，但这未必是坏事。"我从来没有考得名次这样低"，肯定的，因为环境变了，周围同学实力强了，所以显得你的名次下来了，这是正常的。失败本身并不可怕，可怕的是你不敢面对失败，你总是试图掩盖你的失败以维护自己的自尊，你总是担心别人知道你的失败而因此瞧不起你，你总是把失败的后果联想的很多很多，你试图回避，试图掩饰，假如你不能接受失败，你将很难调整你的心态，所以，首要的是坦然承认自己失败，告诉自己："这次我失利了"，然后反思自己："这次我为什么会失败？"输也要输得明白，是我主观努力不够，还是客观环境不适应？是基础知识不过硬，还是心理素质不过硬？找出问题出在哪儿，才能明确下一步努力的方向。"回避失败的人是弱者，正视失败的人是强者，能够从失败中吸取教训、反思自我并继续努力的人是智者。"相信你愿意做一个智者。

三、改变你的思维定势，认识失败的价值

失败与错误是每个人都不可避免的，但对待失败的态度往往会决定一个人今后的成功与失败。2001年高考状元许峥就特别善于总结失误的原因，将失误变成前进的动力。他说："发挥不好的时候，每个人都有，我觉得失败并非那么可怕，因为考不好才知道差距在哪儿，问题在哪儿，应该仔细总结一下，我觉得这时候就是找问题的所在。"从这个意义上讲，错误是一个指南针，它始终指向的方向就是我们要努力的方向。只有认识到失败的价值，才能把失利变成前进的台阶，才能避免重蹈覆辙，取得最后的成功。

四、学会自我安慰和自我评价

人的一生要经历无数次的成功与失败，要学会用"不以物喜，不以已悲"的心态来面对这一切。唐代著名诗人李白曾经说过"天生我才必有用"，就是一种超脱、潇洒的人生态度。是教人在遭受失败和挫折的时候，敢于正视现实，寻求一种精神上的安慰，也是一种精神上的自我肯定。如果说我们一定要取得最后的胜利，那么失败就是通往这条成功之路的必经路口。生活中没有什么是唯一的，条条大道通罗马，只要我们对自己充满信心，就能坚强地战胜一切。

当你用以上三种方法成功摆脱失败的阴云，走出情绪的低谷后，接下来要做的第一件事，也是最重要的一件事就是客观地、冷静地自我评价一番，通过认真的总结分析，找出失败的原因。到底是由于紧张、求成心切；还是由于功夫不到家；也可能是由于粗心大意导致了你最终的失败。这些原因找到后，要敢于进行新的尝试，需要重新树立自己新的目标。那么在为实现新目标而努力奋进的时候，曾经的失败就成了你宝贵的经验，也是不可多得的人生财富。当你把全部的精力都倾注到新目标上时，曾经的失败和挫折所带来的种种不快也就无暇顾及了。所以无论你选择的新目标是什么，只要充满自信，相信自己经过挫折和失败的洗礼后会更成熟、更坚定，你就会拥有美好的明天。

五、坦然面对家长，寻求家庭的理解支持

有的同学一旦考试成绩不理想，首先担忧的是怎么向家长交代，还有的同学把自己的成绩和家长的面子、荣辱联系在一起，认为自己考不好，家长会很没面子。即使知道家长并不会因此责备自己，还是难以冲破自己构筑的心理防线，害怕面对家长，并为此焦虑很久。有这种心理的同学一方面说明他很懂家长的心，另一方面也给自己套上了沉重的心理枷锁。如何让自己的心情从压抑的状态中解放出来，最好的办法就是自己坦然面对家长，坦言自己的失败，并和家长一起分析失败的原因，争取家长的理解和帮助，说出来，你的心才能放下来，家长的心也才能

放下来。要相信，尽管家长都很在乎你的学习成绩，但更在乎你所付出的努力，当你冲破自己的心理防线，主动和家长谈及自己的失败或困惑时，后果一定不像你想象的那样严重，而且，你会得到家长的理解和支持，从而得到莫大的心理安慰。

小贴示

胜败乃兵家常事，考试考"糊"了，对学生而言是很正常的事。一旦你在考试上遭遇挫折，一定要勇敢些，要正视现实，承认你的痛苦和感伤。要知道，从不经历失败，你就无法真正认识成功的真谛。如果一味地生活在懊悔或自责中，消极地看待失利后将要面临的问题，那你能有重新开始的信心和勇气吗？所以，不妨勇敢些、乐观些、积极些。否则，你会由考试的失利转化成心情上的失落乃至人生的失意，而后者对人的"杀伤力"是很强的。

中考早知道

Zhong kao zao zhi dao

第四章

放飞孩子的翅膀——家长心态篇

父母要做孩子的好朋友

素质教育在中国这个教育相对落后的国度已经大喊了很多年，但是仍看不到成效，影响的因素有很多：中国的国情；社会的发展情况；人们的认知及理解情况；政府的重视程度；经济发展的状况；家庭教育的程度；考试制度的改革等等。在上述诸多因素中，大多不是个人能改变的。但新形势下的家庭教育却是可以尝试的。

一个人的成长，影响最直接的就是他的家庭。有很多父母认为孩子的成材主要决定于先天智力和后期学校教育两个方面，而把自身家庭对孩子的影响却置之度外；有些家庭特别注重对孩子成材的影响，从小就对孩子进行超负荷的加负，让孩子学习很多超出孩子年龄限度的业余课程，让孩子参加各种竞技场，让本来应该天真快乐的童年生活变得枯燥无味、劳累不堪。在许多家庭中，都把孩子能否升学被列为家庭教育的首位，从不顾及孩子本来应该天真快乐的童年。

家庭是孩子的第一所学校，父母是孩子的第一任教师，是孩子模仿和学习的榜样。孔子说："其身正不令而行，其身不正，虽令不从。"在家庭教育中就是这个道理。有些家长整天沉迷在麻将、"斗地主"中，就会从他们孩子口中说出"二筒"、"炸弹"的话来。从这个意义上讲，孩子就是父母的影子，孩子的语言和行为在某种程度上就是父母的翻版。

父母都希望能与孩子之间建立起一座良好的沟通桥梁，以便及时掌握孩子的思想动向，帮助孩子纠正思想上的偏差，引导孩子走向辉煌灿烂的明天。如今的父母与孩子之间的角色也发生了翻天覆地的变化，他们不再是从前那种简单的老子与儿子的关系，更多的时候他们是导师与学生，真诚相待的朋友关系。毕竟，在当今的社会，改革开放所带来的副作用不容忽视，形形色色的诱惑也层出不穷，为人父母者都不愿意看

到自己的心肝宝贝染上各种陋习，滑向无法回头的深渊，只因自己的小觑与疏忽。

中国是一个文明古国，在这样的家庭教育下，孩子的天真快乐都被扼杀，我们还能去说孩子的未来吗？造成这种局面的原因是多方面的。有些父母本身缺乏知识，难以认识到知识在现时社会中的作用，从而排斥对孩子的正确教育，更谈不上素质教育。有些父母望子成龙、望女成凤心切。这种想法是中国人自古以来就有的对子女成才的渴望。但是，却不懂根据孩子自身的素质条件，过高地要求自己的孩子。有这样一则消息：某高中女生，家长陪读，最终劳累过度而死在教室里。当时记者记录了一天中这名学生的所有生活过程，除了学习还是学习。她的母亲悲痛不已地说，"早知这样，说什么也不会让孩子如此劳累的学习了"。

中国教育和西方教育的不同之处在于：西方人更注重与孩子之间的平等对话，他们积极地鼓励并正确的引导孩子，让他们学会自己去处理好生活中的一些问题。而中国的很多父母却秉承了千百年来的残风陋习，他们惯于包办孩子的一切，却不能把孩子摆在一个平等的位置上进行沟通。对他们而言，孩子永远是父母的下级，无论在发言权上还是在意见的采纳上，孩子都只能听从于父母，不得擅自做主。这也正是中国式教育中最为失败之处。

但让每一位父母困惑苦恼的是：不知道如何与孩子之间架构这座感情沟通的桥梁，很多时候，他们一句不经意的话语，会让至爱的孩子突然敛起笑容离你而去；当看到孩子遭受挫折而闷闷不乐时，他们也会茫然不知所措……做父母的搞不懂，自己生养的孩子虽然天天和自己同处一个屋檐下，却永远像个解不开的谜一样，令人不可捉摸。

有些父母家庭条件太过优越，但不能很好的运用它，使孩子变得懒惰、不求上进、胆大妄为，一副纨绔子弟的样子。这也是家庭教育的失败。作为父母，关注孩子成才无可厚非。但成才不一定就是学识上有所成就。三百六十行，行行出状元。教育孩子应以立德为本，德行才是决定孩子一生命运的基本条件。任何一个孩子都有自己的爱好，兴趣，作为家长不能将自己的理想强加于孩子，给孩子增加过多的不适合孩子身体、心灵发展的负担。因为过多的负担会束缚孩子自身潜能的开发。家长应当注意观察孩子的兴趣，鼓励孩子做自己感兴趣的事，并给予正确引导，让孩子发挥自己的专长。家长必须学会读懂孩子的心。家长的身份要适时转变。要真正的了解孩子的心理变化。有时还要放下家长的身份，融入到孩子的世界中，接近孩子的心灵，了解孩子的世界，做孩子的良师益友。

世界上没有任何一个人愿意心甘情愿地屈服于某人，包括你给了他生命的孩子，如果父母总是强制性地使孩子完全服从自己，势必会造成孩子强烈的逆反心理，遭到孩子猛烈的反抗，久而久之，两代人之间的鸿沟就会越来越深。

现在，很多家长还存在着严重的父权、母权思想，动不动就说"大人的事，小孩别管"，"大人讲话，小孩别插嘴"，"你只能看电视少儿频道"之类的言语，这样孩子肯定是不会与你畅所欲言的。要把孩子当做自己的朋友，必须赋予其发言权，不管他的论点是否正确，想法是否太幼稚、太离谱。做家长的千万不要笑他，要尊重他。又比如，小孩子喜欢和大人玩，有时行为有些过分，不要骂他不懂礼貌。你尊重他，他就必然喜欢你。

孩子不用说是有很多很多的缺点和毛病，让家长感到心烦。特别是自己工作上、生活上又遭受到一些不愉快的时候，更是容易对小孩的缺点产生愤怒，这时一定不要骂他"没用"，"真笨"，"只会惹大人生气"等，否则你就成不了他的朋友了。要学会赏识自己的孩子，你坚信这一点，怎么样看自己的孩子心里都会觉得舒服。

要做孩子的良师益友并不难。记住一个原则：对待孩子就像对待自己无话不谈的好朋友，平等而且尊重。父母要允许孩子就一个话题发表自己的意见，不仅仅是谈可接受的、安全的话题，而且要允许讨论和争议。在孩子还没有完全走入社会之前，家庭内部对孩子这种思维方式的训练是非常必要的。它可以建立孩子良好的自我形象、增强自信，让他

知道即使是一个小孩说出的话和做出的事都不是无关紧要的。要对其负责，培养孩子的责任心。父母应该允许孩子质疑你的判断，挑战你的逻辑，提出相反的论点，而不是对孩子的发言一棒子打死，因为我们从来都不会这样不尊重自己的朋友。

帮助孩子培养起独立思考的习惯。不管他思考的结果正确与否，我们都应该予以肯定。然后就错误的部分给出详细的分析和说明，再对他施予恰当的引导，找到正确的答案。这样，孩子就会在自我检查和自我纠错的过程中得到锻炼；这样，他才能有信心面对一切困难。

用心培养孩子讲话的方式与技巧，可以教给他如何真正地、自信地发问，让孩子学会礼貌地反驳别人。成功的父母应该让你的孩子在友好的气氛中阐明他的想法，反驳他人的观点。并为孩子智力的发展和自信的成长感到自豪。

不能只注意孩子的错处。当我们动怒时常常会急于让孩子认错，会直接针对孩子所做的错事切入。然而，孩子其实不是从小到大都只做错事，必定还有许多可取之处，如果我们只针对眼前的错事指责他，而忽略了他的优点，就很容易让孩子觉得大人眼中只看到他不好的行为，似乎大人并不了解他整个人，而只注意他不好的部分，这样他就会怀疑当他表现好时，当他作出努力时，父母到底看见没看见。孩子努力把事情做好以后往往需要我们的赞扬。同样道理，在我们批评孩子时，也应先对孩子做得好的方面给予肯定，然后再指出做得不对的地方，要让孩子知道家长并不是光把眼睛盯着他的错处，做得好的地方同样看得见。批评过后，父母不要一直板着脸说话或不理睬孩子，如果本来打算和孩子一起出去玩，也不能以孩子今天做错事为理由不带孩子出去。要让孩子知道，做错了事应该受到批评，但父母不会因为他做了错事就不爱他，而希望他更茁壮成长起来。

不要拒绝与孩子亲热，那种认为不给孩子点脸色，会有失家长的威严，难以管教好孩子的想法是错误的。很多时候，一份慰藉、一份温馨、一份力量、一份鼓舞，这些东西所给予孩子的教育要比居高临下的打骂好得多。

好的父母应该是孩子的知心密友，当孩子有困难时，你能帮他分担；孩子有成就时，你能与他一起欢呼。反过来也一样，你可以向孩子倾诉你的苦闷，也可以同孩子一起分享你的快乐。要做到这些，并不容易。

最重要的是父母要有这样的决心和毅力。不要做了几天朋友，忽然又变成了一个封建制的家长，揪住孩子的小尾巴，一刻不放松。几分钟前还是春风拂面，片刻之间就是阴云密布，这样的家长是让人害怕的，这种喜怒无常的表现会使你的孩子变得乖张怪异，所以父母要注意自己的态度与行为。既不要和孩子无限制的嬉笑打闹，也不要一味地板着脸孔，更不可以忽阴忽晴。要注意掌握好和孩子交往的尺度，既要孩子信任你，乐于把心事向你倾诉，又要给孩子一个科学合理的引导，使孩子不至于迷失了方向。如能达到这种境界，有谁还会为不了解自己的孩子而发愁呢？

🖋 小 贴 示

与孩子交朋友是一个需要家长和孩子共同努力的话题，因为十几年的隔膜不是一天两天就可以消除的，家长要有这个心理准备，耐心地与孩子沟通，不要因为孩子一时还不了解自己的苦心就大发雷霆，甚至比从前还要退步。那样的效果只会比以前更糟。只要家长放下姿态，以平等、包容的心态去和孩子交朋友，是一定可以做孩子的良师益友的。

要保持一颗平常心

生活中我们时常会遇到两种人一种人整天不满足于现状，拥有一颗贪得无厌的心，对周围的一切都持着报怨不满的态度，觉得生活对他不

公平，尽管他的物资和精神生活已经达到了一定的层次；而另外一种人却恰恰相反，他们虽然生活在社会的底层，过着吃饱穿暖的简单生活，但却能做到"知足者常乐"，他们从来不抱怨什么，他们生活得有滋有味，仿佛不知道苦恼和郁闷的存在。之所以会有这两种天壤之别的生活态度，在于人们对生活的理解和感悟不同，我们所提倡的后者就是因为其拥有一颗平常心，才能达到那种"平常之人，平淡之心"的境界。

望子成龙、望女成凤，人之常情。放眼当下，为人父母者为了孩子成才，付出很多，牺牲很多，令人感动。在人们的眼里，做父母的所做的一切，全都是为了孩子，为了孩子有一个好前程。

事实是否全都如此，并不尽然。每一位做家长的不妨扪心自问：在希望孩子成龙成凤的同时，自个儿是否也有光宗耀祖的念头？在希望孩子出人头地的同时，自个儿是否也有借子女的成功为自己脸上增光的心思？尤其是这种"赌博式教育"，做父母的动机实在令人怀疑。如果违背孩子的意愿，将孩子当做教育的"试验品"，不惜以剥夺孩子童年的快乐、牺牲孩子的心里和生理健康作为代价换取家庭的荣耀，说得不客气一点，这样的父母是自私的，也是虚荣的。自私与虚荣的父母，不管他为孩子付出多少，也难以让人产生真正的感动和敬意。

孩子不是家长的"试验品"，也不是每个孩子都能成名。尊重孩子的意愿和权利，尊重孩子的成长规律，以平常心、科学的方式引导孩子成才，才是每个父母应该做的。

据调查结果显示：初三学生感到最沉重的心理压力很多是来源于他们的父母，我们不妨来听听这些考生家长们经常说的话吧：

语一："你一定要考上某某重点高中！"

语二："你一定要在班里考进前几名！"

语三："9年的学习，关键就在这次考试，你一定要好好把握！"

语四："这次不进重高，明年继续考！"

语五："什么事都不要你做，你只要好好复习就行了。"

语六："好好复习，中考时来个超常发挥！"

语七："隔壁的小阳学习不比你强，去年都考上了重高，你一定要争口气！"

语八："你们班其他同学这次模拟考试都考了多少分？"

语九："咱们这一家子可都眼巴巴地看着你这次中考了！"

语十："我明天去跟你们老师谈谈，看看你到底能考上哪所重高！"

以上看似简简单单的十句话却被称为是中考的十大忌语，它从一个侧面反映出了家长们焦急的心态。心理学上讲的"考试焦虑"，在这些家长身上体现得比孩子还明显。考生们也普遍认为家长们常说的这10句用语最能影响他们的备考情绪和心理状态。作为家长，面对孩子中考的紧要关头，焦急的心情是可以理解的，但要学会控制自己，别让自己的紧张情绪过分外露，要平静的对待中考，对待孩子更应该顺其自然，不应有过高的奢求。

不少家长在中考前一段时间会和孩子一样开始紧张，有的家长甚至会因为害怕影响孩子学习连电视都不开，其实这样做反而会给孩子造成无形的压力。作为家长，面对孩子中考的紧要关头，焦急的心情是可以理解的，但要学会控制自己，别让自己的紧张情绪过分外露，要平静的对待中考，对待孩子更应该顺其自然，不应有过高的奢求。

拥有一颗平常心的家长，就应该做到如下几点：

一、言辞适度"冷淡"，剔除"隐性压力"

面对中考，家长首先要沉住气，不要对孩子大讲特讲古今中外刻苦读书，金榜题名的名人传记，这在无形之中会给孩子制造一种"隐性压力"。如果这种压力过大，孩子就会出现身体或心理上的问题。你要试着从言辞上适度地"冷淡"孩子，因为那些苦口婆心地劝说和所谓的大道理孩子们都已经听腻了，对他们起不到任何的效果，还会徒增无尽的烦恼。因此不要对孩子叮嘱个不停，作为一个即将参加中考的初中生，他有能力、也有信心去完成自己的准备工作。

二、避免对孩子过度关注

家长的行为及情绪表现直接影响到考生的心理变化，因此，家长应

营造一个适合于考生学习习惯的家庭备考氛围，以乐观的态度积极与考生进行有效沟通，尊重考生的意愿，多激励、赞美和肯定考生，增强考生的自信心，并允许考生面对压力时的情绪宣泄，做好后勤工作，创造和谐的家庭环境。临考前你突然增加了对孩子的关注程度，孩子也会明白父母对他寄托了殷切的期望，心中不免诚惶诚恐，整日担心自己的考试结果不理想会使父母失望，因而造成更大的心理压力。所以家庭气氛一定要保持常态，家长既不能对孩子置之不管，也不要过分关心。

三、正视孩子的现实，不搞疲劳战术

学会正视孩子的现状，认真帮助孩子安排好复习计划，杜绝无限制地加班加点，不搞疲劳战术，不要让孩子再开夜车和演算那些偏、难、怪题，以免搞得孩子筋疲力尽，因为学习不是一朝一夕的事情，只要孩子能把所掌握的知识临场发挥出来，就已经足够了。对于正在长身体的孩子来说，疲劳战术会导致孩子长时间睡眠不足，白天就没有精神，上课就精神恍惚，精力难以集中，理解力、记忆力都会低下，严重时候还会影响到孩子的长个问题。人在深度睡眠时，脑垂体分泌生长激素，促进身体正常发育。如果长期睡眠不足，容易影响生长激素分泌，导致个头偏矮。

四、微笑鼓励进考场

进考场前微笑鼓励，在赴考场的路上，家长莫慌慌张张带着孩子赶路，速度不妨放慢点，以免加速心跳，导致孩子产生紧张情绪。等候进考场的时间里，家长最好和孩子再细细检查考试所需证件、工具是否带齐。

和孩子聊天时，家长要保持轻松的心情，平时再威严的家长这时候也不要吝惜自己的微笑。因为，家长的微笑对即将走进考场的孩子来说是莫大的鼓励。

五、莫问孩子考试结果

每年中考题目的难易都会有所不同，所以考生的成绩也会出现相应的浮动，这本没有什么异常的。孩子走出考场后，家长不要急着询问孩

子考试的结果，避免孩子产生不好的联想而情绪波动，影响下一科的考试效果。即便再关心孩子考得如何，中考期间家长也要注意"忍口"，不要孩子一出考场，就急急忙忙迎上去问孩子"考得怎样"、"题目难不难"、"题目是不是都做完了"等问题。对于孩子没能完成的题目，也不要过分关注，安慰孩子只要尽了力，结果如何已经不重要了，没必要再浮想联翩了。

考试刚结束，考生还沉浸在做题时紧张的情绪里，家长的啰嗦很可能招致孩子的反感，特别是感觉考得不理想的考生会因此变得更加焦虑烦躁。对家长来说，为出考场的孩子体贴地递上一瓶饮料，亲热地摸摸脸、拍拍肩更能让其觉得温馨。

六、保障孩子充足休息

保障孩子充足休息中考是一次脑力大比拼，考试期间家长要注意保障孩子充足的营养和休息。考试这两天，考生的饮食不能过于油腻，早餐要进食体积小、质量高、热量高、耐饥且易于消化吸收的食物，如鸡蛋、牛奶、豆浆、面包、蛋糕、包子等。午餐和晚餐注意荤素搭配，外加一份清淡且高营养的汤。此外，要保障孩子充足的休息时间，午休时间。晚上也要提醒孩子及时就寝，不要熬夜复习。

考生家长们时刻要牢记：平平淡淡才是真。只要你的心态摆正了，孩子就向成功迈进了一大步。

小贴示

临考前，家长们最好不要突然增加了对孩子的关注程度，因为孩子也会感觉到父母对他寄托了殷切的期望，心中不免诚惶诚恐，整日担心自己的考试结果不理想，会使父母失望，因而造成更大的心理压力。相反的，家长却可以考虑带着孩子到公园里去走一走，爬山划水，赏花观景，一来可以放松孩子的紧张心态，二来可以让孩子明白你对中考的态度，一切顺其自然，无论他失败与成功，你都会默默地支持他。

唠叨妈妈不可取

在家庭教育中，有一种常见的现象：那就是父母对孩子不断地叮嘱，不断地提醒，不断地督促。这种把嘴巴紧紧"叮"在孩子身上的情况，在家庭生活中特别普遍。妈妈爱唠叨——这是大多数母亲的通病，岂不知这种特别的"关心"其实是引发母子矛盾的焦点。前天，天津希望之星儿童心理学研究中心在4次心理学讲座和咨询中，从千余名学生问卷调查统计得出结论：98%的母亲被孩子指责为唠叨。在调查问卷中发现这样一个事例：一名13岁的女孩在忍受不住妈妈唠叨之后，竟然分两次买了100片安定。她平静地对母亲说："妈妈，我是你的累赘，我已经忍受不了你的唠叨。你要疯了，我也要疯了。咱们俩都解脱吧。"说着，她递给母亲50片安定。母亲惊呆了，令她没想到的是，自己的"好心"竟换来这样结果。

在调查问卷中，有个孩子写道："我平时学习成绩在95分之上，我努力了。但是妈妈非得叫我放弃一切娱乐，好像只有读书、读书、再读书，才是我唯一的生命。从我读书、认字的那一天起，妈妈便年复一年地唠叨，我躲藏过、哭闹过，如今我只有永远离开才能解脱。"

对此，心理专家说："这个事例向母亲们敲响了警钟。母亲教育孩子应该身教重于言教，不要期望值太高。"另一15岁的女孩在交友问题上经常受到母亲训斥，当母亲一把鼻涕一把泪地警告爱女说："如果你再与某某女孩一起玩的话，我就用菜刀结束了自己。"不料，女孩却跑到厨房，拿起一把锋利菜刀，递到妈妈面前，说："如果您不愿意动手，女儿可以替您动手。"母亲吓得呆若木鸡，明晃晃的菜刀把这位母亲吓得尿了裤。

在调查中发现，长期听到母亲唠叨之后，孩子产生强烈的逆反心理

和抵触情绪，出现夜不归宿，甚至离家出走、外逃的现象。尤为令人惊讶的是，因为妈妈唠叨而想自杀、自残或有杀人倾向的学生也占有一定比例。其中女孩尤为严重。从生理学角度分析，女孩较男孩发育早1至2年，但女孩感情较男孩脆弱，抗挫折心理更差。

父母如何与孩子沟通，而不再是简单粗暴的训斥和唠叨呢？

唠叨的形式，基本上表现为机械的重复陈词滥调，类似的话反复说很多遍，而且是几乎每天都说，这就像一只苍蝇盘旋在孩子的耳边，直听得孩子耳朵"磨"出老茧，身心也被折磨得急躁不安，容易使孩子心烦意乱无法进入正常的学习状态。其次，唠叨的内容也大多是指向孩子的弱点、缺点，没完没了的数落和冷嘲热讽，就算说的是好话也多是规劝式的"不许这样"，"不要那样"等，让孩子感到自己不受尊重。同时，父母过多的唠叨会让孩子产生自我保护式的逆反心理，消极对抗、沉默不语或者干脆与父母针锋相对以至于恼羞成怒。

教育专家认为，人无完人，没有十全十美的孩子，也没有十全十美的父母。如果父母苛求完美，就会变成"碎嘴婆子"，唠唠叨叨，没完没了，让孩子厌烦，结果父母说什么孩子都听不进去。

小军家的早晨永远是这样的景象：妈妈早早地起来，一边收拾房间，一边为小军准备早餐。6：30分，牛奶、鸡蛋、面包准时端上桌，妈妈就开始一遍一遍地叫小军起床。不知妈妈叫了多少遍，一直到快7：00了，小军才懒洋洋地起来。胡乱刷刷牙，抹两把脸，小军坐到饭桌前用最快的速度对付着这顿早餐。这时，妈妈在为他叠被子，收拾凌乱的衣服、物品，嘴里还不停地唠叨着："看看你，老是把哪儿都弄得乱七八糟，让人跟在你屁股后面收拾。每天让你起床都得喊破嗓子才动，早饭都凉了吧？总吃凉饭，还这么狼吞虎咽的，胃要坏的，天天跟你说也没用。要是妈一叫你就早点起来，不是就不用这么紧张，也不会老是迟到挨批评了……"

小军对妈妈的话充耳不闻，只顾把吃的、喝的填进肚子，用手背抹抹嘴，抓起妈妈早已经为他放到客厅沙发上的书包，转身就往外走。妈

妈追在小军的身后喊着："着什么急呀，就吃这么几口呀，一上午的课呢，会饿的。哎，上学的东西都带齐了吗，别又落点儿什么，每天都得让人提醒……"

这是父母，尤其是中国父母最常见、最可怕的表现——唠叨。

心理学研究证明：老调重弹，反反复复说同样的话，会让人产生一种习惯性的模糊听觉，也就是明明在听，却根本不入心里去。这是长期重复听同样的声音而产生的一种心理上的不在乎。所以，做父母的，不要老是只怪孩子不听话，也该静下心来想想，自己是否真的太唠叨了。

虽然父母有责任对子女的不当言行及思想进行批评教育，但是一定要注意形式。不要没完没了地唠叨，实际上，唠叨不但不会起到效果，反而还会产生很多负面的影响。

作为中国的父母，也许存在这些不宜的习惯：你是否给孩子申辩的机会，让他们说出自己的真实感受；批评孩子的时候，你是否用手指指着孩子；当孩子与自己的想法不一样时，你是否火冒三丈；最后谈话结束，你会给孩子一个拥抱吗？以下是来自哥斯达黎加的心理学家介绍与孩子交流的技巧，相信对中国父母同样适用。

如何与孩子沟通？每位家长都得面对这个问题。哥斯达黎加心理学家基罗斯近日在哥《今日报》上撰文，介绍了和孩子交流时应掌握的几点技巧。

基罗斯建议说，父母和孩子交流时应平心静气，不要因为孩子与自己的想法不一样而火冒三丈，要给孩子申辩的机会，让他们说出自己的真实感受。如果双方分歧确实很大，父母不妨放弃争论，再找合适的机会和子女沟通。基罗斯说，父母在批评孩子时，切忌用手指指着孩子，这样做只能适得其反，让孩子产生更强烈的逆反心理；同时不可忽视目光的交流，真诚的目光会让孩子有充分的安全感，这有助于双方的沟通取得好效果。选择一个合适的地方进行交流也很重要。基罗斯建议家长选择一个安静的房间以免被打扰。如果在谈话中就某些问题达成一致，就让孩子写在纸上，并放在一个显眼的位置，以约束双方共同遵守。基罗斯特别强调说，每次谈话结束后，家长都应该给孩子一个拥抱，这可以让孩子感受到父母的爱，对化解矛盾也有特殊效果。

看看这些触目惊心的语言吧，似乎很难让人相信这就是从深爱孩子的父母口中说出的。恶语伤人——真傻、真笨、没用的东西；抱怨——我这辈子是没指望了；压制——住嘴、怎么总是不听话呢、我说不行就是不行、就这么办；威胁——你再考这么低的分，看我怎么收拾你；讽刺——你可真行，拿这么"好"的成绩来报答我们；站在自己立场——你真给我丢人，你真让我没脸见人；攀比——你看某某，就是比你强。也许有些父母觉得自己没说过那么多难听的话，可你仔细想想，你是否对孩子唠叨指责过，训斥挖苦过，即使不是经常，也总是说过一些吧？那么我们再来看看，当孩子们听到父母这些刺耳的话时，又有怎样的反应呢？

父母是孩子的第一任老师，对孩子一生的发展十分重要。因此家长与孩子的沟通至关重要。如何与孩子沟通要注意以下几点：

一、身教重于言教：家长首先要注重自身的修养，树立自己的威信。一个不爱学习只顾自己吃喝玩乐的人，一问三不知的人，品行恶劣，行为庸俗，自私自利不孝敬老人的人是不会培养出好孩子的。

二、要注意亲子教育：孩子非常在乎父母是否全身心投入关注他们成长，有的父母与孩子常年在一起，但不一定经常沟通。大多数父母以忙为理由，忽视亲子教育。父母的亲子教育应走在孩子的生理心理发展的前面，所以父母应全身心地投入孩子的教育，不断学习，提升教子能力，方可赢得孩子的尊重和爱戴。

三、营造一种良好的知识环境：孩子学习要有一个好的小环境，不求高档，但求氛围，避免不必要的家庭闲谈，无知的人尽量少在家中接待。另外也要创造和睦、祥和、稳定的家庭气氛。

四、无条件信任孩子：父母是孩子的第一任老师，更是孩子的终身榜样。孩子身上的优点、缺点、好习惯、坏习惯基本上来自父母和周围环境的熏陶。所以要求孩子做到的，父母首先要做到。要对孩子做到欣

赏优点，包容缺点，允许孩子有不完美。父母无条件信任自己的孩子是与孩子沟通交流的重要基础。

五、多赞美、少批评：恰到好处的赞美是父母与孩子沟通的兴奋剂、润滑剂。家长对孩子每时每刻的了解、欣赏、赞美、鼓励会增强孩子的自尊、自信。切记：赞美鼓励使孩子进步，批评抱怨使孩子落后。

六、纠正孩子的关键性缺点时一定要注意考虑成熟，选择最佳地点和时机。

最后请家长们记住以下这句句话：教育孩子的前提是了解孩子。

综上所述，我们应当明白，不要训斥和挖苦孩子并不等同于可以放松对孩子的严格管理，只是需要运用科学的方法来进行。打个比喻来说吧：合理恰当的语言是橡皮，是板擦，可以涂抹掉孩子心灵上错误的痕迹；讽刺挖苦则是皮鞭、是木棒，会在孩子的心灵上留下永久的创伤。如果我们把教育孩子比喻成给禾苗"浇水"：那么严厉地批评孩子的过失是"大水漫灌"：来无影去无踪；而日常的交流、谈心，以及家长的言传身教，则是"点滴灌溉"，虽然慢了一点，却有明显的效果。呼吁每一位做家长的都要彻底抛弃那种波涛汹涌式的教育，学会细水长流，懂得"润物细无声"的道理，在不知不觉中，完成对孩子的成功教育。

小贴示

家长也曾经年少过，也曾经对母亲的唠叨父亲的说教心生反感。将心比心，你会发现，其实孩子出现这样的情况也不难理解。为人父母者要切记，和孩子站在同一立场、从同一角度看事情是解决问题的关键。做父母的，不要老是只怪孩子不听话，也该静下心来想想，自己是否真的太唠叨了。如果是这样的话，家长们应该反思反思自己和孩子之间的关系了。

学会与孩子沟通

如何培养好自己的孩子，如何能与自己的孩子畅通无阻地沟通交流，是每个家庭、每位家长所热心关注的问题，而这也是现今社会一个很棘手的问题。家长在与孩子沟通时，首先需要调整自己的心理，应该暗示自己：我有这样一个可爱的孩子，一起成长，一起面对很多问题，我们会比别人生活得更幸福、更有乐趣。这样才能为和孩子有效的沟通建立良好的基础。

一、然面对沟通难的困境

现在的孩子是伴着"声光电"诞生并成长的，与他们家长年幼时候的接收系统完全不一样。如果家长还只用嗓子单声道地告诉自己的孩子应该怎么做，他们就会感觉特别枯燥没意思。好多孩子在今天可以一边看电视，一边听音乐，而又一边写作业，因为他自小就在一个拥有各种各样的家电的家庭环境里长大，因而产生了这种多点接收的习惯和技能。这样的系统刺激远比单纯的语言符号刺激要强烈的多、有效的多，所以家长如果故步自封，仍然用原来自己受教育的模式来教育自己的孩子，必然不可能引起孩子的兴趣，相反，甚至在孩子的眼里，家长往往都成了厌烦的符号；另一方面，层出不穷的高科技产品，深刻地影响着孩子的生活环境和思维习惯；今天的孩子还有了接受国际超前意识的能力，比如说对于性知识的认识，家长可能在教育孩子的时候难以启齿，而孩子却实际已经懂了很多。沟通的困境是每个家长必须正视的现实前提。

处于初中阶段的孩子，已经具备了极强的个性，当他们开始向传统的家庭教养方式挑战的时候，家长们大多会感到惊讶不已和束手无策。他们面对日益长大的孩子，体会最深的就是孩子越来越不好管了，越来

越不听话了。常常是自己这边苦口婆心的教育，孩子那边依旧我行我素，不以为然，有的孩子甚至拒绝与父母谈话。随着家长急躁焦虑情绪的不断上升，就会和孩子之间产生激烈的冲突。若双方不加以理性的控制，就会使冲突升级直至恶化：父母更加专制地管理自己的孩子，孩子更加叛逆的反抗父母。

二、学会设计启发式问题

很多家长对于沟通问题的认识往往处于一个误区，就是认为只要家长说的话孩子听了，这就是沟通。家长由于他们成长年代的各种因素的限制，使得他们教育自己孩子的语言和思维是很贫乏的。比如有个孩子抱怨说自己的母亲一天就和自己说六句话：早晨说"快点快点，要不就上学迟到了"；第二句是"早餐怎么也得吃点，要不上午的课顶不住"，第三句是"过马路要小心，看着点车"，第四句是"到了学校你千万努力"，第五句是"中午学校的饭不太好吃，但你正在长身体，一定要多吃点"；第六句"放学回家先写作业，别着急看电视"。这样日复一日的说，作为孩子自然而然地会感到厌烦，结果反倒事与愿违。所以作为家长应该注意和孩子沟通的方式方法，学会设计问题，用问话的方式来和孩子沟通，尽量不要用陈述句，而要尽可能地让孩子说。"问"在今天是一种高级的交流形式，父母的提问也应该是具有很强的技巧性的，家长在这方面应该加强。

一位教育家曾经说过："父母教育孩子最基本的形式，就是与孩子谈话。我深信世界上最好的教育，是在孩子和父母的谈话中不知不觉中获得的。"然而，这种谈话并不是简单的聊天，它是一种有目的、有意识的促使孩子个性、人格良好形成与发展的沟通方式。因此其中一定要讲究些技巧、讲究点艺术。在谈话之前，我们做家长的首先要认识到，孩子在不同的时期，会具有不同的心理特征，那种简单地把教育小孩子的方式平行转移到教育初中生上来，一定会遭到孩子强烈的抵制。家长要学会针对青春期的孩子心理特征，在尊重孩子个性发展的前提下，"与时俱进"地调整自己的教养方式。

三、沟通的问题要具体化，创造多元化的沟通渠道

家长有一种习惯就是容易语重心长，但是说出的话却又特别空洞。比如"你可得努力学习"。这种语言表达在今天对孩子的教育是无效的，也是无益的。因为这些话缺乏明显的可操作性，作为孩子基本把握不住，反倒容易造成孩子心理上的紧张焦虑。积极的方式是要以一种具体的问话，通过鼓励的方式渐进式的与孩子沟通。就比较容易调动孩子的积极性，而且能够把握住孩子思考、行动的方向。将孩子的行动目标分成许多的小台阶，每一步都具体而又相对容易的能够达到目标，让他们每一步都体会到成功的乐趣。

家长不能仅仅立足于语言的沟通，应该采取多种方式。孩子比较喜欢音乐，那就采取音乐的方式，要循循善诱。心理学上有"对立违抗"的说法，就是孩子首先会将攻击面设定为他最亲近的人。家长需要认真思考一下，作为一种符号的出现，是否有些东西是不能为孩子接受的。家长的语言符号用多了，往往容易引起逆反心理。而多种新颖的沟通方式，比如生日蛋糕，可以插一面小旗子，写着"孩子我爱你"，容易增加情趣。常规的沟通方式往往引不起孩子的兴趣和能动性。

四、充分认识人格类型，开拓孩子的生活范围

作为家长既要认识到自己的人格类型，也要充分理解孩子的人格类型。比如有的孩子内向，有的孩子比较外向，这些都是孩子的天性，是与生俱来的，很难更改。因为他就是这样一种类型。人格类型大体可以分为四类：驱动型人格，这样的人有思想，有主意，比较适合做领导；分析型人格，像陈景润一样的比较扎实，能够坐下来认真研究事物的人；表现型人格，自身有一些优势，善于利用各种机会来展示自己；亲切型人格，以自己的品质取胜，但不懂的要求别人，培养孩子的时候也往往不会要求孩子，所以有这样人格的孩子比较容易出问题。但是所有的这些同样离不开人的成长环境影响，其中最重要的是要培养孩子读书的好习惯，从中获得熏陶。

值得家长注意的一点是千万不能过分的溺爱孩子，这样只会缩短孩

子的生活半径。这样的孩子心理素质必然很差，承受能力被大大地弱化，无法承受更多的压力，承担更多的责任。单一的环境缺少很多的体验，造成太多的人生空白。心理学上提倡"共情"，只有处于同样的情况境遇下才能感同身受。很多沟通都必须有过相应的体验，才能够理解、才会有效果，只讲道理孩子是很难听进去的。

五、追求做人的高度与目标

家长培养孩子的目标不要集中在对孩子的技术学历教育上，现在的社会，高学历教育随时都可以获得，而未来真正具有竞争力的是孩子自己的人格，在于"人品制胜"，在于孩子是否懂得关心别人、关注别人。重视自己给别人的感觉，首先自己的心里要有别人。好多孩子得到过多的物质享受，往往对别人没有感觉，变得麻木而自我，在成年以后便不可能塑造良好的人格，实际上已经自小就淘汰了自己。

家长首先自己需要活得比较有模范性，孩子希望自己的家长生活的非常有品位。他们那对外来的物质、精神的影响特别敏感。家长自己表现的有追求、有品位，能在很大程度上影响自己的孩子。把自己的生活设计好，比如穿很好的衣服去听音乐会，告诉孩子只有到自己的年龄这样的生活条件才能接触到高雅的东西，给孩子形成一种心理的触动。

综上所述，要想逾越和孩子之间的鸿沟，就必须放下家长的架子去和孩子交个知心朋友，只有朋友间才能坦诚相待，才能互相了解，彼此透视。父母可以遵循家长＝朋友＋老师这样的思维方式来试着教育你的孩子。如果孩子能把你当成知己和一面镜子了，那你们之间的沟通就会融洽得多，因为在孩子看来，一个谦逊忠厚的朋友是可靠的，没有必要向他隐瞒自己的一切。因此，父母要想与孩子建立良好的沟通，就要先学会做他们有福同享、有难同当的朋友，再做照顾他们衣食住行的父母。

倾听是沟通的前提。家长只有倾听孩子的心里话，知道孩子想什么，关注什么和需要什么，才能有针对性地给予孩子关心和帮助，也会使以后的沟通变得更加容易。孩子向您诉说高兴的事，您应该表示共鸣，如孩子告诉您他在学校得到了老师的表扬，您可以称赞说，"噢，真棒，下次你会做得更好"；孩子向您诉说不高兴的事，您应该让他尽情地宣泄，并表示同情，如当孩子告诉您有同学欺负他，他非常气愤时，您可以说，"你很生气甚至想打他，是吗？但你不能这样做，你可以告诉老师，请求老师的帮助"；当孩子向您诉说您不感兴趣的话题，您应该耐着性子听，表示您关注他的谈话内容，您可以使用"嗯"、"噢"、"是吗"、"后来呢"等词语，表示您在认真地倾听，鼓励孩子继续说下去。这样，不仅使孩子更乐意向您倾诉，也可以提高他的语言表达能力。

假如你在谈话过程中与孩子发生了激烈的冲突，要注意控制自己的言辞，保持平和良好的心态，维护好孩子的自尊心。初中生的自尊心是极其敏感，极其脆弱的，经受不起任何的打击和伤害。糟糕的心态只会把好事做成坏事。因此在与孩子交谈时，父母千万不要使用过分的字眼、过激的语句，来评价孩子的某些行为，更不可用命令的语气，居高临下的姿态来指责孩子。一旦发现自己无意中伤害了孩子的自尊心，应该主动来弥补，而不是不闻不问。曾经有一位年仅 17 岁的男孩，就是因为从小到大不堪忍受父亲的打骂，而最终在父亲的饭里投了毒，酿成了一起亲情惨剧。

在与孩子的沟通中还要敢于剖析自己。越是勇于向孩子表露内心真实感受的父母，哪怕是自己的弱点和不足，孩子就越会向你展示他的内心世界。但是值得注意的是，父母千万不能伪装真诚，来达到引蛇出洞的目的，一旦你的这种作法被孩子识破，我保证孩子的心扉从此以后就会对你紧闭，你再也无法听到他的心里话了，因为你失去了他最宝贵的信任。相反，真诚地对待孩子，孩子也有自己最朴实的世界观，他也会还给你加倍的真诚。因为他毕竟还是一个不谙世事的纯朴孩子。

家长在与孩子沟通的过程中，不但要认真倾听，而且要善于思考，注重在谈话中发现孩子的闪光点。比如，发现孩子能够独立地表达自己的意思时，要及时给予赞赏："你讲得真不错！"孩子第一次能坚持自己的观点据理力争时，就应该称赞："你真有主见，就像个雄辩家。"要注意培养并保护孩子的自尊心，不能一味地说教、指责，要"哪壶先开提

哪壶"，这样，孩子不但愿意经常和您沟通，还能提高沟通的质量。你一定有过这样的体验，当别人用欣赏的、赞美的眼光来看待你时，你的心情是妙不可言的。反之，若别人带着挑剔、批评的眼光看待你时，你的心情是何等的沮丧。

家长在和孩子的沟通过程中一定要有耐心。有些家长过于急躁，常常是"恨铁不成钢""哪壶不开提哪壶"，幻想着通过一两次聊天，就能和孩子成为知心朋友。家长与孩子之间的年龄、心理和思想感情等各方面都存在着巨大差异，理解需要一个过程。如果过于急躁，沟通就会成为泡影。孩子的气质类型通常可以分为三种：容易型、困难型和迟缓型。容易型的孩子比较容易沟通，而困难型和迟缓型的孩子，由于情绪比较消极，很难对环境和父母及老师感到满意。家长如果失去耐心甚至情绪激动，埋怨、责怪甚至惩罚孩子，就会使孩子变得不耐烦，由此产生困惑、胆怯、逃避等不良心理，甚至产生敌意，亲子关系就有可能长期不和谐。

慎用批评。批评是教育孩子不可或缺的手段，但使用不当，也会影响家长与孩子之间的沟通，扼杀孩子的灵性。心理学研究表明，犯了错误的孩子，最担心失去父母的爱，所以家长的批评最好从谈话开始，千万不要过早地下结论或横加指责，以避免孩子关闭心灵的窗户，拒绝沟通。如果用"孩子，让我们来谈谈好吗"之类的语言开始谈话，允许孩子把事情的经过讲完，并引导他说出自己的想法，然后帮助他分析问题所在，孩子不仅会自觉地承认错误，还会对您更亲近。

相信家长朋友们在学会了这些良好的沟通方法与技巧后，您和孩子之间的关系会越来越和谐，越来越美妙。

小贴示

眼看着自己的小宝贝一点一点地长大，和自己的交流却越来越困难，这令父母们感到震惊，痛苦。学会和孩子真诚地沟通，坦诚的交流吧，你会发现，能和孩子以平等的方式对话，看到他们正在渐渐的成长，你是如此的自豪和骄傲。家长在与孩子沟通的过程中，不但要认真倾听，而且要善于思考，注重在沟通的过程中发现孩子的闪光点，及时地给予赞扬和鼓励，激励着孩子更进一步。

千万不要传播焦虑

学期过半，期中考即将来临，而更紧张的中考也迫在眉睫，考试焦虑症不仅发生在学生身上，家长也难以避免，而且有互相影响的趋势。考生的焦虑可以找同学、找老师来舒缓，家长又该如何进行自我放松，尽量避免自己的紧张情绪影响到孩子呢？

考试焦虑，刘女士可谓典型。"女儿即将参加今年的中考，可我现在比孩子还紧张。有时早晨四五点钟就醒了，满脑子都是中考的事。生活重心全都移到了孩子身上，每天变着法给她做可口的饭菜。每天晚上她学多晚我就陪多晚，有时孩子说要先睡一会儿，让我凌晨两点钟叫她起来看书，我就根本不敢睡，生怕睡过头误了孩子的事儿。有时候看到女儿累得趴在了桌子上，想叫她起来又觉得孩子太辛苦。可是转眼又想，现在时间这么紧，她休息的这工夫，别人已经赶到前面去了。怀着这种复杂心情，我在女儿的书桌前转悠……"

失眠、烦躁、多虑等等，刘女士这些表现是很明显的考试焦虑。如果再不放松自己的情绪，她的焦虑情绪将会影响到考生的情绪，增加其压力。建议考生家长，要放松情绪，首先要做的是让日常的生活恢复正常，不要总想着为子女而牺牲。例如该有的社交活动不妨继续，该看的电视继续看，但是孩子的复习资料不妨留给孩子自己去准备，孩子的复习计划也让他自行和老师解决，父母既然没有这方面的经验不妨该放手时就放手。让家庭的生活步骤行走在正常的轨道上。

下面再看一个例子：

"时间不等人，眼看着中考就要开始了，我只不过就是多提醒了他几句。"林彬的妈妈一边看着坐在旁边低头不语的儿子，一边焦急地和对面的心理医生说，"我说什么来着，噢，就是说'彬彬，马上要考试了，复习再加把劲'。他竟然哭了起来，居然一边哭还一边说我给他施加压力什么的。我当时很惊讶：'这样的话都叫施加压力？'你猜他怎么说？他说'反正你们平时一贯如此，只管灌输你们的想法，从没想过这都是在给我增加压力。'唉，搞得我现在什么话都不敢对他说了。"

见医生没有讲话，彬彬的妈妈接着说："别看他都十几岁的人了，做事情还像个小孩子，整天丢三落四的、情绪很不稳定！尤其是在考试中特别明显。明明很简单的题目，就是答不全面，一问起来，他竟然还振振有词。我想他是不是患了考试焦虑症，一见到试卷人就紧张得发抖，大脑里也空白一片！于是我帮他分析原因，给他讲道理，一次次的叮嘱他，提醒他，甚至连威吓的办法都用上了，可他的成绩还是老样子，没有任何起色。实在没有办法了，这不就找您来了。"

见彬彬的妈妈终于收住了口，医生同意和彬彬好好聊一聊。时间定在每个周四的晚上，彬彬下晚自习后。可出乎意料的是，三周过后，医生却主动提出想跟彬彬妈妈谈一谈，谈话的主题是劝导她别把个人的焦虑传染给孩子——"这是什么话嘛，我本来是送儿子来看心理问题的，怎么到最后，反倒是我这个做家长的需要心理调适了！"彬彬妈妈百思不得其解："难道是我说错了话？"

如今，家长们都知道不能给临考的孩子施加太多的压力，但很多心理医生在与陪同孩子看心理门诊的家长们的交谈中，却明显地感觉到家长的焦虑程度远比孩子更甚。他们无论在行为上，还是在语言上，都会不经意地流露出焦急、迫切的心情。

中考是一场没有硝烟的战争，参战的不仅仅是临考的孩子，还有他们的家长。家长们为了孩子能够打赢这场战争，参与到各种考前准备中来。心态也随之发生了很大的变化，有些考生家长终日吃不下、睡不安，总有诸多个放心不下。因为心理压力过大而无法承受，出现了所谓的"考生家长综合征"，此病症主要有四个方面的表现：1. 焦躁不安，心情恍惚；2. 过分不自觉地关心孩子；3. 严重失眠；4. 无心工作，常请假在家，用各种手段督促孩子复习，弄得全家上下紧张兮兮。

据一位大学生回忆说："我表妹马上就要参加中考了，姨妈让我利用双休日的时间给她辅导辅导功课。其实我表妹成绩还是蛮稳蛮好的，考重高根本没问题。但我到她家一看，气氛还是紧张得不得了。仔细观察后才发现，这些紧张的气氛都是姨妈和姨父人为制造出来的。据说从这个学期开始，姨妈就一天到晚地去跟表妹的各科老师'联系'，无非是问问学习情况。姨父还托人到重点高中去打探'内部情报'，看看万一差几分能不能弄到一个借读的名额……搞得表妹也紧张兮兮的，如临大敌。唉，可怜的表妹。"

中考将近，毕业生小芳却收拾行囊离开了家，因为她实在受不了妈妈的焦虑。据小芳班主任介绍，近一个多月前，班主任频频接到小芳妈妈的电话，问的都是"小芳能不能考上"的问题。无论班主任怎么解释，小芳的妈妈还是一天一个来电。班主任也发现小芳学习成绩大幅下滑，情绪越来越烦躁。小芳说，"妈妈每晚都找我谈话，要么担心我考不上，让我干脆放弃去找工作；隔三五分钟就问一次报考情况、复习进度和考试成绩，我根本没法静心复习，一看见书就烦！"很显然，小芳的母亲和小芳明显患了"中考焦虑症"，且其母亲情况更严重，她的焦虑情绪还可能加重了女儿的紧张情绪。母女间形成一种恶性循环。考生的考前压力与学校有关，更与家长有关。家长应对孩子有一个恰如其分的评价，相信、鼓励孩子。除了帮助、督促孩子将饮食、作息等问题解决好，自己的工作和日常生活还是正常进行。

从上面的这些例子我们可以看出，很多家长不知道自己患了"焦虑症"，反而以为他们的语言和行为都很正常，但实际上他们的焦躁不安已经无意中增加了孩子的考前压力，如果不能及时正确的认识并加以适当的控制与调整，就会很大程度地影响孩子的备考情绪，使他们越发的紧

张。心理专家指出，想让孩子在考试时正常发挥，非常重要的一点是：家长要调整好心态，别把"焦虑症"传染给孩子。

家长的这些表现，使家中有一种如临大敌的气氛。这一切向孩子传达一个信息：现在可是关键时期，全家的头等大事就是考试，万万不能有什么闪失。感受到这一点的孩子就会感到压力：父母把一切希望都寄托在我身上，如果考不好就对不起他们。家长的过分焦虑很可能直接或间接影响孩子考前复习和考试的发挥。因此，要给孩子减压，家长自己要先减压，让自己和孩子一起带着平常心面对考试。

首先，家长要保持稳定的情绪。考生小新的妈妈，情绪总是随着外界的消息而变动，今天听说招生人数要减少了就惴惴不安，明天听说中考题不会太难，又喜笑颜开，搞得小新的心情也随着妈妈的不同表现而大起大落，复习时老是静不下心来。所以家长在孩子备考期间，要尽量摆脱外因的干扰，对一些小道消息不要过分关注。家长平和的心态，对复习中的孩子来说，就如同吃了一颗定心丸一样重要。

家长要自我减压，要摆正自己的心态，要把家庭变作考生稳定的支持系统。考生的考前压力与学校有关，更与家长有关，先从家长入手，是解决问题的关键。"考试焦虑"在有些家长身上，体现得比学生还明显，他们有的变得比平时更严厉，有的变得比平时更亲切，有的食不甘味、夜不安寝，而家长的"不安"，最终会造成考生的"不安"。解决"不安"的办法是家长充分相信孩子、接纳孩子、接受现实，而且是全方位接纳，不能只接纳孩子好的一面，不接纳他们暂时"不好"的一面。孩子们之间存在着个体差异，家长如果不接受现实，只能让孩子更紧张、更不自信。只有家长的心态平和了，对考生的负面影响才会减至最低，才能让考生心平气和地去考试。

其次，家长要保持愉快的心情。为了稳定孩子的情绪，家长要努力创造一个温馨和睦的家庭氛围，那些发生在家庭当中的争吵，邻里之间的纠纷，或是其他别的什么冲突，都要尽量避免。不要让这些家庭琐事干扰孩子的复习，使孩子的精神受到意外的刺激而增加烦恼。

父母之间偶尔意见不合，要在孩子回家之前把问题彻底解决。实在无法商榷的重大事件，最好也安排在中考之后再做决定，以免分散孩子的精力。家长们愉快平和的心情，将有助于孩子心态的调节，提高复习质量和效率。

家长朋友们要认识到压力和能力的发挥之间的关系：一点儿压力没有就可能不重视学习成绩；过分关注，能力又可能发挥不出来。家长要认识到每个孩子的心理素质都有差异，针对孩子的不同情况，有的孩子需要施压，有的需要减压。家长们对孩子的心理压力要疏导而不要压制。例如，有一个学生因过于紧张对自己做的每一道题的结果都抱怀疑的态度，一次他问母亲："1 加 1 为什么等于 2？"结果遭到母亲的斥责："你都这么大了，怎么还问这么幼稚的问题？"结果，这个学生在自责中陷入了更深度的偏执状态。

第三，家长不仅不要给孩子施加压力，还要帮助孩子调整好心态。许多家长认为，中考是大事，整天急得嘴唇都起泡了，夫妻经常为孩子中考的事吵架，不知道如何下手。一会要孩子这么做，一会要孩子那么做，这些家长在瞎帮忙，帮倒忙。例如，家长中考前把孩子重点保护起来，全家人都围着孩子转，甚至父母请假在家照顾孩子，实际上，这不利于孩子"以一颗平常心"去参加中考，反而给孩子造成太大的心理压力，影响孩子在考场内正常发挥。曾经有一位成绩一向很好的中考生在临考前自缢了，他那高级知识分子出身的父母，至今仍想不通他为啥会走上这条人生绝路。唯一的解释是，那时的他可能承受了太多的压力，既无处发泄，又无法咬牙挺过，最后导致了自我爆炸。家长们要明白：在最后的时刻到来之前，谈论任何事情都是没有意义的，所以不要和孩子讨论"万一考不好会怎么样"之类的问题，你只需在调整好自己心态的同时，再帮助孩子保持最佳的备战的状态即可。

一些家长总想用一些奖赏来调动孩子的积极性，比如，"考得好，我给你买个笔记本电脑"，"考上北大，我带你到国外去玩"，这些并不能起到什么实际的效果。也有一些家长为了给孩子制造压力，就威胁孩子，

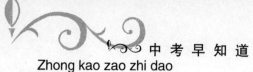
"考砸了，我们就不管你了"，诸如此类，会使孩子产生恐惧心理，不利于孩子复习。

小 贴 示

　　远离孩子的复习现场，将有利于家长保持稳定的情绪和良好的心情。你不妨打开电视，使自己陶醉于一些轻松愉快的娱乐节目中去，这远比你为了监督孩子的学习，编造各种理由出入孩子的房间要好。家长应将日常的生活恢复正常，不要总想着为子女的复习考试而担心或者牺牲什么的。平时该有的社交活动不妨继续，该看的电视继续看，在给予大方向的指导后，何不放手孩子让他自己准备复习呢？

帮助孩子调整考前心态

　　在中考前，特别是孩子在家备考期间，家长要摆脱各种外界的干扰，经常保持比较平和的心态，这对孩子能以稳定的情绪、平和的心态去对待考试是很有意义的。中考前，家长也会对中考的各种动态有所反应，但是，要冷静对待，要有分析地对待，更不能把一些小道消息随便传给孩子。

一、家长心情要愉快

　　中考前，家长心情好，家里气氛好，就会有一个温馨的家庭环境，这对孩子的备考是很有好处的。有些家长在中前担心孩子考不好，整天愁眉苦脸很少说话，其实，孩子一看就知道父母紧张，父母害怕，而这种情绪或多或少会传染给孩子。因此，中考前家长一定要保持愉快的情绪、平和的心态，因为感情的力量是巨大的，温馨的心理气氛将融化孩子心中的抑郁、苦闷、焦虑，有助于孩子调整心态，对孩子中考复习是有帮助的。为了使中考前家庭保持一个温馨的气氛，父母之间有什么不同的意见不要发生口角，确实有什么问题要解决也要等到中考后再说。父母少一分争论就会给孩子多一分温馨。

二、只要尽力就行了

"望子成龙，望女成凤"，这是每一位家长的良好愿望，这种愿望的实现除了孩子的自身素质外，还需要家长善于帮助孩子释放压力，特别是中考的压力。良好的心态和心理素质，往往是事业成功的一半，而孩子面临第一次人生考验时，往往由于他们缺乏临战经验，一旦遇到挫折，就可能造成他们心理压力过大，甚至迷失自我。

曾经阅读了许多中考状元的故事，关于他们的父母在中考前是如何要求他们的，他们很多人告诉我，父母只说了一句话：只要尽力就行了。父母说了这句话自己感觉有定心丸，自己肯定会尽力的，这样减少了不少心理压力，就会从容地应对考试。但也有些家长考前唠唠叨叨，反复嘱咐孩子考试要认真，不要马虎，一分之差、千人之后，你一定要改变马虎的习惯，现在可不能丢分了，你可要注意呀。其实，这样的话家长已经讲了很多遍，在考前再讲、反复地讲会增加孩子的心理压力。

家长要千方百计地帮助孩子放松精神的压力和身心的疲惫，并适当地、恰如其伤地传达"一颗红心，两手准备"的意识，使他们对成功和失败有足够的心理准备，以防止中考失误而对他们的成长产生消极的影响。因此，中考前后，家长千万不要忘记给孩子释放压力，舒缓他们的身心。

三、创造安静的复习环境

安静的复习环境有助于孩子平心静气、情绪稳定地进行复习。吵闹的复习环境将使孩子心情烦躁，注意力不能集中，影响复习效果。在这里要特别提示家长，在孩子中考备考阶段尽量少会客，如果实在不得不会客则最好在家庭以外进行，不要在家里进行。在这个时间家长尽量不要与外界通电话，如果有重要的事情非打不可，也要简明一点，说起话来简单扼要，不要无边无际地拉家常、聊闲天。

四、督促孩子娱乐与运动

中考前夕孩子在家复习大都是非常用功的，一做题就是一个上午或是一个下午或是一个晚上，有时搞得精疲力竭、头昏脑涨，不仅影响心情，也影响复习效率。在这种时候，家长就要适当地提醒孩子做必要的轻度运动，例如做俯卧撑、跳跳绳、打打羽毛球等，有助于孩子消除疲劳，焕发精力。也可以提醒孩子听听轻音乐，看看电视里轻松的节目，也有助于孩子调整心态，消除疲劳。在中考前夕提示孩子不要看武打片，不要看那些电视连续剧，分散孩子的精力。

五、帮助孩子调整心态

平时家长要注意帮助孩子培养良好的心理素质，善于帮助他们释放压力，特别是中考时期的心理压力。学习的压力往往造成他们心里烦躁、寝食不安，甚至脾气暴躁，此时，如果家长再给他们施加压力，一般情况下，他们脆弱的心理很难承受，必然影响到他们的中考成绩。建议在中考前家长经常跟孩子聊聊天、谈谈心，利用吃饭后的时间散散步，相互沟通，让孩子把心里的压力、心里的话、心里的苦恼说出来，说出来就是做好心理调节成功的一半。当然，中考前家长和孩子的心理沟通要讲究时间、地点和条件。不能是孩子正在复习功课时进去就聊上几句，要在孩子休息的时候，他比较放松的时候去做，要见机行事。不过聊天的内容不要过多涉及中考，找些比较轻松的话题去谈，这样，有助于放松孩子的心情。

六、防止对孩子的过分关注

中考前，有些家长过分关注孩子，孩子在那复习功课时一会儿过去给孩子冲杯热牛奶，再一会儿过去给孩子送块西瓜，有的家长甚至在孩子旁边陪读。这种过度关怀孩子的做法都会使孩子产生压力。

七、督促孩子做好考前物资准备

中考前几天家长要督促孩子做好考前的物资准备，把橡皮、小刀、格尺等准备好，把准考证等准备好，最好都放在一个口袋里。而且要督促孩子看看考场，讨论一下一旦在去考场的路上发生交通堵塞采取什么样的解决方案。

小贴示

　　要帮助孩子调整考前心态，首先家长要调整好心态，有的家长甚至比子女更紧张，要么给孩子施加压力，要么过分宠爱孩子，关心过余。事实上，这些做法对于孩子毫无益处，反而产生不利的影响，因此，家长需要先调整好自己的心态。

典型的考前证状应对之法

　　下面以一些比较典型的考前症状为例，提供解决的方法，家长们可以借鉴一下。

　　症状一：孩子一想到考试就紧张激动，呼吸加快，心跳加剧，肌肉紧张，甚至身体也不由自主地抖动。

　　[处方]　这是最典型的考前焦虑症的表现，可以给孩子提供一些高品位的幽默小品，陪孩子聊聊天、散散步。也可以让孩子做一些家务，例如整理自己的房间，扫地、擦桌子等。这样能有效转移孩子的注意力，放松心情。

　　症状二：越是临近考期，孩子越是缺乏自信，整天说一些"自己肯定考不好"之类泄气的话。

　　[处方]　这是因为孩子觉得自己掌握的知识不够全面，进而产生焦虑所致。家长可以一边鼓励孩子尽量的夯实基础，一边通过各种心理训练来提高孩子的自信心。

　　症状三：还没上真正的考场，就觉得曾经熟悉的知识都变得陌生了，不论怎样复习，孩子都觉得自己没有牢牢掌握。

　　[处方]　这是心绪紧张的具体表现，属于正常现象。主要是搞疲劳

战术带来的恶果，必须放松绷得过紧的神经。可以通过适当的运动来缓解紧张情绪，运动是最好的镇静剂，但运动不易过于剧烈，打打球、跳跳绳是不错的选择。

症状四：孩子心情烦躁，容易发脾气。

[处方] 这是疲劳过度的外因，和压力过大的内因共同引起的反应。这时的家长要学会宽容地对待孩子，不要和孩子斤斤计较，也不要围在他的身边过于关心，最好的方法就是鼓励孩子出去散步，看风景，平复一下心情；也可以让孩子把自己关在房间里，任凭发泄。但这种发泄要有度，若情绪失控，只会适得其反。

症状五：孩子得了"健忘症"，不仅对所学知识常常遗忘，日常生活也出现丢三落四的现象。

[处方] 这是紧张的反应。不妨让孩子做一些放松训练，例如可以全身放松地坐在一张软椅上，脚撑着地，两臂自然下垂，双眼微合，深呼吸10次。吸气时收小腹，绷紧身体。呼气时要慢慢放松下来，心中默念：我的左手变得很沉重，我的右手变得很沉重……就这样把左右手、臂、眼、脚都缓慢地默念2—3遍，同时专心体验各部位的沉重和松弛感。然后默念：我现在开始全身放松，我感到非常轻松、非常舒服，我的心情很愉快……为配合训练，也可选一些轻松舒缓的乐曲作为背景音乐。

症状六：身体出现不适，例如失眠、头痛、过敏、拉肚子等状况。

[处方] 这种情况排除了生理原因后，就只剩下心理方面的原因了。家长可以教会孩子在睡前做一些小运动，如上床后熄灯，躺下仰卧，做一次舒畅的深吸气，然后徐缓地往外呼气。在第二次吸气时，默默地对自己说："放松，放松……"这样就会使紧张的情绪得到缓解，直至孩子入睡。但这种心理调解是一个时间较长的过程，家长不要急于求成。

症状七：怯场心理。

[处方] 家长在考前帮助孩子做好精神、物质上的准备工作，检查孩子的考试用具，熟悉考点的行车路线，考场所在的学校、楼层、教室，

所处的具体座次，甚至厕所的具体位置等，家长还可以提前带孩子到考点外转一转，在考前半小时就让孩子顺利入场，这都有利于缓解怯场心理。

症状八：注意力难以集中，出现涣散、走神现象。

[**处方**]　所致原因有两个：一是太过紧张，对此可以先放下复习，适当的放松休整一下；二是过于劳累，有了厌倦心理。对此可以鼓励孩子，不妨先做一些比较简单容易的题目，然后从易向难过渡，调整一下精神状态。

症状九：一紧张就想上厕所。

[**处方**]　不用对此过于关注，否则会越来越糟，主要是紧张造成的。家长在考前几天要多抽出时间和孩子闲聊、娱乐，帮助孩子保持愉快的心情。并在考试当天适当的控制饮水量，都可以对应考尿频现象起到预防作用。

🔲 小 贴 示 ✏

家长要设法让孩子意识到，考试不仅仅是考察知识水平，更兼顾考察心理素质，要想实现自己的目标，积极的进行心理训练与调试是不可缺少的一课。家长不妨跟孩子聊聊天，谈谈心，利用吃饭后的时间散散步，相互沟通，让孩子把心里的压力、心里的话、心里的苦恼说出来，让孩子倾诉是调整其心态的第一步。

学会用欣赏的眼光看待子女

随着年龄的增长，生活阅历的增加，孩子到了中学阶段就会有很强的自我意识，并开始产生强烈的竞争意识，这个时候的他们会不自觉地

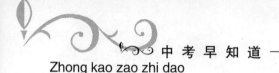

同周围的孩子相比较。他们希望自己能表现出色、胜人一等，并赢得周围人的赞许。但现实是，不论是在学校还是在未来的社会竞争中，没有常胜将军，困难与挫折也时时相伴左右。

小海的数学卷子发下来了：94.5 分，第四名！可回到家后，爸爸接过卷子看了看，摇摇头说："这卷子是你自己答的吗？肯定是抄别人的！"小海越想越委屈，跑进屋里，放声大哭起来。小海很想对爸爸说一句："我是多么希望能得到你的肯定和夸奖啊！"

其实在教育孩子方面最重要的是要学会欣赏孩子，懂得生命之间是无法相比的，生活中没有人可以做到十全十美。即使孩子现在还不能让你满意，但要学会等待与忍耐，你应该感觉你的孩子永远是最好的、最出色的。要学会冷静，知道凡事不能操之过急，以一颗谦卑的心来感谢生活，要学会多想想孩子的长处，感谢孩子给你的生活带来的幸福和快乐，调整好你的心情，尽量少责骂批评孩子，多给他们赏识与鼓励，容忍他们的错误与不足，并对这些缺点加以适当的引导与纠正，才会使孩子有信心继续他的漫漫人生路，最终获得精彩的人生。

有位专家曾经谈到过这样一个奇怪的现象。就是让几十个中国与外国的孩子一起进行某项测验，然后把测验分数让孩子拿回家给各自的父母看，结果有 80% 的中国父母看了孩子的成绩后表示不满意，而外国的父母则有 80% 表示满意。但就实际的测试成绩来看，外国孩子的成绩远不如中国孩子的成绩高。通过这件事情不难看出中国人和外国人对待孩子的不同：中国的父母习惯用挑剔的眼光来看待孩子，看待别人和世界。而外国父母则习惯用欣赏的眼光看待自己、孩子和世界。所以，中国的父母们应该学会用欣赏的眼光去看待孩子，肯定孩子的成绩，并教会孩子怎样发现别人的长处，真诚赞赏他人并朝这个目标努力。

很多家长总是觉得别人家的孩子好，自己的孩子差，他们经常会说："你真没用，考出这么丢人的成绩，你看人家胡小玲又考了第一，你怎么就不像她呢？"然后随口脱出一句"有你这么一个儿子真丢脸"。说这些话的本意也许只是想表达自己对孩子失望或是想刺激一下孩子，使他努力上进，但是这种方式却深深地伤害了孩子的自尊。

有一位姓崔的考生，平时成绩一贯很好，第一次模拟考试却发挥失常，成绩很不理想。通常的说法是"一模最能反映高考成绩"，于是他心里不踏实起来。第二次模拟考试结束后，由于种种原因，分数还不如一模时高，他就变得更加紧张了，因为事实上二模的难度低于一模。不过，当孩子的家长了解到这些情况后，没有责备他，反倒对他说："一两次考试成绩并不能代表全部，有实力终究会考好的。"家长的话让情绪低落的他感觉很温暖，并看到了希望。临上考场了，有些考生的家长千叮咛万嘱咐，一百个不放心，恨不能亲自到考场上去督考，而崔同学的家长则泰然自若，只淡淡地说了一句："要相信你自己的实力。"这给了他巨大的精神安慰。在独自去考场的路上，他心里只是不断地默念一句话："相信自己的实力，有实力准能考好！"连续几场考下来，他的发挥都很正常，考出了自己最高的水平，实现了自己的美好愿望。

所以，肯定孩子的成绩，让他们树立自信心才是最关键的。不要希冀你的孩子非要一步登天，要看到他微小的进步，并愿意去鼓励他，让他分阶段地去攀登人生的高峰，在他受挫的时候多说几句"没有关系"、"这只是个小小的失误，下次会好的"。在孩子取得一些进步时，要给予及时地表扬，及时地鼓励。经常受到表扬的孩子会觉得自己是个好孩子，他们会越发的自信，而他们的表现也肯定会越来越好。

无论孩子取得多大的成绩的时候，家长都不要吝啬自己的赞美之辞，要知道，任何孩子都是璞玉浑金，而鼓励性的语言就是神奇的点金石，它可以使孩子大放异彩。经常对你的孩子说"你真行"、"你真能干"、"不要泄气，再努一把力就会成功"、"我真为你骄傲"、"没关系的，失败是成功之母"这类的话。如果家长注意经常引导孩子为自己的成绩而适度自炫，那么就会增强孩子战胜自我、完善自我的信心。一个温暖、平等、理解、温馨的家庭环境能给人勇气和自信。家长要注意给孩子创造一个良好的环境，在孩子面前不滥用家长的权威，家里的事，尤其是与孩子有关的事，多征求孩子的意见，让孩子取得他在家庭中的平等权

利，这有利于克服孩子的自卑心理。同时还要鼓励孩子多交朋友，支持孩子参加有益的活动。当孩子找到自己的兴趣爱好时，就很容易摆脱自卑心理。

怎样去强化孩子的自信心呢？假如我的孩子性格孤僻、内向和害羞，我们该做些什么呢？正如许多人说的那样，"孩子不会按照说明书行事"。对，他们的确不是按照"说明书"来行事的，但假如孩子们能够的话，说明书就有效了吗？孩子是各种各样的，所以，没有什么"说明书"能够完全适用于所有的孩子。许多父母经常迷惑，"我这样做对吗？"其实培养孩子的自信心并不像我们认为的那么难。

下面给家长朋友们提供一些很具体和实在的指导：

一、每天至少一次对孩子说"我爱你"，（尽管你的孩子是很酷的少年了，他们或许认为你这样没必要）尊重和信任孩子。尊重孩子，使他切实地体会到自己是一个有独立人格的人。信任孩子，调动孩子做事的积极性，并给予积极关注和表扬、切忌包办代替，更不可打击、讽刺。这样既培养孩子对自己行为负责的品质，又培养了自信心。

二、赞扬你的孩子某一件事情完成得很好，无论是家里的事或是学校的事都可以。善于发现并时常肯定孩子的优点。每个孩子都有自己独特的地方，孩子在自己喜欢的领域中活动是十分投入，十分自信的，所以家长要了解孩子的特点，善于发现他们的优点并经常给予表扬和肯定，这是孩子充满自信、不断进步的力量源泉。千万不要把孩子的缺点挂在嘴上，让孩子产生自卑感。

人的自信需要外界的认同和赞赏。某一行为倘若得到外界的肯定，人的自信也会由此大增。孩子正处于自信形成的过程中，更离不开成人的肯定和赞扬。有一位母亲带着5岁的男孩乘公共汽车，上车坐了一段路程后，一位年迈的老婆婆上车了，母亲起身让座，并对男孩说："来，小大人，站一会，看看能不能坚持住。"小男孩高高兴兴地站在座椅旁，并认真地扶着坐椅不让自己摔倒。这样，孩子由于做成了一件小事而受到赞赏，他就会更乐意去做更多的事，接受更多的挑战，以获得更多的肯定和成功的喜悦，其自信也随之日趋强化。

三、理解一些孩子在学校存在困难的事实。赞扬你孩子的努力，让孩子迎接困难。对困难的成功跨越，都是对自己的一次肯定，都会增加一份自信。应多鼓励孩子学习勇敢行事，不断战胜，如洗衣服、倒垃圾、下棋、打球等。当孩子战胜了困难，实现了自己的愿望时，自信心就会提高，我们应该格外留意孩子的第一次尝试，这将是他人生道路上的良好起步。

要鼓励孩子们用于自己勇敢地去迎接和挑战困难。对困难的成功跨越，都是对自己的一次肯定，都会增加一份自信。应多鼓励孩子学习勇敢行事，不断战胜，如洗衣服、倒垃圾、下棋、打球等。当孩子战胜了困难，实现了自己的愿望时，自信心就会提高，我们应该格外留意孩子的第一次尝试，这将是他人生道路上的良好起步。

四、花一些时间和孩子在一起。即使每天只有10或15分钟。所花时间的质量往往比时间的长短更重要。参与孩子的活动。去看看孩子的芭蕾表演、棒球比赛或学校的音乐会等等。你的出现会让孩子知道你关心他。

家长朋友们还要善于发现和培养孩子的某一专长。孩子从小其能力倾向便会显露，有的孩子能跑能跳，好于运动；有的孩子爱唱爱跳，擅长文艺；有的孩子舞文弄墨，酷爱绘画。家长的责任就是及时发现孩子的专长，顺势加以引导及培养，促进他们在某方面具备其他孩子所不及的专长。这样，即便孩子将来在学习上不佳，也不致因此而灰心丧气，反倒会在自己擅长的领域奋发努力，或许还能干出一定的成就来。培养孩子的专长，孩子就有了一种竞争优势，具有上进的动力，孩子也会因此变得越来越自信。

五、一个非常有效的方法是创造各种家庭活动项目，并让孩子在活动中承担某些特殊的任务。这些项目可以是家庭绘画、雕塑、家庭报纸或特别的家庭网站。你可以根据自己家庭的爱好来选择具体的项目。孩子们喜欢别人需要他的感觉。给他们分派任务，如自己整理床或打扫家

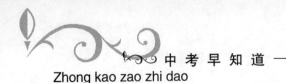

具。这样孩子会觉得自己很重要。无论什么时候，尽可能给孩子阅读。鼓励孩子提问并发表孩子自己对故事的看法和评论。

孩子具有好奇心和初生牛犊不怕虎的劲头，家长可以在确保孩子安全的情况下，引导他们去尝试或探索身边的各种事物，让他们在尝试或探索中了解事物的性质，增强自身的能力，从而增加自信。例如，孩子在三四岁时喜欢玩水，就让他们自己洗小手绢、给娃娃玩具洗澡、洗刷各种塑料玩具等等，做这些事既满足孩子游水的兴趣，又给他们带来欢乐，而且事情成功之后也会使孩子相信自己的动手能力，为建立自信打下基础。

不少家长常因为孩子年幼而代他们做许多事，帮穿衣鞋，替收拾玩具，给他们包办过多，孩子就缺乏责任感和自我约束力，自信也就很难建立起来。对此，家长不妨视孩子能力的大小有意识地让他们承担一些责任，如让孩子动手收拾玩具、书包及文具，让孩子铺床叠被，让他们洗洗简单的碗筷，这样做不仅能锻炼孩子的能力，还可使他们从中得到自信，知道有许多事情"我能做好"、"我有能力"。

六、你自己要表现得非常自信。孩子们就像读一本书一样"读"成年人。孩子们是照葫芦画瓢的方式来学习的，总是履行你的诺言。不要承诺你做不到的事情。假如你对他们没有实现你的诺言，孩子会感觉似乎他们自己做错了事情。以身作则，树立典范。榜样的力量是无穷的。很难想象缺乏自信的家长如何能培养出自信心十足的子女。父母能够充满希望地看待未来，充满自信，孩子就会深受感染，所以父母在要求孩子的同时，一定要注意自己的修养，做好孩子的典范。

七、培养孩子自信心最重要的一点就是倾听。你的孩子能对你说很多很多，当你花时间倾听的时候，孩子们就会认为你很在乎他们的观点和看法。当然，你要尽可能地与孩子保持平等和亲切和蔼。避免说一些如"不是现在，宝贝，你看妈妈正忙着呢！"这样的话。如果你确实不能马上听孩子说，你可以换一种方式说，如"现在不是最好的交谈时间，我们改一个时间，行吗？"接着安排好时间。

八、不要拿你的孩子跟别的孩子比。别忘了，每个孩子都是独一无二的，都有其自己的个性和特点。

记住，孩子们总是那么好学而又非常容易被感动。他们期待你的指导。鼓励孩子、爱孩子，跟孩子多交流、倾听孩子、肯定孩子，最重要的相信孩子的能力。你是建立孩子自信心的关键。上面这些方法也许会给你帮助，也许能帮你产生一些灵感，发现一些培养你孩子自信心的其他方法。

小 贴 示

无论孩子取得多大或多小成绩，家长都要不惜吝啬自己的赞美之辞，要知道，任何孩子都是璞玉浑金，而鼓励性的语言就是神奇的点金石，它可以使孩子大放异彩。家长们要经常对你的孩子说"你真行"、"你真能干"、"不要泄气，再努一把力就会成功"、"我真为你骄傲"、"没关系的，失败是成功之母嘛"这类的话，增强孩子挑战和迎接的困难的信心。

到底要不要陪考

盛行陪考已有些年头了。每到中考的日子，考场外庞大的亲人陪考团堪称一道引人注目的风景。在这些围堵于校门口，犹如一面不透风的人墙中，有考生的父母，有年长的爷爷奶奶，也有同龄的兄弟姐妹。考场内考生奋笔答题，只感觉时间转瞬即逝，其他全然不顾。而考场外的陪考团却度日如年，思绪万千，考题难易，答得如何……他们全然未知，只有焦急万分、翘首以盼地等待。明知帮不上忙，但陪考大军仍然年复一年，坚定执著地固守于骄阳之下，真是可怜天下父母心！如果说有人问，中考期间谁最辛苦，我敢说，是孩子的父母。从孩子迈入到初三的那一天起，也许

更早，他们就背上了沉重的包袱，无论是心理还是身体上。

陪考历来是考生家长们的热门话题之一，但陪考好不好、该不该陪考至今未有定论，也从未正式公开地讨论过。不过，从理论上讲，陪考有利也有弊，好的"陪考"可以帮助考生保持身心愉快，而不当的"陪考"则可能适得其反。所以要不要陪考不能一概而论。

专家的建议是：陪考会给孩子带来一定压力，大多数孩子并不愿意家长陪考，因此家长陪考前最好先征求考生的意见。

有的孩子认为，家长不离左右的陪伴，可以消除一定的紧张感，使自己的底气更足一些。但有的孩子独立性较强，家长跟着，反会让他感到压抑不适。一个已经上了重高的男孩说："中考的时候，爸妈本来要送我，但我坚决不同意。初三这一年他们已经为我操了很多心，再让他们大热天的在外头陪考，我不忍心，一想到父母在外面被烈日和焦急同时烘烤的惨状，我就无法集中全部精力答题，这无疑是给自己加压。后来在我的强烈反对下，父母没有来陪考，忙他们自己的事去了。"总之，在决定是否陪考的问题上，应尊重孩子个人的意愿，甚至由谁来陪考，也应由孩子自己来"挑选"。

下面分别来看看家长和考生自己都是怎么看待陪考的？

家长：陪考总比不陪好

据笔者自己的了解，有超过半数的家长打算陪孩子中考——主要是接、送孩子，有的还全程陪同，如考试时在场外等候，在考场附近找一家酒店陪孩子吃住等等。"孩子住校，平时没太多时间关心孩子。今年中考正好放假，我在考场附近租了房子，可以给他做好吃的，陪他去考场，做个后勤部长。"于女士的儿子今年参加中考，她这样向笔者讲述她的打算。而笔者同时发现，和于女士做同样计划的家长超过了一半。他们认为，陪考总比不陪好。

陪考到底能能给孩子做什么？小张同学的爸爸说，他从媒体的报道上看到，每年中考都有考生迟到、跑错考场或忘带证件。有自己陪着孩子考试，这些问题起码不会出现，比如可以帮他检查证件带齐了没有，考前去考场踩踩点，不会发生跑错考场的情况，路上遇到突发事也会处理得好一些。汪先生说，他的儿子两年前中考，因为考场离家较远，他就在考场附近找了一家酒店，吃住都在酒店陪着儿子，既免去了孩子来回奔波之苦，又消除了陌生环境对他产生的不利影响。

陪孩子中考，甚至在考试期间苦苦等候在场外，这究竟对孩子有没有帮助呢？对于这个问题，大多数家长表示，自己也给孩子使不上什么劲，但孩子心里应该会好一点，知道家里人在关心他们。

考生：只有一成的考生愿让家长陪考

但多数考生似乎对家长的陪护并不领情。考生小韩明确表示，他不愿意家长陪考。小韩告诉记者，自己已经长大了，家长应该相信他有生活自理能力。如果家长事事代为考虑，只会使他产生依赖心理。女生阿瑞也说："如果考试发挥不理想，出来时看到烈日下苦苦等待着的父母，即使他们不询问考试情况，自己也会有心理负担，觉得对不起父母，对后面的考试可能反而会有影响。"因此，她也不希望父母陪考。而去年参加中考的小黄，对陪考则有教训。他说："不知道为什么，当时进入考场后，特别是遇到难解的题目时，脑海总时不时晃过父母的影子。平常考试都不会这样，这可能与父母亲一同来陪考有关系，因为自己平常很独立，所以父母来陪考觉得特别别扭。更要命的是，万一哪门课考不好，一出考场，等候多时的父母见面的第一句就是：考得怎么样？这时候不知道该怎么答好，觉得特别对不起他们。父母一听到考得不好，他们就不断安慰，也让我越觉得心烦意乱。"

但也有少数考生希望父母陪考。家住龙岗的考生小刘告诉记者，他的考场在罗湖，离家比较远，路途交通以及中午吃饭、休息都会有问题，因此他要求家长陪考，帮他解决困难。如今大学已经毕业的沈小姐也认为，家长陪考给她留下一段十分温馨的回忆。她说，当年她妈妈中考之前也没跟她说要去陪考，等考完第一门走出考场时，一眼就看见那熟悉的身影手里攥着一把遮阳伞，正笑吟吟地迎着她走过来，这让她感到很温馨。

当然，大多数考生不需要陪考。因为现在他们的功课已经准备得差

不多了，主要就看心态了。家长如果对孩子过分关注，只会给他们增加心理压力。但有些考生年龄比较小，比较依赖父母，在紧张的中考中觉得没有安全感，父母在身边他就会觉得有力量、有信心，这样的考生，家长可以陪考。因此，他们建议，家长在计划陪考前，应该先征求考生的意见，事先和孩子商量好，免得适得其反。

如果孩子不愿意家长陪考，家长又觉得不放心，怎么办呢？专家出了个主意：可采取尾随方式陪同。如去年有一位考生，平常每天都是他自己骑自行车上学，考前他的家长希望由他们开车送他到考场考试，但是这位考生执意不接受"车接车送"。考试当天，考生骑着自行车向考场"进发"，家长"偷偷"开车跟在后面，直到目送他顺利进入考场后才离开。尾随陪同让家长放心了，又没有给孩子造成额外的心理负担。中考成绩公布后，这位考生的成绩十分理想。

另外，陪考还有很多讲究和门道，不能太随意，这里不得不提一下：

一、保持镇定遇事不乱。比如在去考场的路上，万一发生交通不畅或落下东西等突发事件，应先稳住孩子的情绪，再想办法帮助他们及时解决。

二、提前找定休息场所。如果考场离家太远，中午最好不要回家休息和就餐。这样可避免孩子在高温下和拥挤的交通状况下往返奔波，可保存体力精力。家长应帮助孩子就近找到合适的就餐地点和休息场所，但要注意用餐地点的卫生条件是否合格。

三、事先准备好衣服、雨伞、饮料等必用品。带衣服可预防有空调考场内的冷气，还可以预防突然变天导致的气温下降。同时，应带上充足的饮料，如矿泉水等，并保证饮用水卫生。带雨伞既可以遮阳又可以挡雨，因此一定不要忘记带。

四、陪考时尽量少和孩子说话。家长千万不能对刚出考场的孩子连珠炮似的询问，这只会加深他们的烦躁和不安，引起情绪反弹。特别在考完第一、两门科目时，最好只问问孩子感觉如何，不要与他讨论考试的难度，有多少题不会做，估计能得多少分之类的问题。更不要把在考场外得到的正确答案告诉给孩子，这些对孩子的成绩已没有任何意义，反而只会加重他的心理负担。在赴考的路上也不要试图对孩子说一些勉励的话，应做到一切与平常无异。

五、给孩子适时的鼓励。如果孩子自己认为某科没考好，这时候他需要你鼓励性的语言，如："这科考得不好不要紧，你要相信，也许有人比你考得还糟，你已经做得不错了。""你漏做了题，完全没有关系。我们现在要忘掉一切，而且忘得越快、越彻底越好，只要集中精力考好下一科，丢的分都会找回来的。"有了你的肯定和支持，相信孩子在以后几科的考试中再再也不会漏做题了。总之此时家长的言谈一定不能损伤到孩子的自信。不管孩子考得怎样，他已经尽了全力，这就是成绩。

我个人的意见是，家长最好莫陪考。中考的意义不仅仅是为了一次选拔，为了一次检验，它具有更深远的意义。无论这些孩子将来有机会进入大学深造还是就此踏上社会，他们都要从父母营造的这个温馨港湾里扬帆起航，独自去面对生活中的风风雨雨，品尝种种苦辣酸甜。在他的一生中，要遇到无数个比这还要重要的关口，这是每个人成长中的必经历程，难道父母能永远陪伴孩子一起度过这些难关吗？您应该相信自己的孩子，不给他们施加无言的压力，您这种信任的做法还有助于提高孩子的应试能力，使其更加自信，所以家长要给孩子独立自主的机会，把中考权当是孩子人生中的一次历练。

对孩子来说，凡事总要有第一次，为何不趁机放手让他一搏呢！到了这个时候，能做的我们都已经帮他做到了，最后的结果，也不会因为你的陪考而有所改变。

所以，该放手时就放手吧！既然孩子已经开始远航，就让他自己上路吧，别陪着再走一程了。要知道过分的保护令人窒息，那不是真正的爱。

■ 小 贴 示 ✐

陪不陪考要视情况而定，有些情况，家长还是陪考的好。

一是家庭住地离考场太远，交通又不很方便的考生，二是中考期间，身体不适的考生，再就是个别精神压力太大，承受能力又很弱的考生，有家长陪同，可免遭不测。当然，还是要尊重孩子的意见。

要坦然面对孩子的落榜

中考是一场选拔赛，更是一场淘汰赛，有人金榜题名，就会有人名落孙山。无论考试是多么的重要，孩子落榜都是客观存在的事实，此时的他们更需要外界的支持，尤其是来自于父母的支持。家长们只有保持心态的平和，才能给失败的孩子心灵上的慰藉，才能冷静地、客观地、理性地分析现实，帮助孩子找到最适宜的前途和出路。

落榜考生家长要做到如下"五不要"：

一、不要发火

有些家长，尤其是父亲，平时对孩子的学习漠不关心，看到孩子中考落榜后就大发雷霆，甚至动手打人。

案例：王某的父母因工作关系两地分居，他长期随母亲居住，一家人经常是聚少离多，父亲也就谈不上关心他的学习了。王某中考落榜后，他的爸爸立刻鼻子不是鼻子、脸不是脸地拍桌子瞪眼，先是大骂儿子笨蛋、蠢猪，给他丢脸。然后又把发泄的对象转移到妻子身上，指责她没教育好孩子。王妻本来一个人带着孩子就很辛苦，听到丈夫无理的辱骂，不禁怒气冲天，也不示弱地大声反驳起来，顿时家里掀起了一场口水大战，这对孩子的心理是多么大的打击。

二、不要指责

有些家长一旦知道孩子中考落榜，就开始大肆地指责孩子，只要是孩子平常做得不对的或者是做得不好的，不管与中考有没有关系，一律不分青红皂白地罗列进来。

案例：中考生李某的父亲在其落榜后，罗列了他失败的五大罪状：

（一）好吃懒做，整天什么事也不想做，什么好吃吃什么，一天到晚嘴不闲着，连做作业嘴里都嚼着零食；

（二）贪睡如猪，睡得早起得晚，初三的学生，睡眠时间晚十朝七，体重长到了150斤；

（三）缺乏上进心，讲究穿戴，什么时髦就想穿什么，整天打扮得不伦不类；

（四）学习不认真、不专心、不动脑，做功课时听音乐，还抄袭同学的作业；

（五）经常看一些乱七八糟没用的书和杂志。

李某落榜后心情很沉重，爸爸非但没有帮他解脱，反而火上浇油，此五条罪状一列，说明考不上重高是你"罪有应得"，使李某更加委屈，更加烦闷，甚至感到绝望。

三、不要埋怨

考场失利的原因很多，有时责任并不完全在孩子。有些家长只图嘴上一时痛快，不尊重事实，怎么有理怎么说，对孩子很不公正。一味地埋怨，还会使孩子心情败坏，焦虑不安，甚至还会有抑郁表现。

案例："那年你考初中，分数都够上一中的了，可你说二中离家近，又有很多昔日的同学，再说两个学校的教学质量差不多，偏要选择上二中。现在可好，你看今年一中考重高的升学率多高，可你们学校就差远了，说明你们二中的整体水平还是有问题，你的实力又不比别人差，当初要是听了我的话读一中，今年中考也不至于落到这么个下场。"妈妈对落榜后无精打采的儿子姜某说。姜某觉得委屈，争辩说："是，我没考好，但你也不能歪曲事实呀！当初你是建议我上一中，后来又觉得我说得有道理，还到处跟你的朋友打听，又亲自到学校考查，回来后还赞扬我有眼光、有大脑，现在我考砸了，怎么全都成我一个人的主意了?!"事情已经过去了，事实又摆在眼前，埋怨是徒劳的，不解决任何问题，

只能增加心理负担。

四、不要唠叨

每一个中国的孩子，我想他们最烦的就是听妈妈唠叨。因为这些讨厌的唠叨从孩子一出生就相伴左右，一刻也不曾离开，而且与日俱增。上幼儿园时妈妈常说的话就是"听阿姨的话"，上小学时又改成了"听老师的话"、外加一句"上课认真听讲"。上中学时唠叨的话就更多了，每天几遍，翻来覆去地说。

一个落榜生说："重高没考上，我也挺难过，可我妈还是在那唠叨：'要不你去复读吧。但复读时一定听老师的话，上课注意听讲……'这些话我妈都说了十几年，我的耳朵都听出茧子来了，可说这些话有什么用啊？要是有用，我也不会像今天这样了。学习上她也帮不上我，虽是高中毕业，可连初中的数学题都不会做，一天到晚就知道在我耳边唠叨，根本不考虑我的感受。我有时真想要是人不长耳朵多好。唉，真想找个清静的地方躲一躲。我现在能理解那些离家出走的孩子了，多半是让家长给逼的。"

五、不要冷淡

有些家长对孩子的中考寄托了很大的希望，特别是贫困家庭的父母，一旦面对孩子落榜的事实，失望至极的他们会采取一种极其冷淡的态度对待孩子，即不打、不骂、不说，就是不给你好脸色看，整天爱理不理，漠不关心。

有一位河南的落榜生家庭很贫寒，父母都是农民。他们最大的愿望就是孩子能考上重点高中，将来再考上大学，走出农村，改变自己的命运，也改变家庭的命运，给家庭经济带来新的转机。于是夫妻两个人任劳任怨，吃多少苦都愿意。当孩子中考落榜后，父母失望之余，对孩子产生了怨恨心理不愿跟孩子多说一句话，搞得孩子如坐针毡，不知如何是好，非常痛苦。这位考生对他的同学说："过去我妈话特别多，经常问我这问我那。现在我落榜了，她对我反倒没话说了。原来饭一做好，就马上招呼我吃饭，现在倒好，每天三顿饭倒是按时做，可做好后往那儿一放，也不说一声，你爱吃不吃。我知道，她恨我，所以才这样惩罚我。可谁没有失败过呢？就像走路摔了一跤，爬起来不就行了，何必不理我呢，真是度日如年啊！"

孩子落榜之后，心情自然会十分痛苦和复杂，负疚感、自卑感、失败感甚至绝望感一起袭来。对于孩子来说，这是个很危险的时期，家长要有意识地创造宽松而温馨的家庭氛围，对孩子要充分理解、包容，多与他们进行思想交流，悉心安慰，正确开导。要积极帮助孩子排除不良情绪。应引导孩子走出狭小的生活和精神圈子，可带孩子去亲朋好友家探访，也可带孩子一起外出旅游，多参加体育、文娱、社会实践活动来转移其注意力，开阔视野，扩展胸怀。同时，还可找一些名人传记之类的书籍，让孩子看到古往今来那些有成就的人是如何面对挫折的，从中得以启发和鼓舞，树立顽强拼搏的信心和勇气。各位家长朋友们要坦然的去面对孩子落榜的事实，做到：

一、要沉着冷静

要想让孩子正确处理中考失利问题，家长首先要做到沉着冷静，理智帮助孩子分析落榜的原因。其实原因无外乎有两种：一种是学习实力差；另一种是考试心态差。

如果是学习实力差，导致这种差的原因也不是唯一的，如读书不用功、基础太弱、学习方法不对头等多种多样。如果家长对孩子的这种状况平时就有所了解，就不应该对中考的结果大感意外。既然在情理之中，也就没必要过分地责备孩子，或拿他与别人相提并论。最应该做的就是和孩子一起面对事实，承担结果，寻找解决问题的新办法。否则意义就不在于教育孩子，而是将自己个人的不满情绪朝孩子发泄，于事无补。

中考失利的另外一个重要原因就是考生心态有问题。这类孩子拥有知识上的实力，从平常的测试至考前的模拟成绩都还不错，但因为没有好的心态，导致考场上发挥失常而跌落下马、败下阵来。家长在处理这类孩子的问题上，首先是想办法使孩子重新树立自信，再慢慢引导他的心态恢复正常。

二、要情绪稳定

案例：北京有一位考生，两次模拟考试的成绩都很好，中考发挥得也很正常，满以为进最好的高中胜券在握。没想到，那所高中提高了录取分数线，这个孩子仅以 1 分之差被拒之门外。他的心理很不平衡，觉得自己太倒霉了。"哪怕是差 10 分我都认了，可是现在只差 1 分……"

可是在家里，并没有因为这"1 分"之差而出现异样的气氛。爸爸下了班后照样读报纸，看电视，妈妈依然忙忙碌碌地做家务，和和气气地与孩子聊天。孩子有些奇怪地问："我没有考进北大、清华的摇篮，而且就差 1 分，你们怎么好像没什么反应呢？"爸爸放下手中的报纸说："你觉得我们这样的反映不正常吗？虽然只有 1 分之差，也是改变不了的事实，人这一辈子就没有趟不过去的河，你没有考上那所高中，并不代表你将来就考不上北大、清华，即使真的没考上，读了别的大学，四年后你还可以考北大、清华的研究生，只要你心中有梦想，并朝这个方向努力，至于结果怎样已经不重要了。当你学业完成，步入社会，你会发现有更多的困难和失败等着你，有更多的'冤枉'和'倒霉'跟着你，如果你一味的愁眉苦脸、唉声叹气，在你的生活里还且有快乐而言吗？所以孩子，学会接受现实，以乐观开朗的心态面对你暂时的挫折，这是一个会生活的人应该做到的。"

父亲一翻意味深长的话，使孩子拨开云雾见青天，想想自己尽管没能实现心中的最高理想，但能被现在这所重高录取，也足以证明自己的实力，也是值得骄傲的，因为毕竟考入这所高中也是很多孩子梦寐以求的事情。父亲稳定的情绪、豁达的精神、乐观的态度，让孩子从失望和苦闷中看到了光明。

三、重树孩子的信心

要重视孩子的信心。没有信心的人会处处小看自己，处处感觉自己不行。只要她找回了自信，就会用另外一种眼光看待自己和周围一切，上述那个孩子的父亲是很有见解的，他告诉孩子，分数能丢，信心却不能丢。人的一生不可能一帆风顺。我们要学会怎样对待现实生活中的失败，遇到挫折就应该在挫折中学习，在挫折中奋进，在挫折中重建信心。

刘爱玲的家长不妨与孩子谈一谈自己过去失败的经历，用那些找回自信而获得成功的故事来感染她。相信在您的开导下，孩子的情绪会逐渐恢复正常，您也会重新看到那个快乐的女儿，体味她带给你们的无限亲情。

四、要理解支持

处在困境下的人们，最希望得到的就是社会与亲人的理解与支持，落榜后的孩子就如同身陷孤岛，既无助又无力，更加需要挚爱他的爸爸妈妈情感的支撑，这对他快速走出困境，拾起曾经失落的勇气是极为重要的。

小光中考落榜了，可他的父母没有指责他、抱怨他，他们甚至连一句难听的话都没有说，仍然像往常一样关心他、爱护他，毫无保留地向他伸出了援助之手，毫不吝惜地向他付出了人间真情。小光在如此温暖亲情的包围中，很快调整好了自己失落的情感，他没有自暴自弃、怨天尤人，而是和父母共商未来的出路。他说，只有走出低谷，走向成功，才是对父母最好的回报。这种积极的心态对小光未来的成长多么有益啊！

世上有无数的父母，绞尽脑汁地想办法让自己的孩子自信、自立、自强，殊不知最简单也是最有效的办法就是让孩子感受到父母亲人不离不弃的温情。

五、要积极应对

面对落榜生，家长首先要接受事实，稳定孩子的情绪，重建孩子的信心。然后再和孩子一起面对现实，冷静分析，协商讨论，找出一条新的出路。在这一过程中，家长越是冷静，越是客观，越是理智，提出的建议和想出的办法就越切合实际，越能有效地解决孩子的出路问题。否则，就难免出现这样那样的问题。

应帮助孩子分析失败的原因，特别是要正确分析孩子的学习情况，对于潜力比较大的，不要轻易放弃，要支持和鼓励，坚定孩子的信心，做好再战准备。对于潜力不大，复读成功希望较小的，也不要"不达目

的誓不罢休"，这样只会增加孩子的逆反心理，增加他们的痛苦。对于这种情况，家长首先要摒弃"只有上大学才能成才"的思想，树立"榜上无名，脚下有路"的观点，引导孩子正确认识入学深造和就业的关系，协助孩子寻找合适的出路。

案例：王平以低于重高线36分的成绩落榜，无论是他的老师，还是他个人，都实事求是地认为这个成绩公正地反映了他的学习实力，因此王平不打算再复读了。因为在考场上他已经发挥了应有的潜力，不存在心态问题，再复读一年能否如愿考上重高，实在无法预料，希望也很渺茫。爸爸也同意他的这种想法。可他的母亲却固执己见，一定要王平去重读，非考上重高不可，理由是将来不上大学就找不到好工作。为此母子之间、夫妻之间争执得很厉害，气得爸爸和王平不告而别，到乡下奶奶家住了几天。

落榜后，孩子的出路在哪里？家长可以根据自己的经验提出有用的意见和可行的建议，并和孩子一起商讨、权衡究竟哪一种选择利大于弊，哪一种选择更符合孩子的自身条件。但凡事均具两面性，没有绝对好与绝对坏的严格区分，所以孩子未来的道路还是让他自己作决定，不要像王平的妈妈那样不尊重客观事实，不根据孩子的情况量力而行，仅凭主观臆断和盲目冲动，将其绝对化。

■■ 小 贴 示 ✐

家长的冷漠就像一把锐利的尖刀，把孩子脆弱的心灵刺得伤痕累累，淋漓滴血。尽管落榜是孩子考分低造成的，但也不能把所有的责任都追加在他个人身上。更不能用这种方式再来伤害孩子，因为这种冷漠对孩子造成的心理伤害是无法想象的。家长应该对他加以更殷勤细心的呵护，只有这样，才能让孩子这朵娇艳的花重新抬头面对阳光，阔步前行。这样的父母才是称职的父母、伟大的父母。

帮助子女重新选择

中考是一种分流考试，意味着孩子以后的工作定向、人生定向，这是他人生中的一件大事。家长们也深知中考对孩子的重要性。但每年的中考过后，总会有一部分学生因为成绩不理想或者填报志愿不合理无法就读理想的高中，出现几家欢乐几家愁的局面。但这些所谓的中考"落榜生"从此就与大学"无缘"了吗？条条大路通罗马，如今中考失利者照样可以圆你的大学梦。

如果您的孩子没能考入重点高中，而选择就读于职业高中，这里有三条通往大学的宽广之路。

一、就读职业高中直接参加高考

以往家长对职业高中的认识是"没出息的人才上职业高中"、"上了职业高中也没什么出路"，但这已经是历史了。随着风水的轮转，职高生参加高考的限制早已经取消了。就拿北京而言，还专门为职高生考大学开辟了另外一条捷径——北京市普通高校高等职业教育单独招生考试，考试范围为职高所学内容，考试科目为数、语、外三门文化课，每年与高考同步进行，但难度却明显低于普通高中课程，更适合于职高生。据不完全统计，每年都有近 7000 名职高生由此升入大学的殿堂，而且所学课程、所得学历都和从普通高中考入大专院校的学生完全一致。所以对那些成绩处于中等水平的初中毕业生来说，上普通高中与上职业高中可谓"殊途同归"。

二、边上职高边通过高等教育自学考试

您可以鼓励孩子边读职业高中边通过高等教育自学考试，并可取得大专学历。因为高等教育自学考试完全是本着宽进严出的原则，对报考者的年龄、身份、学历、学习时间等均不做限制。据了解，每年有 20%

的职高生都是边上职高边通过自考，等到职高毕业时已完成大专学历的一多半课程。

三、通过成人高考实现自己的大学梦想

如果您的孩子没能通过前面的两条途径实现自己的大学梦想，在职高毕业走上工作岗位后，只要他心中还有这份美好的愿望，并愿意付出坚持不懈的努力，您可以积极地为他创造条件，提供力所能及的帮助，成就孩子的大学之梦，为他的人生少留下一点缺憾。

如果孩子在初中阶段的学习成绩一般，基础不是太牢，就应该选择职业高中就读，将来即使考不上大学也可以直接就业，做到升学、就业两不耽误，而且毕业时大多数学生会具有一种学历证书和多种职业技能证书。但在选择职高时必须慎重，因为职业高中也有重点与非重点之分，其教学条件、教育质量的优劣对孩子的影响至关重要。不同职高在其教学上的侧重点也有所不同，比如有以升学为主要出路的"综合职高"和以就业为主导的传统职高，所以在选择学校时要注意考查它侧重于哪一方面，再根据孩子的兴趣和发展方向做出决定。

中考落榜生除了就读于职业高中外，很多教学质量较高的私立中学也是一个不错的去处。但并非所有的私立高中对落榜生照单全收，好的学校也要对报名的学生进行考试或者参考其中考成绩，择优入学，以确保学校的生源质量。其实私立高中与公立高中没有什么本质上的区别，在做选择时主要是看学校的升学率和师资水平。好的私立高中升学率不比普通高中低，甚至还远远超出。但这种学校收费较高，需要有一定经济实力的家长才可以送孩子入读。

当然你也可以选择复读的方式，再给孩子创造一次升学的机会。但从教育原则上讲是不主张学生复读的，主要是因为存在教育资源占用的问题，再说复读对学生而言也是一种劳动的重复。但如果孩子学习基础比较扎实，因一些意外原因导致落榜，或因几分之差失去上重点高中、理想高中的机会，复读未尝不可。只要孩子学习动力、学习信心十足，家长也大力支持，重新苦读一年上个更好的高中也是值得的。

时代发展了，社会进步了，只有就读重点高中才有机会考入大学的观念也需要转变了。但无论你为孩子选择哪种大学通道，职业高中、私立中学还是复读，都要根据孩子自身的实际学习情况和家庭的经济承担能力而定，不论孩子走哪条路，都需要家长无私的关怀和正确的引导，只有您才有能力帮助孩子去圆他们的大学梦想。

小 贴 示

条条大路通罗马，在孩子考试失利以后，家长可以帮助孩子重新选择。

现在有很多中外合作办学机构，都把目光瞄准了国外大学。如果在国内用一到两年的时间打好语言基础，达到国外大学的语言要求，就可以在国外读高中，然后直接升入国外大学。家庭经济条件优越的落榜生不妨走走这条路。

中考早知道

Zhong kao zao zhi dao

第五章

助孩子一臂之力——家长助学篇

孩子成绩不稳定的原因

学生的学习成绩一直是学校和社会衡量学生水平的一个重要指标，也是家长、教师、学生本人三者共同关注的最重要问题。进入中学二年级的学生，由于知识的扩展和难度的加深，其学习成绩没有以前好或出现时上时下的波动现象是很正常的，"山路十八弯，水路十八曲"，相信在家长和教师的适当教育下，这种不稳定的现象将随着孩子年龄的增长会自然消失，以后的成绩也会逐渐趋向稳定，所以家长不必过分担心，甚至采取了不必要的措施（如反复唠叨、严加惩罚等），结果只能是适得其反。

学生学习成绩不稳定的原因主要有客观因素和主观因素两种：

一、客观因素。教材的难易程度、环境的变化等都会影响孩子的学业成绩。中学二年级的教材内容在广度和难度上比小学和中学以往的内容都有所增加，因此，部分适应能力不强的小学生升入三年级后学习起来会感到吃力，如果教材内容适合学生，其成绩就好；如果内容不适合学生，其成绩就会有所下降，所以学生的学习成绩会出现时上时下的波动现象。

环境的变化包括家庭环境、学校环境、班级环境以及学习环境等。家庭气氛的好坏、父母的关系、亲子关系都会影响孩子的学习成绩。学校的教育计划、课程设置、班级的学习气氛、同桌同伴关系也是影响小学生学习成绩的重要因素。

小学和中学是两个截然不同的学习时期，在学习内容、学习方法等方面都有一定的区别。

因此，在小学学习成绩突出，并不能保证在中学学习成绩同样突出。进入中学后，课程增加，难度加大，对学生的各方面的要求也在提高，

因而导致孩子们的成绩排序发生变化，出现"重新洗牌"的现象，这也是事物发展的规律所在，没有什么大惊小怪的。

在小学六年的学习，使很多孩子养成了一定的学习习惯和学习风格，形成了一定的思考惯性，包括对老师的看法和想法、对学习的认识和了解和对同学关系和朋友关系的感知等。进入中学后，学生来自不同的小学，学习水平存在着一定的差异，而且各校的教学质量也有区别，当这些参差不齐的孩子会集到一起，在学习上的表现自然会是五花八门的。当孩子从小学踏进中学的时候，他们要面对的是新的校园、新的同学、新的老师、新的课程、新的朋友、新的想法，对于孩子来说，这是一种挑战和压力。熟悉环境，适应环境，是他们的头等大事。有的孩子很快就能适应中学环境，积极投入到紧张的学习生活中，而有的孩子则需要一个较长的时间去了解和适应。在整个调整和改变的进程中，学习成绩必然会出现差异。所以，从总的方面说，小学的学习成绩并不能说明什么问题，更不能保证孩子到中学之后，学习成绩还能如此。

孩子对不同科目感兴趣的程度不一样，即使是同一科目，孩子对每一章节所授知识的理解、消化吸收能力也有所不同。因此可能出现这种情况：这次测试涉及的大部分内容，刚好是他领悟得较好的部分，所以分数会偏高。而那次考卷的主要内容，恰恰都是他还没有完全理解掌握的部分偏多，所以成绩会低一些，这都属正常现象。还有当孩子对一门功课产生兴趣时，他会非常专心地听课，十分认真地复习。而对他不感兴趣的科目，就不肯使出全力。这就是我们常说的偏科现象。家长针对孩子的这种情况，千万不要放任自流，要注意培养孩子良好的学习习惯，启发他们每门功课的重要性，全面发展，不能顾此失彼。你可以创造一些条件先把孩子落下的功课补上，让他看到自己的进步，继而产生成就感，激发他的学习兴趣，他才会干劲十足，兴趣盎然。

二、主观因素。包括学习态度、学习兴趣、性格与情绪的不稳定性都是导致孩子成绩不稳定的主要因素。

学习态度是指学生对学习及其学习情境所表现出来的一种比较稳定

的心理倾向。良好端正的学习态度，有助于提高学习效率，促进教学效益；不良的学习态度，直接影响到学生的学习兴趣和学习效率，达不到预期的教学目标。如果学生出现态度上的变化，时而表现出主动学习、积极预习复习、上课认真听讲，则就会提高学习效率和成绩；反之，偶尔表现出注意力分散、敷衍作业、上课做小动作、厌学等现象，则学习成绩就会降低。因此从长期来看，就出现了成绩大幅度波动的现象。

学习兴趣是学生对学习带有指向性的一种心理活动。通常说，兴趣是活动的催化剂。如果学生对所教授的内容产生了浓厚的兴趣，他就会把学习活动视为乐趣，变被动为主动，从而调动自我能动性，学习成绩自然就能提高。反之，学生对某些教学内容缺乏兴趣，必会视学习为畏途，从而厌学逃学，学习成绩也随之下降。

中学生正处在个人身心发展的重要时期，由于心理发育较缓慢，情绪不稳定，性格不坚强，自控能力较差，因而不善于处理学习中的种种问题，外部诱因或挫折都会对小学生的学习成绩产生负面影响，从而出现成绩的不稳定现象。处在青春期的孩子，很多时候容易受一些不良诱惑的影响，滑入网恋、早恋的漩涡，如果你的孩子学习成绩一直很稳定，突然连续出现几次下滑现象，就要及时和老师正面沟通，和孩子的同学侧面了解，找出问题的根源，正确的引导孩子，排除影响孩子进步的不良隐患。

小 贴 示

孩子成绩不稳定的原因有客观和主观两种因素。因此，当孩子一个阶段的成绩有所下降时，家长不要一味地认为是孩子不认真所致，而是应该跟孩子一起分析成绩下降的原因，对症下药，才能提高成绩。

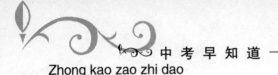
家长该如何面对孩子不稳定的成绩

很多家长都反映自己的孩子学习成绩不够稳定，忽高忽低的。随着考期一天天的临近，父母焦急的心情可想而知。对待这一问题，建议家长们不要光看表面现象，而要综合各方的原因，从各个角度来考虑分析缘由。

一位心急的家长说：我的孩子今年中学二年级，初二以前乃至整个小学的考试成绩一直处于中上等水平，可进入二年级以来，每次考试的成绩忽上忽下，或考四五十分，或考八九十分，老师也说他的成绩不稳定，请问孩子成绩不稳定的原因是什么？该怎么办？

家长面对孩子学习成绩的不稳定现象，首先要分析其原因，找到问题的关键所在，其次是要对症下药，如果是客观因素就应与教师加强沟通联系，以调整教学计划和改善有利于学生学习的外环境；如果是主观因素，则需要家长采用适当的教子方法端正孩子的学习态度，培养孩子的学习兴趣，平衡孩子的情绪，减少使孩子出现情绪大起大落的事件的可能性。在端正孩子学习态度和培养孩子学习兴趣的问题上，家长可以从家庭的生活饮食、自己对学习的态度以及采用一些有教育意义的名人事例等方面来促使孩子端正学习态度，提高学习兴趣，从而使孩子的成绩达到稳中有升。

不管怎么说，每个家长都渴望自己的孩子学习成绩突出，以后能有好的未来。一旦发现孩子成绩下降，家长就会心急如焚、四处求助。但事物的发展是不以人的意志为转移的。针对孩子成绩忽高忽低或者是明显下滑的现象，家长要注意多方面考察询问，最要不得的是：妄下结论，一棒子打死，或是气急败坏的指责谩骂。这一时期孩子的自尊心敏感而脆弱，做家长的稍有不慎，就有可能造成意料不到的可悲局面。在认真核实原因后，家长要有足够的耐心和孩子沟通，因为无论解决什么问题都需要一定的过程，而且在这一过程当中有些人物是必不可少的，家长不但要与孩子沟通，还需要请老师的协助，大家共同配合才能更有效地解决好孩子成绩不稳定的问题：

作为家长应该这样面对孩子成绩不稳定的问题。

第一，家长要对孩子的学习成绩有一个正确的认识。学习成绩只是反映一个孩子在一段时间内对知识（或者准确地说是书本知识）的掌握程度，它只能反映孩子某个方面的表现，并不能全面、客观地反映孩子的能力和水平。何况目前通用的"百分制"对成绩过于细化并不一定很科学，早已经有教育专家提出异议：试问99分同98分之间的区别到底有多大，而59分同60分之间的区别又有多大？此外，学习成绩的优秀也只是一时的成功，而一生的发展和成功，靠的是人的综合能力和综合素质，不是单凭学习成绩就可以决定的。

在现实生活中，我们也无数次地见证了这样一些事实：有很多在学校里成绩出色的所谓高才生，走向工作岗位后，也业绩平平；相反有很多在学校表现一般甚至学习成绩不佳的孩子，走向社会后，倒是创出了一番大事业。

第二，家长要明白孩子到学校去的最终目的是什么。有很多家长都会说，送孩子上中学，是为了孩子以后考大学，而考大学是为了孩子的未来。其实，家长们忽略了一个最根本的目的，孩子的求学过程是孩子一个重要的社会化过程，也是一个重要的自我完善、自我发展的过程。

所以，孩子的学习成绩（分数），丝毫不能预示孩子的未来。只要孩子在学校里学会了如何做人、做事，养成了一些优秀的品质，那么孩子的未来就一定会有幸福的生活。毕竟第一名只有一个，上大学的也只是所有孩子之中的一部分，出人头地的更只是少数人。只要孩子是一个知书达礼的人，一个身心健全的人，一个对社会有贡献的人，父母就应知足了。

第三，家长要调整自己的心态。想一想，我们当初做学生的时候，

是不是学习成绩就一定出类拔萃呢？同时，家长不要把孩子的学习成绩和自己的面子挂钩。家长的社会地位和威望是家长的事，和孩子无关。孩子的学习成绩既不能装点家长的脸面，也不会损害家长的威望。有许多家长之所以格外关心孩子的学习成绩，说到底是为了满足自己的虚荣心，并没有从孩子自身成长的角度、孩子自身发展的需要上去关心。这样的家长往往容易对孩子提出过高和不切实际的要求，最终搞得家长和孩子双方都疲惫不堪。有的家长把自己过去没有实现的愿望和理想，强加给孩子，让孩子代替自己去实现儿时的梦想，让孩子为自己的梦想活着，完全剥夺了孩子的自由和思，也常常会毁掉孩子的未来。家长要明白，也要让孩子明白，孩子的学习是为了自己的生活、自己的未来，不是为了父母，也不是为了老师。

第四，了解孩子的现状。把孩子最近几次的考试成绩放在一起细心研究，并和孩子的班主任、任课教师密切联系，了解孩子在学校的表现，在课堂的表现以及作业情况等，力求对孩子进行一个全面、客观的了解。看看孩子当前的学习成绩是不是孩子的真实水平，孩子是否刻苦和努力，以及孩子的潜力还有多大等。必要的时候，应该走访孩子的朋友和同学，从孩子同龄人身上去搜集有关孩子的信息。

第五，商量对策。在对孩子的情况有所了解的基础上，应该同孩子进行较深层次的沟通，而沟通的气氛应该是平和而充满真诚的。有许多孩子特别厌烦与家长谈学习、谈分数，因此"开场词"相当重要，要选择孩子容易接受的语言和方式进行。谈话的时候，家长要注意一点，不能感情用事，绝不能伤害孩子的身心。如果孩子已经很努力、很刻苦了，学习成绩仍不理想还是忽高忽低，那么家长就必须学会接受现实，不要再强迫孩子提高成绩，否则，孩子就有可能作出反常的行为，甚至会让家长悔恨终生。

值得注意的是，几乎所有的孩子都或多或少地存在成绩不稳定的现象，如果上下的幅度不是特别大，都可以忽略不计。一个名校的校长就曾经说过，一个班级，能够保持成绩稳定的孩子只有两三个，其余的都存在这种不稳定的现象，这是由多方面因素造成的，家长们用不着坐立不安，草木皆兵，更不可因为孩子一两次考得不好就大动肝火。很多时候，我们成年人都无法预料一件事情的成败，更何况是一个十几岁的孩子呢！我们最需要做的就是帮助孩子努力把知识夯实，确保孩子在将来的考试中有更大的胜算把握。

小 贴 示

　　家长要调整自己的心态。不要把注意力只放在孩子的学习上，应该从多个角度去观察孩子，发现孩子身上的闪光点。俗话说，金无足赤，人无完人。孩子也是这样，总有这样那样的不尽如人意的地方，有这样那样的错误和毛病，但有一点是可以肯定的，那就是每个孩子的身上都会有值得称道的地方。把对孩子的要求和期望值适当地降低一些，既能使孩子在宽松的环境中自由而快乐地成长，也能使家长得到更多的快乐。

要能够接纳孩子的不足

　　每个孩子在学习中都有自己的强项和弱项，一般来说，越是强项，孩子越有学习的兴趣，越是弱项，越容易自暴自弃。理由很简单，强项的学科是越学越能掌握其中的窍门，越学越有浓厚的兴趣，越学越容易出成绩，出了成绩就更加愿意学，使学习进入良性循环状态。弱项学科越是不学就越落后，越不出成绩也就越没有兴趣学，导致恶性循环。但是中考是对每个学科进行的综合考察，它要求考生掌握的知识全面而扎实，所以，家长要培养孩子向弱项挑战的精神。

　　大多数考生都有自己的强势科目和弱势科目，看到自己的弱势科目

害怕。举个例子来说，文课生相对的数学弱一些，就不喜欢数学，数学成绩差，看到数学题就害怕怎么办？很多同学害怕甚至讨厌这个科目，这都是情绪，情绪不影响智商也不影响行为。情绪不会左右我们的行动，就看你愿意不愿意。如果你受情绪的支配，你是情绪的奴隶，你会受到这些情绪的影响。因为害怕就不做了，因为烦就不做了，因为不喜欢这个老师的科目就不听了，这些都是因为你成为情绪的奴隶。人完全可以成为情绪的主人，不管什么情绪从行动上要多做这些。建议同学们对越是害怕讨厌的科目，在做题方面反而更大量。那些薄弱环节提高的分更高一些，数学考了 60 多分，我努力一下考 90 分的话提高了 30 分。平常语文已经 90 多分了，再努力提高也就几分。一门提高几十分，你的成绩一下子提高了多少倍，排位一下子提前了。薄弱环节反而要加大量，优势环节要维持量，不是反过来我喜欢的就多做，上来就做喜欢的。

考试时如果薄弱环节出问题了，第一门考的题成绩不好，特别难，没有关系。每次考试有一门比较偏比较难，出乎大家的意料，其他几门甚至有几门特别简单，难的卷子来了也行，后面就来简单的了。要学会补偿，这个没考好，下一个考得更好一点，反而要激发心理的斗志，而不是产生畏惧情绪。

孩子在成长过程中，很在意父母和老师对他们的评价。因此，家长应该注意自己说话的方式，尤其是对于自信心较弱的孩子，对他们的进步和成功要及时给予赞赏和鼓励，多以积极的态度来肯定孩子。如：多用一些"行"、"有进步"、"真棒"等鼓励、赞赏的言词，使他们在获得成功的体验中认识自己的长处，相信自己的力量，树立自信心。

家长要能够接纳孩子的失败与不足，因为每个人都会遭遇失败，父母要做的是和孩子一起分析不成功的原因，鼓励孩子自己跨越这些障碍，孩子就是在不断地超越自我的过程中，逐渐形成向困难挑战的自信心和勇气的。父母应该以适当的标准，正确评价孩子。评价孩子要纵向比较切忌横向比较。只有运用正确的比较方法，才能使孩子在家长的充分肯定与不断鼓舞下，取得更大的进步。所以选择适当的标准，给出正确的客观的评价对孩子的进步非常重要。那种要求自己的孩子处处赛过别人或者一步到位的想法是非常不切合实际的。孩子也能在这种公正客观的评价下切实了解自己的能力，看到自己的不足，总结不成功的原因及自身存在的有利条件，并在实践和进步中树立自信。

孩子畏惧困难的原因是多方面的，有些孩子自尊心太强，他们因为害怕失败而选择逃避，但逃避不能抹杀不足的事实，逃避的时间越长，越会使他们丧失自信，变得种种困难都无法超越。这就需要家长有意识的教育孩子，与其逃避，不如勇敢地去面对，这才是解决问题的根本办法。培养孩子的自信，适当地降低评价孩子的标准，多鼓励、少批评，多帮助、少打击，学会以一颗宽容的平常心来对待孩子。

家长应该明白，对于有弱势瘸腿科目的孩子来说，端正自己和孩子的心态非常重要。这就要降低孩子对弱势科目的要求和标准！本来就是孩子的弱势项目，那就立足于孩子的真实实力，牢牢地抓住和把握教材的基本内容和基本题型，能拿到自己弱势项目的基本分数就是一种成功！然后，让孩子在自己的优势学科上认真对待，好好发挥，争取各个学科都能拿出自己的最佳成绩。换句话说，就是"让孩子自己跟自己比，各科跟各科的以往成绩比，进步就是成功！"

其次，针对孩子自身的弱势科目，要求孩子形成适合他自己的一套解题的线路和答题规范，一旦出现审题不清的时候，这时候孩子就不会出现怕麻烦而未能坚持答完题目的情况，相反的可以严格按照平日训练的标准规范来操作和进行。尤其对于理科的选择题目，更不要因为题小就掉以轻心，反而要坚持"小题大做"的原则，认真对待，在草稿纸上按步骤解题，不轻易跳步。即使采取一些解题技巧，快速排除干扰项答题后，也要及时验证结果，保证该拿的分数不丢。

最后，中考的时间日益临近了，家长们应该建议孩子回归真题，做到对弱势科目的历年真题了然于胸，这样，对于今年的考题会有较好的适应性，考试中容易有更好的发挥。

小 贴 示

每个孩子都不是十全十美的，家长要能够接纳孩子的失败与不足，孩子就是在不断的鼓励与自信中，逐渐形成向困难挑战的自信心和勇气的。每个孩子都需要自信，就像植物需要阳光、雨露一样。只有建立了自信心，才能编织美好的梦想，才能走向辉煌的明天，让自信如影相随，伴孩子健康成长。

再着急也要进行正确的引导

相信许多家长和老师都为这样的现象伤过神：许多孩子整天贪玩，对学习毫无兴趣，不能自觉学习，即使是在有监督的情况下，也总是心不在焉左顾右盼。马上就要正式开考了，家长们早已熬红了双眼，恨不能时光逆转，时间倒流。可偏偏自己家的孩子好像不知道什么是着急似的，依然我行我素地玩乐着。这可真应了那句话，"皇帝不急太监急"。那么，如何对待这种贪玩、不爱学习的孩子使他们能够尽快地将注意力转移到中考紧张的复习中来呢？以下是几条应对措施，希望可以给你一定的启发与帮助。

一、培养孩子的学习兴趣

学习兴趣是促使孩子自觉学习的原动力，兴趣是最好的老师。如果孩子对学习产生浓厚的兴趣，他们自然就不会把学习当成苦差事。我们经常看到，有的孩子对电脑很有兴趣，他就愿意自觉主动地看许多计算机方面的书籍，贪玩的习性就会有很大的改善。因此，家长应不时地寻找发现孩子的兴趣所在，并加以引导和培养，使孩子转变对学习的态度，促进孩子的健康成才。

学习兴趣是学习活动的动力源，尤其对中小学生更为重要。他们年龄小、自制力差，学习中带有很大的盲目性，易受外界干扰。只有当孩子有了强烈的学习兴趣后，才会主动地学习，持久地学习，学习成绩才会提高。调查显示，对学习有浓厚兴趣、自觉性强的学生，大都能钻心听讲，注意力集中，肯动脑筋，爱提问题，按时完成作业。而那些缺乏学习兴趣的学生，学习上往往很被动，学习不专心，敷衍了事，遇到困难易产生消极畏难情绪，把学习看成一种负担。

带孩子到大自然、社会中去，开阔眼界，提高学习兴趣。家长可以经常有意识地引导孩子到大自然中观察日月星辰、山川河流。比如春天可带孩子去观察小树以及其他植物的生长情况；夏天带孩子去游泳、爬山；秋天带他们去观察树叶的变化；冬天又可引导他们去观察人们衣着的变化，看雪花纷飞的景象。孩子通过参加各种活动开阔了眼界，丰富了感性认识，提高了学习兴趣。家长最好还能指导他们参加一些实践，如让孩子自己收集各种种子、搞发芽的试验、栽种盆花；也可饲养些小动物。随着孩子年龄的增长，可以启发他们把看到的、听到的画出来，并鼓励他们阅读有关图书，学会提出问题，学会到书中找答案。这样，孩子的兴趣广泛，知识面扩大了，学习能力也在不知不觉中提高了。

二、使孩子尝到成功的滋味

很多孩子不爱学习的原因，多是由于学习总是失败，考试成绩总是不如人。因此，要从孩子的实际出发，恰当地为孩子确定学习目标，并给予切实有效的帮助，这样孩子就能通过努力达到他能够实现的目标，获得成功的体验。成功的体验又会激励孩子继续努力，使他不断进步。

对于成绩总是不尽如人意的孩子，由于他们从没尝到成功的甜头，在学习上没有成就感。再加上家长对他们的训斥和不满，使他们对自己丧失了信心。所以就想尽一切办法逃避学习，完全不顾及自己的未来如何。这时候的家长就应该试着转变对孩子的态度，抛弃指责与埋怨，从孩子的实际出发，恰当地为孩子制定学习目标，并给以切实有效的帮助。如果孩子通过自己的努力，取得了一定的成功，家长要适时地给予充分的肯定和鼓励，这样孩子不但获得了成功的体验，还会激发他的成就感，

有了成就感，他就会不断地努力下去，直到获取新的成功。如此下去，就会形成良性循环，改掉他贪玩的毛病。有一位母亲，在她的女儿考了40分后没有说别的，只是说不错，这些分也是我女儿经过辛苦努力得来的，只是如果下次再进步一点就更好了。第二次她的女儿考了50分，这位母亲很满意，第三次女儿考了48分，母亲鼓励她说，与上次只差了2分，没什么，努努力一定能赶过去，就这样，女儿在母亲的不断激励下终于以优异的成绩完成了自己的学业。所以，当孩子在学业上遭到失败的时候，父母不应有过激的行为和过分的语言，要注意培养他的上进心，设法使他品尝成功的滋味，产生成就感。

三、培养孩子的注意力

早在十九世纪，马克思便根据自己的切身经历提出了"天才就是集中注意力"的著名论断，同时法国著名生物学家乔治居维叶也说"天才，首先是注意力"。意大利儿童教育家蒙台梭利曾经说过："给人类带来进步的伟大发现，与其说由于科学家们的教养或者他们的知识，毋宁说是由于完全聚精会神的能力。由于他们的智慧能够埋头于他们感兴趣的工作"。这都强调了注意力这一人类共同的心理现象在科学研究和日常工作学习中的重要作用。

孩子学习注意力不集中，上课思想开小差，喜欢东张西望，玩小动作；学习拖沓，三心二意，布置的学习任务要拖到很晚才能完成。这都属于注意力不集中的表现。家长常为此而苦恼，试验了很多方法都不能使孩子注意力得以集中，主要是因为我们没有了解和掌握培养孩子注意力的策略。

注意力是指人的心理活动对一定对象的指向和集中。大量的实验和辅导实践充分证明，学习成绩好与成绩差的孩子之间最明显的区别之一就是注意力能否集中，可以说，注意力是保证孩子顺利学习的前提条件。诚然，每个人注意力集中时间的长短不一，一般而言，会随着年龄、发展情况及个别差异而有所不同，年龄愈长，注意力持续的时间也会相对的增加。根据研究指出人平均的专注长度为：2岁孩子平均约7分钟，3

岁平均约 9 分钟，4 岁平均约 12 分钟，5 岁平均约为 14 分钟。小孩子平均 15 - 25 分钟，初中生为 25 - 35 分钟，高中生为 35 分钟 - 1 小时。辅导上通常每节课只安排 45 分钟，就是这个道理。虽然注意力持续时间不同，但一个人要想有所成就，都离不开高度集中的注意力。

培养孩子的注意力，应该在学龄前就开始。这是因为，学龄前的主要任务就在于通过一些学习活动为孩子的正规学习准备条件。良好的注意力，就是必备条件之一，能够使孩子上学后学习专心。不少家长只关心孩子学龄前学了多少字、画了多少画，而忽视了对孩子注意力的培养，致使这些孩子上小学后，很难适应正规学习，表现在上课不专心，做作业不认真，严重影响学习成绩的提高。

怎样培养孩子的注意力呢？最初应从生活习惯方面，培养孩子良好的行为习惯。采取的方式也不是疾风暴雨，而是从小事把握。比如要求孩子按时就寝、起床；按时饮食，吃饭碗里不留饭；玩具用过就还原；做事要认真做好，否则重来……离开了细节就没有教育。但也不是所有的小事都要管，而是选择那些对孩子的成长、品质的形成具有本质意义的"小事"。

孩子从未见过、听过的事物，都能以独特的魅力吸引孩子的注意。因此，应把孩子带入大自然观看奇花异草和造型奇特的建筑，培养孩子的兴趣。兴趣是观察、专心的动力。要帮助孩子确定观察的目的和任务，因为儿童喜欢东张西望，目的性不强，抓不住要领，因而得不到收获。因此，家长应有意向孩子提出一些要求和目的，告知方法，引导孩子抓住本质，从浅入深，专心致志。

作息时间不固定、生活无规律是孩子注意力分散的主要原因。学习是脑力劳动，要消耗大量的脑内氧气，若望子成龙心切，整天强迫孩子长时间从事单调的学习活动，必然造成孩子大脑疲劳而精神分散。因此，合理制定孩子的作息时间，让孩子明确什么时候可以尽情地玩，什么时候必须专心完成学习任务，养成劳逸结合的好习惯。

同时，要创造安静的家庭学习气氛，要让孩子专心学习，家长首先

要自己安静，不要做分散孩子注意力的事，如看电视、大声议论或哈哈大笑等。家长也可认真看书学习，以模范行为让孩子效仿。在孩子学习时，不要过度关心地唠叨，问这问那，更不要在孩子学习的房间接待客人，干扰孩子，使他无法集中注意力。

四、学习强度不可超过孩子的承受能力

许多家长望子成龙心切，在孩子课后又安排家教和补习，想借此来得到提高孩子成绩的目的，其实这样很容易产生事倍功半的恶果。孩子在学校学习的内容已够多，再加上几个小时的额外学习，会超过其承受能力。这种"课堂——家庭式"的接力学习往往使孩子失去对学习的新奇感，开始厌倦学习。

本来处于复习阶段的孩子，学习强度就很高，每天除了在学校里"浴血奋战"外，回到家里更不能闲着。家长们更是利用一切可以利用的时间，创造一切可以创造的机会，让孩子强化复习，提高成绩。他们希望在临考前，能把所有的知识都满满地塞到孩子的大脑中去，这对于一个原本贪玩好动的孩子来说，已经远远超出了他们所能承受的范围，因此家长要注意循序渐进地加大孩子的学习强度，不能省略过渡，使孩子在重压之下无法呼吸。

五、身教重于言教

孩子在学习成长的过程中，还不知道去挑拣"好"与"坏"，什么都学。家长或教师的一举一动他们都可能去模仿、学习。所以，作为教育者，我们时刻都要注意自己的言谈举止，千万不要说一套做一套，言行不一。因为你无意中的行为，都可能在小孩子的头脑中留下印象，甚至是烙印，影响孩子的一生。父母言行是孩子最好的榜样，他们的一举一动都能对孩子产生潜移默化的深远影响。父母要使孩子热爱学习不贪玩，自己必须勤于读书，努力在家庭中营造良好的学习氛围。父母热爱学习是对孩子的最大鼓励。在学习气氛浓厚的环境中长大的孩子，往往对学习有浓厚的兴趣。如果父母整天沉迷于麻将、电视、跳舞、应酬中无可自拔，那么要想孩子"出污泥而不染"是不可能的。因此，当孩子贪玩

时，家长还应从自身方面找找原因。

六、避免家教中的误导

家庭教育中父母讲话不慎而产生的错误导向，也是孩子不爱学习的原因，如果一位家长整天喋喋不休地说："你成绩如此差，一定是比别人笨，再努力可能也不会见效了。"这样的话语势必会严重挫伤孩子的积极性与进取精神，使孩子不爱学习，变得贪玩。

很多家庭中父母不注意自己与孩子的谈话方式，一上来就说："你的学习是没指望了，再怎么努力也白费了，你看某某，学习从来不用父母看着，自觉性可高了，成绩又好，你说我怎么就养了你这么个笨孩子"。父母这种不慎重的讲话，也会对孩子产生误导，想着反正自己也就这样了，再怎么努力也不会有结果，于是干脆就放弃学习，开始贪玩。正是由于父母不正确的评价严重挫伤了孩子的积极进取精神，使孩子产生了破罐子破摔的心理，这也是孩子不爱学习的原因之一。

对一些贪玩的孩子，有些父母急于求成，不对孩子做正确的沟通引导，相反只是一味地给孩子施加压力。青春期的孩子逆反心理很强，过大的压力不但无法达到目的，反而会使孩子更加叛逆，作出逃学、出走等过激行为。小波是个贪玩的孩子，他的父亲从来没有从根本上找过原因，只是不断地给他施加压力，比如每科考试要不低于多少分，班级排名要在多少名之内，实现不了，就要对小波加以严惩，终于有一天，小波因为忍受不了父亲的粗暴，对生他养他十几年的父亲下了毒手，一棍子打得熟睡的父亲永远也醒不过来了。所以父母要注意培养与孩子的良性沟通，帮助孩子改掉恶习，那种恨铁不成钢的简单作法，只会伤害孩子的自尊心，把局面越搞越糟。

七、为孩子找一个爱学习的好伙伴

同龄人之间的影响也是极为重要的。大部分的孩子仿效性极强，只要有一个好的榜样在身边，孩子就会产生希望变好的内在动力，逐渐喜欢学习起来。这也就是我们通常所说的学习风气吧。如果孩子的朋友勤奋好学，他在朋友的影响和感染下，也会产生学习的动力，培养起学习

的兴趣，并可能在朋友的帮助下，成绩明显提高。反之，如果他结交的都是些游手好闲、糟糕透顶的"坏分子"朋友，那孩子不爱学习的原因也就基本确定了。所以平常要留心孩子结交的朋友都是些什么样的人，鼓励孩子和那些聪明、刻苦、好学、品行好的孩子交往，远离那些不良分子的影响，有助于孩子改掉贪玩的毛病，向理想中的方向转变。这种同伴的力量有时甚至比家长的说教、打骂更有效。

看到孩子与"坏孩子"经常在一起玩时，为人父母者是无法容忍的。那些"坏孩子"往往不喜欢上学、喝酒抽烟、学习成绩差、没有礼貌。孩子可能会说，他们比其他人对他更好，就是喜欢和他们在一起。这种时候，父母们应该做什么呢？

一旦遇到孩子结交了不适当的伙伴，首先要冷静分析，一定不要直接否定，在了解情况时要表现出兴趣。不要只是问一些诸如"他是谁，是做什么的，在哪里认识的"这样肤浅的问题，应鼓励孩子说出他和朋友之间交往的每一个细节，表示出你愿意和他共同分享的兴趣。尊重并认可孩子的想法，即使你反对他们的交往，也不要急于让孩子接纳你的观点。不妨花时间多和孩子接触，多倾听他的声音，坚持下去就会带来积极的变化。家长应该好好找孩子谈谈，而不要只是简单粗暴地命令孩子和小伙伴断绝来往。开始时可以不提及小伙伴的事，而从其他的事情开始。比如，孩子的家庭作业没能按时完成，你就可以和他交流，你是多么希望他能在学校表现好一点。如果孩子对这样的开始不以为然，你就可以把话题转到他的小伙伴身上了。要开诚布公地告诉孩子，你发现自从他交了新小伙伴后开始变了："如果这个伙伴有什么特别的行为，我想我们最好还是好好说一说。"还可以找个"第三者"做说服工作。但这个"第三者"一定是家长和孩子都信任的人。出现孩子交上"坏朋友"这种情况，往往有两种原因，一种是孩子平时学习和生活的压力比较大，而与这样的伙伴在一起会很放松，没有压力。另一种原因可能是孩子在平时比较"弱"，容易受到别人的欺负，而这样的伙伴能够充当保护者的角色。所以，家长找的这个做说服工作的"第三者"，一定要更强势，能够"震住"孩子，让孩子感受到轻松和被保护，愿意听"第三者"的话。

八、提高孩子的责任感

一位 11 岁的美国男孩，在踢足球时一不小心踢碎了邻家的玻璃。为此，邻居向他索赔 12.50 美元。闯了祸的男孩在向父亲认错之后，其父亲要他对自己的过失行为负责。他为难地说："可我没有钱赔人家呀。""你没钱我可以借给你，但你必须在一年后还我。"从此，这个男孩每逢周末与节日都外出打工挣钱，经过几个月的艰苦努力，他终于攒足钱还给了他的父亲。这个男孩就是后来成为美国总统的里根，在他成年之后回忆这件往事时说："通过自己的劳动来承担自己的过失，使我懂得了什么叫责任。"可见，从小培养孩子的责任感，对于孩子的健康成长是多么的重要。

很多家庭条件优越的孩子，缺乏应有的责任感，因为即使他不努力，他目前所拥有的、父母给他创造的一切也会使他高枕无忧。在他的头脑里，没有忧患意识，没有个人奋斗的思想。这时候就需要家长下"重锤"来敲醒他，使孩子明确自己的责任和义务，明白他人的成就终归不属于自己，凡事只有通过自己的努力获得的成功，才是最有人生价值的。孩子的责任感提高了，他自然就不会整天无所事事了，而把注意力集中到目前的学习上来。

那么，在日常生活中，为人父母者究竟该怎样来培养孩子的责任感呢？

首先，让孩子养成自己的事情自己做的习惯。一个做惯了"甩手先生"的孩子，是不会有健全的责任感的。因此，要培养孩子的责任感，父母就得注意培养孩子自己的事情自己做的好习惯，绝不能事事包办代替、处处替孩子承担责任。在家中哪些事情该父母做，哪些事情该孩子自己做，又有哪些事情可在父母的指导和帮助下完成，父母应把这些问题给孩子讲明白。对应当由孩子自己做的事情，父母应给其划定一个明确的范围，并根据孩子的不同年龄制定不同难度的目标范围。

在让孩子自己的事情自己做的前提下，父母还应该让孩子明白，一个人光做好自己的事情是远远不够的，因为任何人都具有社会性，孩子

亦然，在家中孩子是家庭的一员，在学校孩子又是班集体的一员，如此就有责任协助家人做一些家务事，协助老师或同学做一些班集体的事，在力所能及的情况下对家庭和集体尽到自己的责任。只有这样，孩子将来才可能更好地为社会尽责。其次，让孩子对自己行为的后果负责。父母应该抓住生活中的点滴小事，来培养孩子的责任感。无论事情的结果是好是坏，只要是孩子独立行为的结果，就应该引导并鼓励孩子敢做敢当、勇于承担责任，而不宜由父母替孩子承担后果，以免给孩子提供逃避责任的机会，淡漠孩子的责任感。

其三，让孩子履行自己的诺言。让孩子从小就学会做一个言而有信的人，自己许下的诺言，就应该尽力去履行；自己答应了别人的事情，即使是不情愿做，也必须认真对待，这既是对别人负责，同时也是对自己负责。此外，还有一点很重要：要培养孩子的责任感，家长自己必须是具有责任感的人。要求孩子做到的，父母首先要做到，以身作则，给孩子做好表率，才能收到良好的效果。

改变孩子贪玩的方法很多，但是真正关键的部分掌握在家长和老师手中，只要家长和老师方法得当、态度认真、对孩子给予足够的关心与帮助，相信这样的问题很容易就能得到解决。无论哪一种方法都需要对症下药，前提是要找准病因，同时家长给予认真地对待，足够的耐心与帮助，问题是很容易得到解决的。

小贴示

对一些贪玩的孩子，有些父母急于求成，不对孩子做正确的沟通引导，相反只是一味地给孩子施加压力。青春期的孩子逆反心理很强，过大的压力不但无法达到目的，反而会使孩子更加叛逆，作出逃学、出走等过激行为。遇到这种情况，焦急是每位家长正常的情绪，但是心急吃不了热豆腐，家长千万不要把这种情绪带到处理问题当中，那会适得其反。

当孩子上网，别如临大敌

现在的孩子大都喜欢上网，网络给他们打开了外面广阔的世界。但网络也是把双刃剑，上网在成为人们一种不可或缺的生活方式的同时，也给青少年的健康成长带来了一定的负面影响。痴迷网络聊天交友，其匿名性特征带来的不负责任，正削弱着青少年诚信品质的树立；对网恋的痴迷，使青少年的情感世界陷入虚幻之中；网络色情与暴力游戏正一步步侵蚀着青少年的灵魂。因此，一些做父母的一看到孩子上网吧，就认定肯定没好事；一看见孩子上聊天室，就认为是在谈恋爱；一看见孩子玩游戏，就训斥其没出息……但苦口婆心的说教往往适得其反。

小文、小容和小泽，本该有着花样年华的青春少年，却由于贪恋网络，犯下了滔天的罪行。看着他们迷茫的双眼，稚气的脸庞，实在让人难以想象他们的双手曾经沾染了罪恶的鲜血。三个人分别是某初中二、三年级的学生，也是在网吧里刚刚认识不久的"铁哥们"，三个人的共同爱好就是在网络游戏中联手"打杀"。但爸爸妈妈给的零用钱无法满足长时间的上网费用，当他们囊中羞涩时，三人共同研究决定实施一次冒险行动，并在一个夜深人静的夜晚，向一家废品收购站的打更老人进行抢劫。遭到老人强烈的反抗后，三人竟毫不犹豫的像玩游戏一样痛下杀手，将老人当场打死，抢走了老人身上仅有的100元钱后，若无其事地重返网吧，进入激烈的游戏活动中。直到被警方逮捕，他们才如梦初醒。

可能正是由于受这些网络负面报道的影响，一些家长听说孩子要求上网就立刻变得紧张兮兮的，他们担心自己的孩子由于上网而耽误学业，误入歧途，所以像提防洪水猛兽一样杜绝孩子上网。可是家长们必须面对的一个事实是，随着社会的发展，时代的需要，网络信息化已逐步走进了我们的日常生活、工作中来，网络更是人们接触外界、认知社会的

不可缺少的最佳途径。在一些大中城市里，电脑已经有相当高的普及程度，拿北京为例，约70%的中学生家里都配置了电脑，如此方便的条件要想限制孩子上网几乎是不可能的。

很多孩子喜欢上网，但不少家长却对网络一窍不通。孩子觉得父母落伍，不了解网络的神奇和有趣，因而把父母的劝说当做耳边风。网络以惊人的速度不断发展，如何认识网络，如何指导孩子，已成为现代家庭一个不容忽视的新问题。

当家长急于寻找指导孩子良方的时候，一个重要的前提是：了解网络，学习驾驭网络。一些家庭有了计算机，上了网，父母把这当做给孩子的智力投资，却把自己排除在外，觉得学电脑是孩子的事，自己笨手笨脚的，而且学了也没用。事实上，计算机、互联网在社会生活中有着越来越重要的作用，补上这一课不仅仅是为了孩子，对于提高自身素质也是必需的。针对计算机和网络使用中孩子身上出现的问题，有专家说，"呼吁社会不如呼吁自己，只有你自己，才能给孩子最好的帮助"。为了孩子的身心健康，家长必须对孩子上网加强教育和引导，使孩子在网上能够学到真正有用的东西。

首先，端正孩子对网络的认识态度。家长应该告诉孩子，电脑、网络虽然是高科技、现代化的象征，但并非有百利而无一害，要学会抵御不良信息的诱惑。不得不承认网络它给我们的工作和生活带来了无限的生机。就对孩子而言，网络可以开阔他们的视野，丰富他们头脑，充实他们的生活，舒缓学习的压力，摆脱情感的孤独……如此众多的好处，你又凭什么阻止孩子渴望上网的要求呢？

告诉孩子，人一生所有的事分成三类：第一类是可做的，比如读书；第二类是不可做的，比如说犯罪；第三类是可做可不做的，比如说上网。一个人可做可不做的事做得越少，可做的事做得就越多，他也就会变得越成功；电脑是一种工具，是给我们用的，而不是玩的；学会用的人是聪明人，只会玩的人则是愚蠢的。

我们要让孩子明白，虚拟世界和现实社会一样，都需要有一套道德规范，不能因为网络的隐蔽性而随心所欲，忘记了起码的行为规范。更要及时的和孩子进行沟通交流，了解孩子在网上做些什么，心里在想些什么。这样才能保证孩子上网的安全。

再说网络里的花花世界是吸引人的，成年人有的时候都难以控制，更何况孩子呢。这就要求我们作家长的在这个方面适当地加以引导，以后的互联网会更加的普及、广泛。我们在引导的时候，只能疏而不能堵，堵是不能解决问题的，而且我们也要给孩子自由，所以我们在疏的时候就要讲究策略、方法。

其次，适当控制孩子的上网时间和内容。青少年每次上网，时间累计不应超过两个小时，连续操作超过一个小时后，应提醒他们休息几分钟，这样可以使其身心少受伤害。家长应把电脑安装在家中明显而又宽阔的地方，不要把电脑安装在孩子的卧室。这样可方便家长和孩子一起进行资源共享，有利于家长有效控制孩子的上网时间，及时提醒孩子休息，有利于家长监督和约束孩子所登录的网站。家长平时要加强对孩子的网络知识和网络安全的教育，告知孩子上网时可能会遇到的问题和处理方法，不要随便与网络中所结识的人见面。如果一定需要与网络中所结识的人见面，一定要有家长陪同。告知孩子不要随便泄露个人信息，在网站上填写个人资料时应征得父母的同意。鼓励其积极参加文体活动，多与人交往。上网应尽量在家里，不去网吧。家长必须严格掌握孩子上网的时间，如果孩子难以自控，可以通过设置微机自动关闭、闹钟功能等来强迫孩子执行。久而久之，就会形成习惯；同时，教育孩子注意人际交往，从父母亲友到老师同学，回忆一下是否自从迷上电脑以后，就把这些人都冷淡了？如果发生了这种情况，就要提醒孩子注意。

家长可以通过交谈，了解自己的孩子喜欢网络上的哪些具体信息或相关内容，然后将自身融入其中，用心去了解孩子的情感世界。比如发现孩子喜欢 QQ 交谈，那么你不妨也申请一个自己的 QQ 号码，在网上和自己的孩子进行特殊的接触，用这种谈话方式去沟通，你或许会发现孩子真实的想法和潜在的特长，能够更好的帮助他寻找自己的人生目标和

发展空间。适当有度地进行网络游戏有助于孩子心智的发展和健康成长。但作为家长，不可以对孩子听之任之，放任自流。因为毕竟某些游戏里面充斥着太多的暴力和凶杀，属青少年不宜参与的项目。

第三，作为家长，应该让孩子了解，网络只不过是传播信息的手段，熟悉网络也只是进入虚拟世界的一种手段，学生还是要通过书籍、报刊、广播等媒体，拓展知识面，在现实世界和虚拟空间中取得均衡。对于那些长时间上网毫无节制的孩子，不应姑息迁就，应该及时劝阻、批评，并引导他们正确合理利用电脑网络、科学安排时间。

很多人迈入网络之后，都会被它的环境所吸引。在这里，没有错与对，没有是与非，你可以充分发挥你的想象力，你可以不顾一切的畅所欲言。而且诸多信息都是通过娱乐的形式来传达的，如网络电影、网络论坛、网络动画、网络游戏等。在轻松欢快之中，学到了多种多样的知识，结交了众多性格迥异、年龄不同的朋友。最重要的是，网络上没有现实生活中的尔虞我诈，你尊我卑等丑陋的现象，这对好奇心正强的孩子们来说充满着神奇的吸引。他们很容易投入进去，把自己一些鲜为人知的秘密告诉给网络上的朋友，得到他们的理解与支持，并获得他们的鼓励与帮助。在他们得到这些的同时，也会学着去尊重和帮助别人，有时候甚至可以指点迷津。在这样一个过程中，获取成功感与满足感，觉得自己是一个有作为的人，是一个被别人需要的人。

第四，青少年正处于身心发育时期，他们涉世不深，容易误入歧途。在此阶段，家长要主动地引导孩子上网，提高他们的辨别能力和选择能力。孩子一旦出现"网瘾"，必须立即与电脑阶段性隔离，平时孩子玩电脑或上网时间也不宜过长。只要引导得法，网络对孩子来讲就不会成为洪水猛兽。

要严格控制孩子上网的内容。网络上黄色、反动、黑客等站点会对自制能力较差的孩子产生误导作用，家长在电脑上要安装网络过滤软件，并经常查看孩子上网的历史记录及收藏信息，发现问题要及时采取对策。要教育孩子未经家长同意，决不能同陌生的网友有约会。在网络世界，很难弄清一个人的庐山真面目。现在，报纸上报道的有关同网友会面被骗或被害的事件已屡见不鲜。因此，要让孩子具有网络防范意识，并经常同孩子交流上网体会，将问题防患于未然。要引导孩子去上一些启发性强的教育网站，自然科学文化知识的网站，并引导孩子学会查找一些他们认为有趣的信息。

如今大部分孩子身处独生子女家庭，没有兄弟姐妹。父母忙于工作，也没有多少空闲时间陪伴他们。家长管束较严的孩子，放学后就要立刻回家，得不到与同学朋友交流情感的机会，由此产生心理上的孤独感，这也是他们迷恋网络的原因之一。同时现在的孩子大多承受着过重的压力，每个父母都希望自己的孩子将来能考上名牌大学，有所作为，这是非常现实的问题。而网络是虚拟的，它完全抛弃了现实生活中的一些烦恼与压力，实施多人多角度交流，所以压力大的孩子很容易形成网瘾，不能自拔。因此父母要尽可能地多抽出时间来关心孩子，陪伴孩子，更不要对孩子有过高的期望，一切顺其自然是最好的。考不上名牌大学可以上普通学校，因为一个人的能力并不是由他所就读的学校来决定的。网络上有益的知识很多，父母要鼓励孩子多学这些有益知识，开阔孩子的视野，扩展孩子的知识水平。

不要一味地阻止孩子上网，如果孩子上网只是浏览新闻信息和开发网络资源，包括聊一会儿天或者玩一下网络游戏，都是正常的。这里面要提醒家长的是，你对孩子上网的态度很重要，如果限制得太严格，势必会引起孩子产生逆反心理，越不让上越想上。事实上，只要家长监管有度，管理方法得当，网络可以成为孩子健康成长，丰富头脑的有效工具。

■■ 小 贴 示 ✐

做父母的一定要明白一点，那就是我们要管理的不是网络，而是孩子对网络的认识和如何利用。说到底，耽误孩子成长的

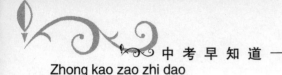
还是不良的思想和习惯，和网络本身无关，因为网络只是一种工具，好与坏全看你是如何利用它。总结成一句话就是：因势利导，关怀付出，亲子共网，兴趣培养，服务于己，节制当先。

你了解孩子犯困的原因吗

人的一生有三分之一的时间在睡眠中度过，四天不睡眠的人就会死去，可见睡眠是人类正常生理现象。相对而言，中学生因学业繁重，每天都要奋斗到半夜才能休息，很多中学生睡眠不充足，不仅影响次日学习，降低听课效率，还会影响食欲，进而影响身体健康发展。充足的睡眠、均衡的饮食和适当的运动，是国际社会公认的三项健康标准。但人们对睡眠的重要性普遍缺乏认识。动物试验表明，小白鼠如果超过6天不睡眠，就会出现运动失调的症状，直至脑电波电压降低、消失而死亡。相比之下，一个人只喝水不进食可以存活7天，而不睡眠只能存活4天。失眠障碍已成为威胁世界各国公众的一个突出问题。医学研究表明，偶尔失眠会造成第二天疲倦和动作不协调，长期失眠则会带来注意力不能集中、记忆出现障碍和工作力不从心等后果。

复习阶段的孩子总有这样的感受，要是能舒舒服服、无忧无虑的大睡上几天该是人生当中多么幸福美好的事情。"上课强打精神听，下课趴倒一大片"更是发生在每个学校初三年级最为常见的"景观"。家长们对孩子的这种情况也很无奈，因为孩子毕竟处于一个生长发育时期，身体、大脑等各方面的发育都需要一定的休息时间来支持，家长们能做的也就是不断地为孩子打气："儿子，再坚持一下吧，毛主席说，坚持就是胜利""忍耐一下吧，女儿，等过了中考，你就是睡上几天几夜，我们都不管"。但这些鼓舞，甚至带点劝诱的话，对孩子却根本不起任何作用，他们仍然是哈气连天，昏昏欲睡。导致孩子复习犯困的原因很多，既有外因，也有内因。

有人说，学生是最"困"的群体。为了解中学生的睡眠状况，有一个近有关中学生睡眠方面的调查，共发放了 300 份调查问卷，收回的 282 份有效答卷中显示，78.7% 的学生存在睡眠障碍或睡眠时间不足。调查结果表明，包括午休时间在内，282 名中学生中有 146 名初中生有睡眠障碍，其中有 86 名睡眠不足 8 小时，136 名高中生睡眠全部不足 8 小时，即 222 名学生睡眠时间不足，占调查人数的 78.7%。

对调查结果进行了数据统计和分析，结果发现八成学生有睡眠障碍现象，近六成学生因睡眠质量问题而出现日间功能障碍现象（日间感到疲倦和精力不足），而这些直接会影响学生成绩并导致心理问题。通过调查发现，目前中学生睡眠严重不足已经成为普遍现象，大多数学生都在 6 点左右起床，睡觉时间约为 11 ~ 12 点，因作业过多而睡眠不足，能保证标准 8 小时睡眠的学生很少。中学生自我控制能力还未达到成人状态，主要存在以下几个方面的问题：

一、年级越高睡眠越不足

统计表明，初中生、高中生睡眠不足的比率分别为 30.5% 和 78.7%，高中生睡眠不足的比率明显高于初中生，其中 93 名初中生的平均睡眠时间为 8.2 个小时，而 81 名高中生的平均睡眠时间仅有 7.4 个小时。

二、毕业班学生睡眠明显偏少

所调查的 4 个学校中，初三一个班级学生的平均睡眠时间为 7.9 小时，而初二一个班级学生的平均睡眠时间为 8.6 小时。高中的对比更是明显，高一的一个班级的平均睡眠时间为 7.7 个小时，而高三的一个班级的平均睡眠时间只有 6.9 个小时。除去午休时间，53 名高三学生晚上平均睡眠时间仅仅 6 个小时。

三、影响睡眠的主要因素

调查显示，影响学生睡眠质量的因素主要是学业负担过重、环境影响以及个人情绪三大因素。睡眠时间少的学生主要是由于晚睡。统计表明，95% 的高三学生、80% 的高一学生和 81% 的初三学生经常要晚于 23

时睡觉，61%的初二学生每周至少有4天晚于23时睡觉。课外作业过多是睡眠不足的主因，主要集中在考试测验以及作业过多两方面。学习压力过大，学习负担加重，精神长期处于高度紧张状态，导致睡眠质量下降。

四、影响睡眠的其他因素

（一）仰卧——睡时身侧屈则精气不散，醒时舒展活动则气血流通；而仰卧时体直不舒，肌肉不能放松，且手易搭胸，多生恶梦，影响呼吸及心脏。

（二）忧虑——睡前思想杂乱或忧虑、焦急，易致失眠而影响健康。

（三）恼怒——凡情绪变化都会引起气血紊乱，导致失眠甚至患病，所以睡前恼怒不得。

（四）进食——临睡前进食会增加胃肠负担，既影响睡眠又伤害身体。如需进食，宜休息片刻再睡。

（五）灯光——开灯睡觉会损害人体健康。电灯光会扰乱人体的自然平衡，使体温、脉搏、血压都变得不协调，心神不能安定，不易入睡，睡后也易醒。

五、学生睡眠不足隐患多

睡眠不足正在隐性侵害中学生的健康。上课时经常出现注意力不集中、打瞌睡现象。就目前情况看，学生睡眠不足还会随年龄、年级的变化而加重，会影响未成年人体格和神经发育甚至身心健康发展。在该中心接待的中小学生病人中，有许多是因为长期睡眠不足而造成青春期情绪波动，经常烦躁不安，其中患抑郁症的比例也很高。

人所需要的睡眠时间会因年龄、个体差异、外界环境等因素而不同。中小学生睡眠不足，不利于他们身体、心理的健康成长。在身体方面，睡眠不足，对大脑的发育、身体的器官的发育都会有影响，比如长期睡眠不足可能导致视神经、脊椎发育不正常；在心理方面，睡眠不足的小孩易出现情绪低落、压抑、焦虑、急躁、不好动、兴趣不广泛等表现，心理上的反常表现反过来也会影响睡眠，导致入睡困难，形成恶性循环。

研究人员对美国伊利诺斯州就读的 2259 名中学生进行了调查。通过对这些学生的学习成绩、睡眠时间、忧郁症状和自信心的分析发现，与睡眠时间较多的学生相比，睡眠时间少的学生自信心低下，容易产生忧郁情绪，学习成绩也欠佳。由于长期缺觉，许多学生的注意力开始下降，学习成绩下滑，自信心也不足。

心理学家曾做过这样一个实验，将智力水平，学习成绩大致相同的学生分成 3 组，让他们按不同的时间阅读同一篇文章。第一组用 2 分钟时间读完，第二组用了 6 分钟，第三组则用了 10 分钟。读完之后，让他们把文章的具体内容复述出来，结果，根据平均每个学生复述出来的内容量，第一组得分是 6.3，第二组得分是 9.5，第三组得分是 5.2。实验结果表明，学习效果最好的是既不快又不慢的第二组。这说明速度与注意力有着直接的关系。学习速度的快慢是决定孩子注意力是否集中的重要条件，不宜过快，也不宜过慢。而保持学习内容适当的难易程度是保持注意力的最佳方法。也就是说：如果学的东西太简单，不需要太多的努力和思考，那么思维就不紧张，注意力必然涣散，影响注意力效果。反之如果学的东西太难，与过去掌握的知识联系不上，无法理解，就容易犯困，当然很难集中注意。只有学的东西难易适当，才能有效地抓住学生的思维，使他注意力集中，不会犯困。所以家长要提醒孩子根据自己的实际能力，选择难度相当的习题。也可以在早晨刚起床，比较清醒的状态下来攻克那些难题，晚上或状态不佳时演算相对简单的习题。

🔲 小 贴 示 ✐

要缓解睡眠不足，容易犯困的症状，首先要找准自己犯困的原因，是由于客观的学业繁重所致，还是压力过大，精神状态不佳所造成的。然后针对原因采取不同的做法调整。

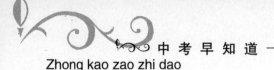
家长如何帮孩子提高睡眠质量

解决失眠也是有方法的，下面就详细地介绍一下。

医学界研究表明，睡眠是消除疲劳的重要方式，可以保护大脑，提高脑力，也是影响身高的重要因素。睡眠不足会引起反应能力下降、免疫力降低、记忆力减退等多种问题。适当的睡眠是最好的休息，是维护健康和体力的基础。

一、专家们认为，要睡得舒适安稳，原则上要具备五个条件：（一）光线，就寝时最好看不到任何光线，应选择柔色或暗色窗帘；（二）温度。室内温度保持在 22℃ 最理想，冬天以 19℃ 为宜；（三）空气，室内空气应保持清新；（四）饮食，睡前不要吃过多的食物；（五）环境，卧室内应保持安静。

二、尊重科学的教育规律，注意生活规律。（一）应控制学生作业量，保证学生在 10：30 前后完成作业。（二）平时教育学生关于睡眠危害及科学学习方法。（三）能给予学生更多自我支配的时间。（四）学生宿舍加强管理，保证学生不在宿舍开夜车、聊天。（五）睡觉时，少与同舍学生讲话聊天，以致难以入睡。把食堂的饭价下调，并能够推出一些营养套餐。（六）为了更好促进睡眠，也可以在睡前喝适量牛奶，睡前听点舒畅悠扬的音乐，最好是无唱词的，如古典音乐等。

接下来介绍几种提高睡眠质量的办法：

一、坚持有规律的作息时间，在周末不要睡得太晚。如果你周六睡得晚周日起得晚，那么周日晚上你可能就会失眠。

二、睡前勿猛吃猛喝。在睡觉前大约两个小时吃少量的晚餐，不要喝太多的水，因为晚上不断上厕所会影响睡眠质量；晚上不要吃辛辣的富含油脂的食物，因为这些食物也会影响睡眠。

三、睡前远离咖啡和尼古丁。建议睡觉前八小时不要喝咖啡。

四、选择锻炼时间。下午锻炼是帮助睡眠的最佳时间，而有规律的身体锻炼能提高夜间睡眠的质量。

五、保持室温稍凉。卧室温度稍低有助于睡眠。

六、大睡要放在晚间。白天打盹可能会导致夜晚睡眠时间被"剥夺"。白天的睡眠时间严格控制在 1 个小时以内，且不能在下午三点后还睡觉。

七、保持安静。因为安静对提高睡眠质量是非常有益的。

八、舒适的床。一张舒适的床给你提供一个良好的睡眠空间。另外，你要确定床是否够宽敞。

九、睡前洗澡。睡觉之前的一个热水澡有助于你放松肌肉，可令你睡得更好。

十、不要依赖安眠药。在服用安眠药之前一定要咨询医生，建议服用安眠药最好不要超过 4 周。

总之，家长应该及时发现导致孩子学习犯困的原因，并积极着手解决，帮助孩子赶走瞌睡虫，使孩子的身体健康和学习效果得到双重保障。

小 贴 示

有些人喜欢犯困时喝冷的碳酸饮料，如可乐、七喜、雪碧等。饮料中的碳酸气使得饮料具有特殊的口味，可以给人清爽口感，尤其是冰镇过的可乐饮料，通过刺激有一定的醒神作用，但冷饮给人的刺激是一时的，不能真正解决疲劳和犯困问题，脑袋的难受感也不能去除。一般来讲，在保证孩子休息好的情况下，不妨采取这种方法来醒脑提神。

当孩子陷入早恋，要顺势开导

何谓"早恋"？一向在提法上就颇有争议。就目前我国的实际情况及社会规范来说，中学生谈恋爱属于早恋，主要原因有两点：一是经济生活尚未独立。恋爱的目的是两性结合成婚，这需要经济上独立生活上自立而且有能力承担家庭责任和义务，中学生显然不具备这个条件；二是谈恋爱的年龄与法定最低结婚年龄（男22岁，女20岁）相差甚远。恋爱是结婚的准备，如果恋爱的年龄与结婚的年龄相差太远，那就有悖常情了。

初恋的高峰年龄段在13－16岁，平均年龄为14－20岁。早恋的学生一部分是学习成绩优秀的班干部，因工作需要有更多的机会接触异性，容易引起异性的注意和追求；另一部分是学习成绩较差及家庭不健全的学生。学习不好心理压力大，容易移情于两性交往；家庭不健全的缺乏父亲或母爱，感情饥渴，易寻求同龄人的关怀。

中考前孩子突然谈起了恋爱，很多家长"如临大敌"，不知如何是好。其实每每在双考前，都会出现考生早恋行为增多的现象，这是很多心理脆弱考生为排解考前压力而作出的自觉反映。家长没有必要大惊小怪，更不应该就早恋问题与孩子发生正面冲突。首先你要告诉自己，我早有这样的心理准备。面对孩子早恋的事实，家长要冷静地对待，用一种健康的心态去理解这种行为，并采取正确的引导方法，避免旁敲侧击，多用正面教育的方式与孩子沟通和交流，让懵懂的孩子明白，恋爱是一种最真挚、最美好的感情，不能轻易付出，更不可逢场作戏。

孩子还小，况且正处在升学的紧要关头，这个时候谈恋爱至少在时间上是绝对不适合的。但是蛮横粗暴地加以干涉，其结果是难以想象的。曾经有一位母亲，发现儿子谈恋爱后大动肝火，对儿子实行严密监视，但她这样做不但没有遏制住早恋的烈火，反而使它越烧越旺，导致最后母子反目成仇。一位房先生也有同感："我女儿今年中考。上周六晚上他的班主任打电话给我，说我女儿和同班的一个男同学谈起了恋爱。我听了之后不禁火冒三丈，大骂了她一顿。女儿性格本来就比较内向，挨了我的骂后，一直没说话。这两天我看她精神恍惚、萎靡不振，晚自习回家后也不吃东西。我现在挺后悔的，但又不知怎么办才好。"

这就是说，家长朋友们在面对孩子早恋的问题上，并不了解自己的孩子为什么会早恋，再不知道孩子早恋的特点、类型、发展过程及原因的情况下，很容易粗暴干涉孩子的早恋，反而达不到教育孩子，正确引导孩子早恋的目的。下面来分析一下中学生早恋这个复杂的问题，希望家长朋友们能获得有益的启示。

试析起来，中学生早恋有以下特点：一是朦胧性，对两性间的爱慕似懂非懂，不知何为爱。早恋的青少年对于早恋关系的发展结局并不明确。他们主要是渴望与异性单独接触，但是对未来组建家庭、如何处理恋爱关系和学业关系、如何区别友谊和爱情都缺乏明确的认识。二是单纯性，只觉得和对方在一起很愉快，缺乏成年人谈恋爱对家庭、政治、经济等多方面的理智考虑。有早恋关系的青少年内心也充满了矛盾，既想接触又怕被人发现，早恋的过程中愉快和痛苦并存。三是差异性，表现为女生有早恋的较早、较多，可能与女生发育较早有关。在行为方式上，有的青少年的早恋行为十分隐蔽，通过书信、电话等方式来传递感情，但也有的青少年比较公开，在许多场合出双入对，俨然像一对情侣。在关系程度上，大多数有早恋关系的青少年的主要活动是在一起聊天，交流隐秘的感情，从人际关系来看，还没有超出正常的关系。有的则关系发展的很深，除了谈论感情以外，甚至发生性关系。在年龄喜好上，女孩儿喜欢比自己年龄大的、比较成熟的男性。在年龄相当时，多半是女孩儿采取主动。男孩儿喜欢年龄比自己小的女孩儿，在交往中体现自己的阳刚之气。四是不稳定性，两个人随着各方面的不断成熟，理想、志趣、性格等方面的变化可能引起爱情的变化；恋爱越早，离结婚之日

越长，就越易夜长梦多。早恋关系是一种充满变化、极不稳定的感情关系。青少年之间一对一的早恋关系缺乏持久性，一般不会持续很长时间。五是冲动性，缺乏理智，往往遇事突发奇想，莽撞行事。

早恋的原因往往是多方面的、复杂的，有的学生集上述几种情况于一身，也不一定会发生早恋；有的学生在一个偶然机会，便掉进了情网。故不能为了"防微杜渐"而机械地用这些教条去对号入座，而要善于发现早恋的先兆，如在学习、劳动、课外活动中有异常表现；学习成绩突然下降，经常旷课、迟到早退，甚至逃学，情绪不稳，时而春风得意，时而乌云满天，坐立不安，心神不定，上课思想不集中；对老师、家长反感，从而回避他们，喜欢打扮、讲究发型、衣着，爱看言情小说，摘抄其中精彩的性爱描写，哼流行歌曲等等。只有观察了解早恋迹象，才能抓准时机，掌握教育的主动权。

早恋虽然的的确确存在着，然而在现实生活中，家长和学校对早恋的界定却似乎带有扩大化的趋势，青春期健康的异性交往往往被扣上早恋的帽子。其实异性交往是人际关系中不可或缺也是不可替代的一部分，是值得我们珍惜和重视的，我们应当极力避免对青春期异性交往的种种误解！

是的，天下为人父母者都希望自己的孩子成龙成凤，有谁不希望自己的孩子可以考上重点高中，进而升入理想的大学殿堂呢？虽然我们明知道早恋是不合时宜的，但我们也应该看到，早恋是孩子人生中情感之花的第一次美丽绽放，它就像清晨小草上的露珠，虽然转瞬即逝，但无可否认它的存在、它的美好。因此，家长在处理这个问题时要有正确的态度和方法。

让我们来看看如下这位父亲与儿子之间的谈话，更是两位男人的真情对白。

父：（轻描淡写地）儿子，听说你最近交了一个女朋友？

子：（低头不说话，默许）……

父：其实爸爸像你这么大的时候，也和一个要好的女同学恋爱过，但这个女同学不是你今天的妈妈。

子：（抬起头，惊奇的）真的？

父：那个时候的爸爸也和你一样，认为她是世界上最好的女孩，为了她，我可以抛弃一切，甚至是我的学业。

子：（焦急地）后来呢？

父：后来，因为我们谁都没有抓住人生唯一的一次大好学习时间，也就失去了进入更高一级学府深造的机会，但那时我们并没感觉出什么，依然快乐的在一起。

子：（疑惑地）那您最后为什么没有娶她？

父：其实世间万物都是在变化中存在的，人的感情也不例外。随着年龄的增长，朋友的增加，我们彼此都发现原来对方是如此的不适合自己，于是毫不犹豫地分开了。这时我们才意识到，除了彼此白白付出的感情外，我们还失去了一样最宝贵的东西，那就是我们曾经拥有的最美好的学习时光。孩子，你应该明白，有些东西失去了，经过努力，还可以得到，但唯独时间是不等人的，错过了就永远也找不回来。

子：（复又低头不语）……

父：在我参加工作后，认识了你的妈妈。经过和她的交往，我才发现，我当时的爱情观是那么的天真，甚至有点愚蠢，你的妈妈才是我一生中苦苦追寻的人，你不这样认为吗？

子：（真诚地）你和妈妈很般配，也很幸福。

父：所以儿子，爸爸不希望你重新踏上我曾经走过的那条错误的老路，虽然爸爸相信你的眼光，也知道那是个好女孩，但人是会变的，无论是你，还是她。有没有想过你们的将来？

子：（犹豫地）可爸爸，现在让我离开她，我会很痛苦。

父：（语重心长地）爸爸是过来人，完全能理解你的感受。但你有没有想过，现在对你来说，最重要的事情是什么？我想你比我更清楚，你要上高中、读大学，实现你的宏伟目标，等到你认识的女孩越来越多的时候，你能确定如今这个女孩就是所有女孩当中最好的一个吗？做男人

就要有责任感，有责任感就不能见异思迁。如果将来你遇到比她更合适的女孩，你该怎么办？你会不会后悔？

子：（底气不足地）我没有想过。

父：既然没想过，也就不可能有结论，既然没有结论，也就无法证明你现在的付出是值得的，既然自己都不知道这样做是否值得，那为什么还要冒险去做呢？记得常听你背诵：鱼和熊掌不可兼得，舍鱼而取熊掌者也，你认为眼前的学业和你的恋爱，哪个更应该你取，哪个更应该你舍呢？

子：（斩钉截铁地）爸爸，我明白了，我知道自己该怎样做。

父：（欣慰地）爸爸就知道你是个懂事理明是非的好孩子，爸爸并不是反对你谈女朋友，而是认为你们选择的时间不对，你们不妨先做一对要好的异性朋友，把感情的事暂且放在一边，学习上互相帮助、互相勉励、互相促进，等到你们长大了、也成功了，如果互相还觉得仍有那份真情，再让它开花结果那有多好。人活在世上，难免会做出一些后悔的事来，但是，你必须保证其中的几件大事不能做错，否则，将遗憾终生。好好把握住每一个属于你的机会吧，相信你以后的成就会更大，你面对的世界也会更宽阔，你的伴侣选择也会越来越多，越来越适合你。

由上面的例子，我们可以看到，相同的一件事情，采用不同的教育方式会产生两种截然相反的结果。所以在现代社会，面对已经像家常便饭一样普通的早恋行为，家长们所持的态度和处理方式也应该与时俱进。在充分理解初三考生对于爱情的渴望的同时，做好对孩子的情感疏导工作，才是目前全社会最适合采用的方法。

小贴示

早恋是个十分敏感和棘手的问题，一旦发生在自己孩子身上，家长可以请老师配合解决孩子的早恋问题，老师可以利用班会时间，采用集体自由讨论的形式，请同学们各自谈谈对早恋的认识，早恋行为的利与弊，总结出正确的结论；也可以与孩子私下里促膝长谈，帮助孩子摆脱情感的羁绊。

别陷入指导孩子的误区

现在的家长，对待孩子的学习，比以往任何时候都上心、操心。有不少的中小学生家长，为了督促、帮助孩子学好功课，学有专长，在经济上投入多不说，还投入了自己的大量时间和精力，但往往收效甚微。究其原因，主要是这些家长在指导孩子学习上，多凭自己的主观愿望去行事，不了解儿童的心理，热情有余，方法不当，自然劳而无功，反倒生出不少烦恼。

家长有良好的愿望，并不等于一定能教育好孩子。就指导孩子学习而言，家长可以怎么做，不可以怎么做，是有客观规律的。那些下了很大气力指导孩子学习而又收效甚微的家长，通常跌进了这样五个误区：

一、对孩子唠叨个没完

有的家长为了督促孩子抓紧时间学习，总在一旁不停地唠叨：他们以为，这样就是在说服教育孩子，孩子自觉性差，多说说才会有效。其实，这样的教育，效果是微乎其微的。有一个对初二年级240名学生做问卷调查，当问到最大的烦恼这一项时，回答说"妈妈无休止的唠叨"的占被调查学生的26%。

二、对孩子总是数落

有的家长对孩子要求挺严格，为激励孩子上进，总是数落孩子的不是，家长误以为这也是在教育孩子，多说说孩子的短处，比比别人家孩子如何如何好，孩子就会"见贤思齐"，急起直追。但是孩子听了这些带有刺激性、有伤自尊的话，只会感到屈辱和愤怒，有的则会助长自卑心理，破罐子破摔了。曾有学生告诉我，他听了这类话，心里想："既然家

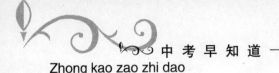
长都说我又笨又不中用，那我还有什么办法？再说了，傻和笨，也不能怪我，谁叫父母不把我生得聪明些。反正努力也白费劲了，就认傻认笨得了。"孩子在一番痛苦后，心安理得地承认自己不中用了，不会再去努力改变现状。家长想一想，自己是不是做了一件事与愿违的事呢？古人说得好："数子十过，不如奖予一功。"这是教育成功的一条基本经验。

自信心是人才成长最重要的心理品质，有了自信心，才会有为实现既定目标而奋发的勇气，有了自信心，在困难和挫折面前，才不会彷徨，才不会被折服，被压倒。我们有些家长虽然十分关心孩子的学习，但是教育不得法，在有意和无意中损伤了孩子的自信心，孩子的学习是很难搞好的。帮助孩子成功，促使孩子产生自信心，这是成功教育的基本原理。一个孩子从未尝过学习成功的欢乐，他是不可能热爱学习的。如果家长摈弃只会指责和数落孩子的陋习，代之以鼓励和赞扬，从多方面着手树立孩子的自信心，必然喜获事半功倍之效。

三、给孩子规定学习指标，达到有奖

有的家长在对待孩子的学习上，缺少办法，就把工厂里规定生产指标的方法搬到家里套用，主观地规定、要求孩子必须达到什么程度。这些家长认为，这是给孩子以学习动力，孩子学得好不好，就看家长届时是否说话算数，如果家长严格按规定办，孩子为了多得奖励避免惩罚，必然会努力去做好。其实，问题并不这么简单。单纯地以物质奖励或惩罚的办法来鼓励孩子学习，不是都能奏效的，有的孩子就为了达到家长的规定，小脑袋瓜也想出了花花点子：与班上学习好的孩子达成协议，谁能帮助我弄到好成绩（作弊），就把家长给的奖金分给他一半。这就是单纯奖励的办法得到的结果。所以重要的是要帮助孩子明确学习的目的性，启发孩子自觉性，教育孩子好学上进，培养孩子的学习兴趣。即使孩子一时学习上不去，也不可单以奖励之法"吊胃口"，那是有可能弄巧成拙的。

这些家长想用工厂的车间里管理工人、管理生产的方法来指导孩子的学习。他们忘记了，孩子不是成年人，学习也不同于车间的生产。指导孩子的学习，要复杂得多。设想，一个学习目的不明确，又没有远大目标的孩子，既没有养成良好的学习习惯，又不掌握科学的学习方法，又缺乏刻苦学习的意志品质，怎么能仅仅因为家长给规定了分数指标，有一个简单的奖罚办法，就能轻而易举地达到家长规定的指标呢？因为没有实现指标的具体措施，最终实现不了指标的结果本来是在预料之中的。家长不了解孩子的学习基础和能力，不懂得学习的规律，只是一厢情愿地给孩子规定分数指标。孩子呢，为了受奖而不受罚，只有采用作弊的手段达到目的。孩子考试作弊，难道能说与家长的不当教育无关吗？

四、不要对孩子的学习包办代替

有不少家长以为，关心孩子的学习，家长就得多投入：天天和孩子一起复习，写作业；天天细致地检查孩子的每项作业做得如何，替孩子改错，替孩子看课表，收拾书包……有一位小生家长曾对我说，她的孩子如果哪天书本未带齐，回家就要发脾气，责备妈妈太不负责任，使自己在学校挨了老师批评，如果哪天她检查作业不细，作业交到老师那儿打了叉，没得上"优"，家长就要向孩子道歉。还有一位初二学生的家长，他病休在家，但几把全部的精力、时间都用在了儿子的学习上，孩子在校用的课本、练习册，他都有一套，还托人买了各种教学参考书。白天孩子上学去了，他开始备课、做作业。晚上孩子放学回家后，他再辅导孩子将各科学一遍。这位家长认为，不这么做，孩子就总是不及格，也不知道着急。孩子对此的反映怎样呢？由于这位家长充当了老师的角色，甚至在某些方面比老师做得还细还好，这孩子在学校就学得不认真、不专心了，"反正爸爸还要给我讲一遍"。他真的欢迎爸爸这样做吗？"又不是我求他的，他非要没完没了地给我讲不可，也不管我爱听不爱听，我有什么办法！"这位家长如此苦心的付出，虽也保证了孩子考试成绩达到了及格，但孩子自身的学习积极性在哪儿？更糟的是，由于家长的包办太多太细，孩子在校接受不了老师的教学方式，老师发现不了学生的问题，也无从因材施教，具体辅导，这又怎能学好呢？须知，老师和学校的作用，是任何其他人都取代不了的。包办过多，使孩子产生了依赖

心理，养成了懒惰的行为。做父母的关心子女的学习，是无可非议的，但是，怎样做才是最有效的，怎样做只能劳而无功，甚至反而有害，家长是不能不考虑的。包办代替式的教育，非但劳而无功，还会培养懒惰，贻害无穷。

五、千万别让孩子搞疲劳战术

有不少家长望子成龙心切，抓孩子的学习，认为就得像训练运动员一样，采用大运动量，苦练多练，才会出成绩、出人才。于是，要求孩子必须抓紧一切时间学习，不给孩子自由支配时间的权利。平日里，也不管孩子在校的学习负担有多重，还另外找习题、卷子、参考书等，每日在老师布置的作业之外，再追加许多家庭作业，甚至逼着孩子必须做完才能睡觉。赶上孩子是毕业班的，就更没完没了了。结果如何呢？孩子被搞得疲惫不堪，学习效率很低，时间长了，还会对学习产生厌倦的情绪，学习不再是令人感到有趣、兴奋和向往的智力活动，而成为令人生厌的负担，试想，这样的学习，能出好的效果吗？

有些家长，总怕自己的孩子在普通中小学读书，赶不上在重点中小学读书的学生。他们千方百计地从重点中小学找来试题，从书店买来许多高水平的参考书和练习册，强制孩子在做完学校规定的作业之后，又要完成家长规定的额外加码的作业。节日、假日，他们不让孩子休息，怕浪费"宝贵光阴"，花许多钱让孩子参加各种培训班，搞得孩子疲惫不堪，学习成绩也没有提高上去。

学习是脑力劳动，也是一种复杂的心理过程。人的认知过程，始终伴随着情感，没有主动的求知欲望，认知过程中产生不了愉悦，是学不好的。对于情感比较脆弱的少年儿童尤其如此。在孩子的大脑已经疲劳、对认知活动不再感兴趣的情况下，硬逼着孩子再学，不但无效果，还有害，会使孩子厌恶学习，甚至对课内的正常学习任务也这么认为，岂不更糟了良好有效的学习规律应是有张有弛，有劳有逸。学习的时间对于中小学生来说，一般经过一个小时，就要休息一下，松弛一下，使大脑的疲劳得到缓解，待精力恢复了，再行学习，才能提高学习效率。不要一味地反对孩子玩，适当地玩，也是一种休息。事实上，我们常常可以看到，那些学习成绩优异的孩子，并没有学得那么苦、那么累，那么不分昼夜，相反，他们学得都比较轻松，合理分配时间，从而保证良好学习状态。

中考复习要避免陷入误区，需要家长的悉心指导，一旦发现自己有走进误区的苗头，马上及时的纠正自己的错误做法，不要让孩子在不知情的状态下被自己"好心好意"的指导给误入歧途，让努力付之东流。

小 贴 示

家长有良好的愿望去指导孩子的学习，并不等于一定能教育好孩子。就指导孩子学习而言，家长可以怎么做，不可以怎么做，是有客观规律的。违背了这些客观规律，意味着即便付出了大量的时间和精力，最后却没有看到任何效果，甚至是退步，那可就得不偿失了。家长一定要注意这方面的问题。

家长怎么与老师进行沟通

有些家长常常以工作繁忙为借口，将孩子丢给老人来照顾，或者是干脆在家里请个保姆，大事过问一下，小事漠不关心。和孩子老师的联系就更少了，负点责任的家长，还会在家长会上和老师打个照面，不负责任的家长却经常推托没有时间，连家长会都请人代开。电话里也许听过老师们"告状"的声音，但走在大街上，老师迎面而来却素不相识。这是很多家长在教育孩子的失败之处，他们不经常与老师保持联系的理由除了忙以外，就是简单地认为，如果孩子果真出了大问题，老师一定会第一时间电话告知他们。既然手机铃、电话铃没响，那就万事大吉了。

但他们却忽略了"虫蛀过久参天大树也会倒"的道理，孩子之所以酿成大错，都是由平常一些看似不起眼的小错汇集并引起的。

孩子白天在学校里学习，由老师引导；晚上回家做作业，则由家长陪伴。因此，家长和老师都缺乏对孩子心理上全面的了解，需要彼此多联系、多沟通、相互合作，才能共同做好孩子的心理工作。

通常情况下，初三年级召开家长会时，多数家长会提前15分钟到位，秩序也非常好。老师介绍情况时他们认真听，有的还记笔记。这反映出每一个家长都非常关心孩子，非常配合学校的工作。不过，也有相当多的家长在家长会上积极主动，平时却缺乏和老师沟通，认为孩子有了问题老师会和自己联系，实际上这是一种误解。一个班几十名学生，哪怕最负责任的老师也很难把每一个学生的情况都了解透。也就是说，他们所知晓的都是"半个"孩子，而且大部分都是孩子的表面现象，没有真正走进孩子的内心世界。从家长这方面来说，即使每开家长会必到，也能认真的听取老师介绍的情况，但谁又能保证点滴不漏呢？家长会没到场的父母，对孩子的认知程度就更不用说了。从老师这方面来看，无论他多么有责任心，也无法做到对全班几十名孩子的情况了如指掌。因此，家长与老师间彼此要多联系、多沟通、相互合作，才能对孩子有全方位的了解和认知，并在必要时提供帮助。

这些家长可能是顾虑到，认为初三的老师都很忙，自己再经常找上门去打扰他们，有点不好意思。其实对老师来讲，家长多采取主动联系是件好事，每一位初三的老师都非常的敬业，他们最大的心愿望就是希望全班的孩子都能考上理想的学校，家长积极主动地和老师沟通，也有利于老师更加全面更加透彻的了解孩子，帮助孩子，因为老师一定也正想了解孩子在家里方方面面的表现，这时候您就主动上门了，怎么会不高兴呢？所以顾虑是不应该有的，至少从现在起，你就要打消各种顾虑，保持与老师间的互动关系，真正关心孩子的成长。

与孩子老师联系的范围要广，不仅要与孩子的班主任老师保持联系，还要注意与各科任课老师之间的沟通，特别是孩子不感兴趣的课目或不出成绩的课程。孩子之所以出现这种情况，其中必有原因，家长通过与任课老师的沟通谈话，能对孩子做出深刻的了解，再做好与老师的配合工作，就可以有的放矢地帮助孩子提高各科成绩。

小华就是一个例子。最近，细心的母亲发现，原来在初二物理成绩很好的女儿，近来有明显的退步，到底是什么原因呢？经过询问才知道，原来的女物理老师今年因生小孩在家休产假，所以她们新换了一个男物理老师。但小华很不喜欢他，她觉得现任物理老师有点大男子主义，平常说话流露出明显的重男轻女思想，而且对男同学有偏袒行为，所以女学生都不愿听他的课，也不愿意做他留的作业。

了解到女儿是受了这方面的影响，小华的妈妈抱着诚恳的态度和这位老师进行了沟通，从侧面比较委婉地反映了孩子的问题，让老师明白女学生对他的看法，又没有伤害到他的自尊。老师知道这一切后很坦然，也表示理解，并承认自己有做得不妥之处。后来，老师改变了作法，在课堂上兼顾所有同学的反应，课后也主动关心一下女同学的理解情况，并对有问题的孩子给予针对性的指导。最后不但小华的成绩提高了，全班所有女学生的物理成绩都有了较大程度的进步。现在，女生们和物理老师的关系好得直让"失宠"的男生们嫉妒。

当然和老师交流要讲究态度和方法，不能带有抱怨、责怪的心理有很多家长朋友们不知道怎么跟老师沟通，其实要跟老师沟通并不是一件难事，但有些要注意的，整理几点提供参考：

常联系。与老师联系，要注意有话则长无话则短。联系的方式可以是面对面交流，也可以电话或短信交流。交流的主要内容：一是了解孩子在校的综合表现。二是提出教育教学建议。但是，记住一点，作为家长一定要多信任老师，要学会分享孩子成长中的喜悦，以健康的心态对待孩子的成长。

认识：不只是老师要了解孩子家长的个性，家长也要知道老师的习惯，这是互补的。不是都由老师来迎合家长，有时家长也要主动表示关心，对老师的教育模式跟处理事情的方式要了解，才能好好地跟老师配

合。就像每个老师都希望自己的学生很优秀一样，每个家长也都希望自己的孩子非常出色。有的家长和老师沟通的很好，当然受益的是孩子。有的家长与老师的关系沟通的不太好，影响了教育的效果，当然受损失的还是孩子。

理解老师，信任老师。俗话说，想要得到别人的尊重，就要先学会尊重别人，只要家长的态度和悦，相信老师都会乐意帮助家长解决问题，做人不要太计较将会得到更多。

避免批评：跟老师谈话时要尊重老师的专业，家长的意见可以跟老师建议，但不要用命令的语气跟老师说，有的老师会认为家长很自以为是不把老师放在眼里，在教育的立场上因为角度不同，看事情的方向也不同，所以处理的方式也是很多元的。不要乱评教师，千万别在学生面前妄评某某老师"太严"啦，或者某某老师"没有水平"等等。不要过分看重分数，分数只是衡量学生学习情况的一个方面。作为家长，向教师了解的不仅是分数，更应看重的是孩子的学习主动性、学习态度、作业情况、突出的优点和品德表现等都应列入必须了解之列，这是支持孩子终生发展的根本。

分享喜悦：平常可以主动跟老师聊，在聊天时可以多跟老师分享孩子在家的点滴，不仅老师能感受到家长的喜悦，同时也能感受到家长对老师的敬重，老师会很有成就感的。如家长可向教师"提供"孩子单独学习还是集体学习效果较好，他喜欢什么课程，家中最近是否有人生病或发生了诸如父母离异、家长失业、搬迁等可能影响学生在校学习生活的种种变化。及时反映、切莫等待。如果发现孩子在学习上有问题，可别等到下次开家长会时才向教师反映。不管出现了哪方面的问题，都应让教师尽早得悉各种信息，以便教师采取相应措施。家长只有全面、客观地熟悉孩子的长处和短处，家长才能与教师"合力一处"，帮助孩子在学习上不断取得进步。

配合：老师的教学是需要家长的配合的，尤其是当老师告知家长孩子有出现不好的习惯时，一定要跟老师配合，不要一味地责骂孩子，反而要多听听老师怎么说，最重要的是要一起帮孩子导入正确的方向，这样孩子才能健康地成长。

在对待孩子的问题上，与老师存有异议或对问题的看法出现分歧，是非常正常的，最好的方法是直接说，或者以字条、电话、邮件等方式。但在孩子遭受了所谓不公平的对待时，许多家长会按捺不住自己的怒火，但又考虑到可能对孩子产生不利的影响，不愿直接向老师提出，往往采取比较委婉的渠道，如向学校的行政、校长去反映，或者自己的朋友是教育主管部门的领导或工作人员，希望通过他们转达自己的意见、建议或不满。事实上，当意见由上级转达下来的时候，事情的性质往往就发生了变化，你的意见可能就会变成了投诉，不论你的本意是否如此。但事情还得要交回当事老师与你沟通进行处理。孩子的事情，许多都是情境性的东西，不是断章取义或三言两语可以说清楚的，所以任何一个老师都愿意你直接与他进行沟通交流，大家都有解释说明的机会，防止将一件极易解决的小事，在口口相传中流失了你的本意与善意。

在教育孩子遭遇困惑时，不妨主动向老师求助。与老师交流时，要真诚相对，不隐瞒、不掩藏孩子生活的环境、背景、家庭状况、个性特点、亲子关系现状等等，不要掩饰孩子的缺点，甚至一些难以言说的缺陷。你不必担心老师会泄露孩子或你的家庭隐私，不必担心会影响孩子或你在老师心目中的形象，毕竟老师是专业工作者，具有职业操守。因为这些真实的背景情况会影响到老师对孩子认识的正确性、全面性，也会影响到有效教育方法的选择。你的主动，也说明你关注孩子的学业与成长，而你的关注实际上也是对老师的帮助与支持，不仅会赢得老师的同情，更会赢得老师的理解与尊重。

其实，家长与老师交流需要一些小技巧，需要一些温暖人心的说法、做法、想法。只要大家用心去理解、用心去关怀、用心去行动，便一定会取得令人满意的合作效果。

小贴示

老师也是人，他们也有家庭，也有自身的困难，也有感情，也有被尊重的心理需求。高水平的家长应很自然的理解这些，对老师多一些理解，多一些尊重，多一些关爱，多一些沟通，才能使家校教育形成合力，因为你的孩子是最终的受益者，这是有一点常识的家长都应知道的。

营造良好的家庭氛围

《三字经》有言："养不教，父之过；教不严，师之惰。"父教，从广义来看，应该是家庭教育。将家庭教育提在学校教育之前，可见古人对家庭教育的极度重视。家庭教育的好坏，决定着孩子能否成材。曾有教育者感叹"5＋2＝0"，其意思是学生接受 5 天的学校教育，被放假接受两天不恰当的家庭教育抵消得一干二净。因此，"附属家长学校"应运而生，其目的就是要指导家长配合学校教育好子女，营造良好的育人氛围，提高家庭教育的质量。

父母对孩子的影响是潜移默化的。民间有句俗话："龙生龙，凤生凤，老鼠的儿子打地洞"说的就是这个道理，天天向上的父母能促进孩子的进取精神，整日沉溺于牌桌和舞场的家长要孩子认真学习却很难。父母如果在业余时间喜欢读书看报，带孩子上图书馆，与孩子一同看一段有益的电视节目后互相讨论……孩子受其影响也会养成勤学上进的美德。反之，家长懒懒散散，得过且过，孩子也会亦步亦趋，当一天和尚撞一天钟，甚至产生厌学情绪。古代有"孟母三迁"的故事，如今要择邻而居不现实，周边环境我们无法左右，但为子女营造良好的家庭小氛围，这是可以做到的。家庭教育氛围主要指情感、智力、道德三方面。

一、情感氛围。指家庭成员的情感、兴趣、爱好、谈吐。愉快的情绪能推动孩子学习知识，探求真理；良好情感则有利于孩子身心的健康发展。

家庭成员以什么样的态度、什么样的情感方式看待生活中的人和事，会左右孩子的态度和行为。若以积极欣赏的方式和态度来处之，则能培养孩子良好的心境，使其以微笑面对生活，对人对事都会看到其美好的一面；若以消极嫉妒的方式和态度看待，孩子则小肚鸡肠，看什么都不如意，甚至充满敌意。家庭成员的兴趣爱好，孩子往往会仿效或继承。茨威格的《象棋故事》中的米尔柯，在每天晚上神父和巡警队长下三盘棋时，"这黄发的男孩，就悄没声息地蹲在一旁，耷拉着重涩的眼皮瞪着方格子棋盘，像是心不在焉地打瞌睡"，结果他成了一名象棋高手。

家庭成员的谈话内容对孩子的影响不可小视。有的人喜欢说张家长李家短，有的人喜欢谈事业，有的人则夸夸其谈……这些无疑会对孩子产生潜移默化的影响。家长的闲谈不应是张家长李家短一类庸俗无聊的事情，而应是诸如对国内外时事的分析、对文学艺术的探讨、对社会热门话题的点评，时不时迸发出富有哲理的语言和聪明睿智的见解……即使是看电视也不是为了打发时间，而是在此过程中加以评论分析、互相切磋，以此感染孩子。

二、智力氛围。包括家庭成员的阅读态度和对科学文化知识的追求。一个充满浓烈的阅读氛围和追求科学精神的家庭对孩子早期的启蒙教育有较大影响。如有的孩子入学前就听过《女娲补天》、《五十步笑百步》等神话和成语故事，而有的孩子只听过《毛野人》或"某个地方有个什么鬼"等故事。这些故事对孩子未来成长都会有影响。

三、道德氛围。良好的道德氛围包含多个方面，如，尊老爱幼、和睦相处、勤俭持家、遵纪守法等。它直接影响到孩子的道德认知和行为习惯。就以尊老爱幼来说，实施"计划生育"的今天，关爱孩子不难做到，但关爱老人就不是很普遍了。要让孩子懂得，关爱老人，其实也是关爱自己，老年人的今天就是年轻人的明天。如果虐待老人，给母亲吃

饭的那个"木碗"、背母亲去山洞的那个"篮子",终将会为自己所用。

在孩子成长过程中,父母始终起着导向楷模的作用。父母首先应以自己积极健康的心态、言传身教的方式来熏陶和引导孩子。例如拥有乐观、自信、不怕挫折、勇于承担责任的良好心态,这样孩子们会不知不觉地仿照父母,形成心理定势,并自觉内化为自己的日常行为。这对孩子将来面临任何问题时都是大有裨益的。

如果夫妻和睦、父母慈祥、挚爱孩子,就会在家庭中营造出一幅其乐融融的和谐场景,这样的家庭气氛必定会成为孩子身心发育最优质的土壤。孩子得到了关心和爱护,获得了爱的体验,就会心情愉快;反之则影响孩子的发展,甚至会毁掉孩子一生的幸福。

家庭成员与外界的交往也会影响孩子成长。如果一个家庭往来的朋友都是一些有知识、有教养的人,相互交流的是对国内外大事的一些看法、对文化艺术的感悟以及教育子女的经验等,无疑会优化家庭道德氛围,提升这个家庭的文化品位。相反,如果朋友聚在一起不是喝酒就是赌博,对孩子的坏影响可想而知。

那么什么样的家庭氛围才算"优良"的呢?

华居美宅算不算,家财万贯算不算,有求必应算不算,詈骂棒打算不算,团圆和睦算不算,这些都不可一概而论。笔者认为,孩子要健康成长,一方面要有吃穿住行的基本条件,一方面还要有科学的引导、和睦的亲情等必需条件,两者缺一不可,后者权重更大。总之,有利于孩子身心健康、快乐成长的家庭氛围才是优良的。

调查显示,"问题孩子"往往出在"问题家长"身上。家庭氛围的误区主要有:

一、过分溺爱型。父母和亲属过分溺爱,众星捧月,要啥有啥,导致孩子自私任性。在欲望得不到满足的情况下,孩子常以吵闹、绝食、毁物、出走、自残甚至自杀等偏激行为来要挟父母。

二、忙碌无暇型。家长只顾"苦心地"赚钱或"善意地"休闲,而忽视孩子的学习和德育,最终导致孩子成为脱缰野马,无意中酿造出家庭教育的悲剧。

三、分数命根型。只"关心"孩子的学习成绩，一俊遮百丑，其他都打马虎眼，致使孩子高分低能，品德缺失。

四、打骂体罚型。父母望子成龙，恨铁不成钢，一旦子女考试砸了，父母不问事由地大动肝火，大施拳脚，逐渐成为恶性循环。

五、缺少沟通型。父母与孩子之间很少平等地交流和沟通，相互不理解不体贴，代沟和隔膜增大增厚。

六、父母离异型。夫妻离婚，不仅对双方造成心理创伤，而且对孩子的身心也造成了巨大的消极影响，可能遏制孩子的智力、人格、心理的良好发展。

为孩子健康成长，精心营造优良的家庭氛围，就必须提倡并努力做到：

一、再富也不能富孩子，再穷不能穷孩子

这是曾经被粉刷在墙上、挂在嘴边的一句话，意思是调动一切社会力量办教育。这句话如今有了新的注解。君不见，暑期各大旅行社最红火的"学生游"，已经成了孩子们相互炫耀的"攀比游"，你去九寨沟，我去长白山；你去海南岛，我去"新马泰"。家长们让孩子"读万卷书，行万里路"的初衷，已经变为经济实力的攀比。

开学之初花费好百元购买文具，放假之时让孩子天南海北地放松，对于工薪家庭而言，是一笔不小的开支。家长禁不住孩子一哭二闹三打滚，忍痛掏腰包。宁可自己省吃俭用，也不能委屈了孩子——父母的良苦用心可以理解，只是父母一味迎合孩子的需求，往往没什么好处。不少有识之士指出，面对这种现象，我们倒是应该提倡"再富也不能富孩子"这个教子理念。是不是富裕家庭的孩子的消费可以"水涨船高"呢？也不是。我们看到，发达国家倒也有不少父母在孩子的消费上大多比较"吝啬"，甚至到了锱铢必较的地步。比如，有的父母给孩子有限额的零花钱，文具等一律从零花钱中支出，并且记账备查。家长一旦发现孩子乱花钱，就会扣除下月的零花钱，以示惩罚。

　　"一粥一饭当思来之不易，半丝半缕恒念物力维艰"，当生活一天天好起来的时候，家长们更应当帮助孩子树立勤俭节约的意识。须知，正确的世界观、人生观、道德观正是通过这样一些具体细微的事件确立起来的。不仅如此，家长还应该通过种种途径，帮助孩子克服商家的种种误导，树立正确的消费理财观念，让孩子体会劳动的辛劳和生活的不易，千万不要让孩子养成大手大脚的坏习惯。这才是对孩子真正的爱。

　　记得有这样一幅讽刺的漫画：一身名牌、踩着一辆高级山地车的男孩在前面跑，后面是一个穿着过时且不合身西装，骑着一辆破旧自行车的男人在高喊："儿子，慢点，别摔了"，这样引导孩子的方式不是在爱孩子，而是在害孩子！有人说，现在生活富裕了，家里有条件让孩子高消费，所以孩子乱花钱也没什么大不了的。这种思想是绝对要不得的，有很多青少年就是因为一味追求金钱，追求高消费，贪图生活上的享乐而走上了犯罪的道路。我们当引以为戒。不是提倡这么一句口号吗，"再富不能富孩子"。作为家长，要教会孩子勤俭持家，以俭养德。

　　二、再爱也不能让爱"伤害"孩子

　　大部分家长都在关心子女教育，而且期望过高。不少家长自认为是"爱"孩子，"关心"孩子，但孩子感受不到这份"爱"、这份"关心"。溺爱淹没了孩子的个性，淹没了孩子应该得到的锻炼、提高和发展的最佳机遇。不少父母正在不自觉地"认认真真"地做着伤害自己孩子的事，主要表现为：忽视孩子的正当要求，对孩子否定过多；或者是对孩子不满、责骂，甚至对孩子进行侮辱、体罚；也有的家长尽可能满足孩子的物质需求，在精神上的关爱却不足。这表明家长未能正确全面评价自己的孩子，对孩子不满时往往采取简单消极的教育方式，在这些不良的教育方式中长大的孩子，较易出现如依赖、退缩、恐惧、软弱、撒谎、攻击、急躁、自卑等情绪与行为方面的问题。比如，事无巨细地包办照料孩子的生活，就极可能造成孩子衣来伸手、饭来张口的惰性，倘若一次不如意就大吵大闹，自理自立能力从何培养呢？其实，家长既可以自己的勤快带动孩子勤快，也可以自己有意的偷懒逼着孩子勤快。

有些父母搞"一言堂",要孩子绝对服从自己的权威,家庭中没有平等和真正的互相尊重。没有尊重就没有教育。家长应该放下架子,摒弃居高临下、训导式的谈话,用平等的态度,诚恳的言行,把孩子当成可以推心置腹的朋友。多赏识孩子,多鼓励孩子,多信任孩子,让孩子不断感受尊重,他才会与家长沟通心灵,才会毫不顾忌地向家长倾诉心中的喜怒哀乐。

处在青春期的孩子本身学习任务就很重,如果这时家庭不能给他创造一个良好的放松身心的氛围,那么孩子就很容易采取一些过激的行为来发泄自己的压力和青春期的躁动不安。家长应自觉远离带有赌博性质的麻将以及低级趣味录像、光碟、图书等,更不能让孩子染指。可指导孩子下棋,阅读中外名著,开展郊游、旅游、体育活动等,让孩子在大自然中开阔视野,愉悦身心,增长知识,陶冶情操。

三、再忙也要学会与孩子沟通

恐怕没有一个家长敢说,在教育孩子的过程中,没有碰过壁,没有烦恼过。因为大多数家长的家庭教育知识,主要是从父母教育自己的体验中继承下来的,是从自己教育孩子的过程中积累起来的,是从与同事朋友交流的过程中得来的,这些来源渠道对于家庭教育知识的形成和积累无疑是重要的,但是在知识的科学性、有效性、系统性等方面,也会有局限性。曾经有人开玩笑说:将来做父母,必须经过培训、考证,有了合格的知识和技能,才能要孩子、做父母,否则就会影响到孩子的健康成长,就是对家庭和社会的不负责任。此话值得深思。和孩子所学的语文、数学一样,家庭教育也是一门科学。孩子要取得好的成绩需要学习,要做好家庭教育,家长同样需要学习。现在关于家庭教育的电视节目、报刊、咨询热线、专家报告会都很多,利用好这些资源,对弥补家庭教育方面的知识缺陷是非常有帮助的。家长要努力为孩子营造一个学习型的家庭氛围,因为在父母的麻将酣战声中,孩子的学习质量将会大打折扣。

现在的社会是一个飞速发展的社会,孩子接受新事物快,他们往往有自己的世界,自己的"语言"系统和自己的价值观,但父母往往固守

自己的价值观、生活习惯、做事方式等，于是亲子之间就极容易产生代沟与隔膜。当然，有代沟也不怕，只要能沟通就行。可是，现在快节奏的生活使得大家都很"忙"，疏于与孩子沟通，这样，时间一长，"心理"距离就远了，孩子就更难以管教。

家长一定要更新观念，再不能停留在只保障孩子有吃有穿不哭不闹"只养不教"的低层次阶段。再忙也必须抽出时间与孩子聊天、沟通，使家中有轻松愉快的气氛，创造一些机会，让孩子经受挫折的磨炼，不断提高心理健康水平，对孩子的要求要适度，要允许孩子犯错误。家长还可以把自己关注的问题告诉孩子，和孩子谈心，听取孩子的意见，并真正和孩子一起想办法。这种方式比一味地"下命令"或者"放马后炮"更容易让孩子接受。

一个人的成功固然和先天的优越条件有关，但最能决定其成败与否的还是后天的因素。一个生命降临人间，其所处家庭环境的好坏、所受教育程度的高低、个人智力开发的强弱都决定了他将来的命运。所以家庭的作用相当重要，古往今来，数不清的名人志士就是因为有家人背后默默地支持和鼓舞才一举成功的。孩子正面临人生中第一次重要的抉择，自然是压力重重，如果这时家庭能给予及时的关爱，相当于向前推进了孩子一大步，反之，如果这个时候"后院起火"，对孩子来说无疑是雪上加霜。因此家长有责任、有义务为孩子创造一个理想的家庭氛围。

小贴示

父母是孩子的第一任老师。而家庭则是孩子的第一课堂。并且家庭生活中的环境氛围对孩子的成长有着"随风潜入夜，润物细无声"的熏陶作用。一个孩子健康的成长离不开良好的家庭氛围。如果你还没能为孩子营造这样一个理想的家庭氛围，就试着努力去做吧，千万不要以"恐怕为时已晚"做借口，对于教育孩子，就不存在来不及的情况。

给孩子一个丰富快乐的暑假

中考结束了，孩子们终于长出了一口气，可家长们悬着的心却始终没有放下。正当孩子们准备彻底地休息、放开了玩乐的时候，不甘寂寞的家长们却开始忙活开了——提前为孩子找好了初中课程补习班，初中升高中的衔接班，或者是其他一些兴趣班、特长班等。意犹未尽的孩子们还没有完全休整好，就被家长逼着极不情愿的去"进补"了。

利用暑假这个"加油站"给孩子加点油，父母的苦心是可以理解。但当父母的更应该明白：设置暑假的目的就是因为学生们经过了一个学年的紧张学习，身心需要调节，同时也是为下学年养精蓄锐。这种把快乐的暑假异化为孩子的"第三学期"的作法，是违背教学规律的，结果也往往是得不偿失。

中考风暴已经刮过去了，并不代表着万事就可以 OK 了，前面的路还很长，也很艰难。家长因受社会激烈竞争以及有知识才有前途等观念的影响，唯恐自己的孩子落后于别人，家长之间也互相攀比。自己的孩子成绩不好，想"笨鸟先飞""勤能补拙"、自己的孩子成绩好，又想"百尺竿头，再进一步"，于是不约而同地把目光都盯在了假期"进补"上。很少顾及孩子的意愿，迫于压力的孩子们也只好哭丧着脸，在父母的谆谆教导之下，再次背起书包，去上那些名目不一的补习班了。

还有些家长是从安全方面考虑的，他们担心孩子追求心理上的彻底放松，开始肆意放纵自己。据一项调查结果表明，60%的父母最担心孩子假期沉溺于网络游戏不能自己；40%的父母担心网络上那些色情、暴力的内容会影响孩子的身心健康；有15%的父母担心孩子在玩网络游戏或是"KTV"聚会时认识些乱七八糟的人而误入歧途。家长们普遍认为学校是最安全，最让他们放心的地方，为了防止孩子滑进不良网络的深

渊，结交损友学坏，便不管孩子的意愿如何，只管报名让他们去"上班"，目的只有一个——为了孩子的安全。

其实家长的这些担心都是多余的，只要你用心帮孩子安排好暑假生活，作出一个合理的规划，做到放松不放纵，既可以让孩子享受缤纷多彩的暑假生活，又不会荒废学业，做到学业、健康两不误。

首先，制订计划要尊重孩子的意愿。许多家长喜欢预先制订计划，规定孩子每天的作息时间。不过，在制定暑期计划时一定要充分尊重孩子的意愿，并给孩子留出一定的自由活动时间和空间。安排计划使自己和孩子胸有"丘壑"，自然是好事，不过也不能太机械化和具体化。家长可以规定一天的学习时间、游戏时间等，从宏观上对孩子的学习生活情况进行把握，这样也可以训练孩子的自我管理能力。学习需要计划，其实玩也需要有计划。与孩子一起讨论玩的设想其实是增进亲子关系的好途径，因为在讨论如何玩的时候，孩子的心情是放松和快乐的，也更容易听得进家长的建议。考的孩子都是十三四岁的孩子，承担的考试压力又非同寻常，所以中考过后的这个暑假，家长们应该注意给孩子创造一个宽松的休整环境。孩子从小学一年级起，每个假期老师都会布置一些家庭作业，初三的暑假可以说是第一个"无作业"的假期，可乘此机会让孩子休息、放松一下。至少在大半个假期内，不要把孩子送去上辅导班，或钢琴、绘画等才艺班。

有经济条件的父母可以把自己的休假尽量调节到与孩子的暑期同步，带孩子去"笑傲江湖"，去充分感受"破万卷书，行万里路"的风采，向孩子传递浓浓的亲子情怀。没有时间的家长可以让孩子参加旅行社组织的"同窗游"，或者精心挑选一些比较好的夏令营让孩子参加，但一定要提醒孩子注意安全。经济条件不允许的家庭，可以让孩子在家多休息，上上网，读读书、看看电视，或者让孩子自己结伴举行郊外活动，鼓励孩子多参加一些有意义的社会活动、体育锻炼，使孩子紧张、压抑的心理得到完全的释放。

其次，健康地玩是关键。暑假本应是孩子尽情玩耍的时候，但是，现在的孩子似乎不怎么会玩。他们除了玩电脑游戏、看电视、睡懒觉之外，甚少能想到其他有趣的活动。事实上，对孩子来说，玩是假期中最好的学习形式，玩能激活孩子内在的潜能，激发孩子的想象力。事实上，孩子的"玩"可以有很多内容，比如：亲近自然；运动旅行；发展兴趣爱好；参加社会实践活动；阅读好书等等。家长可以创造一些机会，多让孩子和其他孩子、大人接触互动。

对于假期中想好好过把游戏瘾的孩子，家长也不要一味地拒绝，管好大方向就行了，或者说让孩子承诺一天玩多少小时就好，至于怎么玩、玩什么，尽量让孩子自己安排。一个感受到被信任和尊重的孩子是有控制力的。不过，让孩子过一个轻松的假期不代表着孩子可以整天无所事事、吃喝玩乐。家长应注意不要让孩子"玩过分了"。现在的孩子大都喜欢打游戏、上网等娱乐，由于这个年龄段的孩子本来就有很强的猎奇心理，中考过后，心情也放松了，可能会出现"变本加厉"地寻求刺激的行为，作出一些出格的行为，如疯打游戏机、偷偷抽烟等等。尤其应注意孩子的"冲浪"，网络毕竟不是一个完全纯净的环境，一些过于成人化的东西很可能对孩子造成不好的影响。一旦对游戏机、上网等"电子海洛因"上瘾成性，将对孩子未来发展造成极坏的影响。因此家长在为孩子创造宽松环境的同时，不能放松孩子的生活文化，尽量给孩子营造一个纯净的生活空间。

最后，一天当中最好的时间用来学习。暑期是放松的好时机，但并不意味着放纵，不学习。我觉得学习对于学生而言就像是吃饭，"暴饮暴食"、"不吃不喝"都不行，而应该细水长流，成为每天的必需品。孩子在得到充分的休息调整之后，可在征得他们同意的情况下，适当地让暑假生活多点书香。暑假是开发孩子非智力因素的"黄金季节"，学生应该利用假期开拓自己的知识视野，广泛涉猎课外知识，利用假期强化自己的特长、兴趣和爱好。

预习是暑期很重要的内容。在新学期来到时，有预习的学生就像站在一个山上，他对未来的学习怎么走非常清楚，而没有预习的孩子就像

站在山下，对整座山的轮廓并不清楚，两者的学习效果是不一样的。高中的学习和初中的学习有很多不同之处，要让孩子在心理上早做准备，观念上早做转变。俗话说："英雄不打无把握之战"，要想在高中阶段也永远立于不败之地，就必须巩固好初中的基础，梳理目前的学习方法，总结经验教训，摸索更好、更科学、更适合自己的学习方法。并可适当地自行预习一下高一的课程，培养自己的自学能力。

下面看看小涵的妈妈是如何安排她女儿的暑假的。

因为中考后的暑假是小涵升入高中的第一个假期，小涵的妈妈非常重视。她早早就开始咨询身边的亲朋好友，并结合小涵的具体情况，酝酿了暑期计划。

适当放松心情，查漏补缺，温故知新，这是小涵的妈妈和小涵商量之后对这个假期定的基调。她们的暑期计划分为三个阶段。

第一阶段是放松期。前10天小涵的妈妈准备暂不安排女儿的学习任务，让她完全放松。小涵的妈妈和她爸爸也准备请一个星期的年休，全家人一起去云南玩一趟。小涵她自己也很期待这次旅行，为了有好心情出去玩，期末考前复习，她比以往任何时候都要努力。

第二阶段是学习期，为期45天。考完后的暑期，无疑是学习冲刺的关键时期，小涵她自己每天要保证自主学习4小时，早上下午各学习2小时，作息基本参照上学时间，稍显轻松。前15天，用来复习初中知识，查漏补缺；后30天用来预习高一的新课文。同时，针对小涵数学不好的情况，她妈妈已经帮她报了数学补习班，一周两次。暑期计划规定：完成老师布置的作业不包括在自主学习的时间内，具体的学习时间可以调整，但必须完成规定的学习时间量。

第三阶段是调整心情期。经过漫长的假期，眼看着就要上学了，最后几天，小涵可以自行安排，如果作业还没完成，那就加紧完成作业，如果还想跟同学聚聚，那就约同学一起玩等。但是作息要按照上学的时间安排，以免开学后，还要有一段适应期。

家长朋友们在看了小涵的妈妈给小涵如何安排的假期后，相信会对

自己如何安排好孩子的假期有了一定的认识。

总是，任何一个爱孩子的家长，都会尽自己的全力去给自己的孩子一个真正的快乐的假期，就把他们的暑假生活安排得多元化而又富有情感，相信你的孩子一定会感激你的真情、真心，过一个轻松、快乐而又充实的假期。

小贴示

中考放榜了，对一些孩子来说，结果已经尘埃落定。家长要乐观接受考试成绩，并及时地吸取教训，进行反思。既然考试已经结束，成功也好，失败也罢，都已经成为不可改变的事实。重要是要往前看，尽早地让孩子自己对自己未来的学习和生活进行规划。孩子若一味地沉浸在喜悦中，忽视了假期的学习充电，不仅只会原地踏步还可能由于骄傲而退步；相反孩子若一味地因成绩不理想而懊悔，树立不起重新开始的信心，也许未来就真的没有希望了。

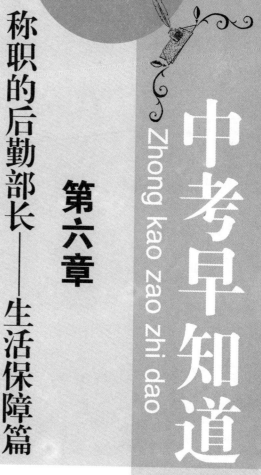

第六章

称职的后勤部长——生活保障篇

中考早知道

Zhong kao zao zhi dao

安排好孩子的饮食生活

考生学习紧张，体能消耗大，营养一定要跟上。但是饮食以鸡鸭鱼肉唱主角的做法并不明智。这时在饮食选择上应本着高糖、高蛋白、低脂肪的原则。

高糖是因为大脑工作时，大脑消耗的能量主要是糖类而非脂肪。血糖水平低，大脑的工作效率也高不了。所以适当提高血糖，有利于复习考试。低脂是因为夏季过食油腻，会伤脾胃，而且因考生大部分时间是坐在书桌前，运动量少，能量消耗不掉就会积蓄，造成肥胖。那么吃什么好呢？这时可以熬些薏米粥，绿豆粥、银耳莲子汤等，适量放些糖，既美味又可口，又营养丰富，清热祛暑。夏季蔬菜丰富，黄瓜、西红柿、冬瓜、茄子均可大量食用，配以鸡蛋、牛奶、瘦肉、鱼等有助于增强记忆力的食品，是理想的饮食结构。

一年一度的中考即将来临，学生们复习任务繁重，大脑处在高度紧张状态，身体能量消耗多，但食欲往往不佳，再加上生活规律被打乱，身体抗病能力降低，很容易生病。因此，安排好这个阶段的饮食营养，对保证学生的身体健康和使大脑处于良好状态极为重要。

那么，复习考试期间饮食如何安排呢？

一、保证大脑能源的充足供给

大脑的能量主要靠血液里的葡萄糖氧化来供给，正常人每100毫升血液内葡萄糖的含量为 80－120 毫克，低于 80 毫克大脑的兴奋性就会下降，表现为注意力不集中，反应迟钝，分析理解能力下降。血糖过低时还会出现头晕、心慌、出虚汗等现象。血糖的主要来源是食物中的碳水化合物，也就是主食，所以，这个时期应多吃些主食。还可多吃些水果，特别是含葡萄糖较多的浆果，如葡萄、草莓等。若食欲过差，可适当服些

多维葡萄糖。

二、保证足够的蛋白质

蛋白质中的谷氨酸对大脑的兴奋抑制平衡起着重要作用，是活跃脑细胞不可缺少的氨基酸之一。蛋白质中的赖氨酸有增强记忆的作用。据报道，在青少年膳食中适当增加赖氨酸，对促进身体发育和智力发育都有好处。平时，中学生每日需要蛋白质 70－80 克，复习考试期间可适当增加一些。蛋白质以动物性食品，如奶、蛋、鱼、肉中的蛋白质为佳。大豆蛋白也是优质蛋白，多吃些豆制品很有必要。

三、适当摄取脂肪可增强记忆力

脂肪中含有磷脂和胆固醇。磷脂有卵磷脂和脑磷脂，均是大脑记忆功能必需的物质。磷脂是三磷酸腺苷的主要成分，三磷酸腺苷又是大脑细胞能量代谢不可缺少的高能物质。磷脂含有丰富的胆碱，胆碱是乙酰胆碱的重要成分。乙酰胆碱又是完成记忆不可缺少的物质。胆固醇也是大脑活动的所需物质，中学生尤不可缺。所以，适当吃些脂肪性食物对青少年来说是没有坏处的。当然，高血脂或肥胖青少年要注意控制。磷脂主要存在于动物性食品中，如奶类、蛋类、动物肝脏、瘦肉和豆制品中。

四、营养要全面

复习考试期间的膳食安排除了注意上述三点外，还应注重营养全面。就是说，每天的膳食既要保证一定量的多样的主食，也要配以丰富的副食。此外，还要注意饮食卫生，以防胃肠道传染病的发生。

有一位初三老师总结出这样的一条迎考饮食规则："凉茶慎饮，汤水温凉，西瓜少吃、荔枝不沾，样样适量，搭配多样。"由于考生长时间高强度学习，免疫力会有所下降，为避免夏季常见的发烧感冒，考生可通过服用维生素 C 片剂或复合维生素补充剂，加大维生素摄入量增强抵抗力。推荐一款靓汤：胡萝卜＋玉米＋猪骨。孩子每天盯着书本的时间较长，眼睛容易疲劳，可以给他们多吃一些胡萝卜、动物肝肾、红枣、白菜等富含维生素 A 的食物，以减少眼睛视网膜上的感光物质视紫红质的消耗，菊花茶有清肝明目的作用，对视力也是大有好处的。

关于考期饮食时间安排安排问题：考试当天要在开考前45分钟吃完早饭。因为吃完早餐的半小时内血液主要集中在消化系统内流动，大脑供血减少，影响注意力集中。

如果是离考点比较远的考生，一定注意乘车前不要吃太多东西，一路颠簸容易发生晕车、恶心等状况。另外，早餐也不要吃不易消化的食物，如糯米、粽子、油条，而应该选择吃粥类和一个鸡蛋。

忌安排很贵的食物。有的家长在中考阶段总是给孩子吃些平时不常吃的比较贵的食物，比如鳜鱼，实际上没有必要。孩子平时消化吸收都很正常，这个时候多补，反倒容易产生问题。所以没必要吃贵重的东西，只要保持平时的一些基本摄入量，保证原料比平时新鲜就可以了。忌辛辣和油腻。否则容易引起大脑血液供应不足。忌午饭过饱。如果中午吃得过饱，人体因为饭后的食物特殊动力作用，容易困倦，对下午的考试相当不利。忌过度运动。过量运动的后果，其实是打破了身体的一个平衡，那么身体恢复都来不及，可能比原来的状态还要差。忌过分放松。不能整天睡大觉，否则到考试前无法恢复正常的一种备战状态，会影响考试。

一日三餐的安排，家长在设计食谱的时候要符合平衡膳食的原则。所提供的热量和营养素不仅要全面而且要符合肌体的需求，保持平衡。要达到这样一个要求，家长必须每天让孩子正常吃这四类食品。一是谷类，就是谷属类的食品，就是我们日常所说的主食、米饭、馒头等。二是蔬菜、水果类，每天要保证差不多1斤的蔬菜和水果。三类食品是肉禽类，或者鱼肉、奶制品等。另外一类就是油脂类。这四类食品实际上就是我们所说的平衡膳食。

总之，复习阶段正处天气炎热时期，学习强度大，容易出汗。这时专家提醒家长，为了防止孩子代谢紊乱，食欲消减，在准备饮食上要注意以清热、健脾、祛暑、化湿为原则，多吃一些煨、炖的汤类食品，如红枣肚片、银耳莲子羹等，来补充孩子身体的消耗，提高考试效率。对于因为精神原因引起的厌食，家长可以通过用酸辣食品来调节口味，合理安排膳食。

　　饱食和素食不利于考生智力发展。所以每餐只吃七八分饱，并适当摄取一定量的脂肪类食物，才符合孩子的大脑工作需求。考前不必刻意给孩子大补特补，只要平时的膳食结构能做到主食粗细粮结合、副食荤素搭配，不偏食挑食，就能基本满足人体对各种微量元素的需要。

这些食物能补脑

　　中考逼近，孩子们在复习阶段的任务繁重，属于高度集中的脑力劳动时期。这时的大脑和身心都处于一种紧张的、特殊的应急状态。主要表现为能量消耗增大，对各种营养物质的需求量增加，如果不及时给大脑补充各种营养，大脑就无法适宜这种高强度的劳动，也就谈不上提高复习效率了。因此家长们一定要注意给孩子的大脑补充更多的营养，以确保其高效运转。有些家长喜欢购买各种保健品来为孩子补脑，但因市场上的补脑产品品种繁多，良莠不齐，效果也无法验证，因此不宜选用。最好是平常多吃一些健脑的食品，通过科学的饮食来实现补脑的目的。要懂得药补不如食补这个道理，只有通过全面均衡的饮食，才能保证大脑的能源供给。

　　一、葡萄糖：脑动力之源

　　只占体重2%的大脑，却要消耗人体20%的能量，大脑的能量主要靠血液里的葡萄糖氧化来供给，当人体血液中葡萄糖含量低于80毫克时，大脑的兴奋性就会下降，表现为注意力不集中，反应迟钝，分析理解能力下降。血糖的主要来源是食物中的碳水化合物，也就是主食，还有一些水果含的葡萄糖也比较多，如葡萄、草莓等。

二、乙酰胆碱：记忆天使

脂肪中的卵磷脂在体内经过代谢后释放一种叫乙酰胆碱的物质，它是脑神经细胞之间传递信息的物质，起着兴奋大脑神经细胞的作用，可促进条件反射的巩固。大脑内乙酰胆碱的数量越多，记忆、思维的形成也越快，从而可使人保持充沛的精力和良好的记忆力。如果要保持良好的记忆力，平时可多吃些富含胆碱且易于消化的食物，如蛋黄、大豆、瘦肉、牛奶、鱼、动物内脏（心、脑、肝、肾）及胡萝卜、谷类等，特别是黄豆、蛋黄内所含的丰富的卵磷脂，是不可多得的健脑食品。此外，有研究表明，听听轻松愉快的抒情音乐，也可使人体内产生更多的乙酰胆碱。

三、维生素：大脑辅助剂

大脑要正常工作，少不了维生素 A、B、C 和某些微量元素的帮助，因为它们是大脑营养物质分解酶的辅助物质。例如，要把葡萄糖转变为能量就离不开维生素 B1 的作用，否则，葡萄糖就无法转变为供给脑的能量。而蔬菜、水果、动物的肉有足够的维生素和微量元素。比如，100 克菠菜中含有维生素 A2600 国际单位，相当于 8 公斤大白菜中维生素 A 的含量，B 族维生素和维生素 C 也十分丰富；素有"小人参"美称的胡萝卜，也富含维生素。脑力劳动者需要丰富的多种维生素，每日吃 300 至500 克新鲜蔬菜，250 克左右水果，从中摄取多种维生素是必不可少的。

四、谷胱甘肽：抗脑力退化

过度氧化是脑细胞衰老退化的元凶。但人们知道一种称为谷胱甘肽的物质，既是脑细胞衰老退化的克星，又是健脑的佳品。谷胱甘肽在细胞内可以自然合成，不需要像维生素那样从体外补充。而食物中所含的硒元素，可使人体产生大量的谷胱甘肽，其中大蒜、洋葱、西红柿等所含的硒就十分丰富。

五、矿物质：

钙、铁、锌、碘、铜等矿物质，对脑的学习记忆、中枢神经系统的兴奋性、脑氧的供给等有重要作用。蛋黄、动物内脏、蔬菜、水果是矿物质和维生素的良好来源。

考生考前膳食的安排要本着营养、全面、适量与均衡的原则，既要让孩子吃饱吃好，又要注意合理的搭配，做到吃多样化食物以保证多种营养素的供给。一日三餐五类食品都应具备：

（一）谷类、薯类、杂豆类，主要提供碳水化合物、蛋白质和B族维生素，也是膳食中主要热量与蛋白质来源；

（二）动物食品，肉、禽、蛋、鱼、奶等，主要提供蛋白质、脂肪、矿物质、维生素A和B族维生素；

（三）大豆及豆制品，主要提供蛋白质、脂肪、膳食纤维、矿物质和B族维生素；

（四）蔬菜、水果，主要提供矿物质、维生素C、胡萝卜素和膳食纤维；

（五）纯热能食物，包括动植物油、食用糖、淀粉等，主要提供热量。

特别注意，在备考期间千万不可过分迷信"脑补品"等对考试成绩的作用。考生只要做到不挑食、不偏食，均衡地吃好一日三餐，就能满足需要。特别提醒广大考生，复习期间一定要保证饭量，否则能量不足，即使配餐均衡也会在学习、考试时反应迟钝，反而辜负了家长的一片苦心。

备考女生需防缺铁缺铁会导致女性思考能力下降，所以备考阶段的女生一定预防缺铁。人体缺铁，制造出来的红细胞会变小，其携氧能力下降，表现为思考能力差、健忘、嗜睡等一系列生理上的不适，这对于紧张备考的学生来说是非常不利的。所以，初三女生一旦出现以上状况时，应及时检查身体是否缺铁，以及时补充必要的铁质。补铁的最好途径是在日常膳食中多食用含铁食物，如肝脏、瘦牛肉、海带、黑木耳、紫菜、菠菜、豆类等。另外，维生素 C 有助于机体对铁质的吸收，在吃含铁食物的同时，也要多吃富含维生素 C 的水果及蔬菜。

洋快餐不能当日常膳食，有些考生图方便和省事，对洋快餐情有独钟。专家提醒这部分考生要慎重选择。因为洋快餐基本上都是高蛋白、高热量、高脂肪、低维生素的食物，容易导致营养失衡，对考试不利，主要膳食还应以丰富多样的中餐为主。

考前，考生的饮食应与平时一样没有太多变化，该吃什么就吃什么。因为一旦饮食结构发生骤然变化，会影响对食物和营养的摄入。大鱼大肉这些动物性食品不容易消化，转换成能量慢，一般初中生一天食用量最多不应超过 150 克，高中生一天食用量不应超过 200 克。考生还要注意不要吃得过饱，如果过饱，身体里的大量血液会流入到胃肠系统，导致供应脑部的血液相应减少，容易犯困，影响思维。可采取少吃多餐的方式，加餐以奶制品、豆制品、水果、硬果类食品为主。

根据有关研究表明对大脑生长发育有重要作用的物质主要有以下 8 种：脂肪、钙、维生素 C、糖、蛋白质、B 族维生素、维生素 A、维生素 E。所以，富含这 8 种物质的食物都可算作是健脑食物。其中较突出的"补脑高手"有：

核桃——中国人向来认为核桃是补脑佳品，隋唐时参加科举考试的人就盛行吃核桃。核桃含有极丰富的亚油酸，有助于脑部血液循环畅通，这种物质能使脑的结构物质完善，从而使人具有良好的脑力。所以人们把它作为健脑食品的首选。

芝麻——芝麻在中医和道家气功中备受推崇，它可以提高脑髓神经的功能，还可以保证血液畅通。

鱼——无论是咸水鱼或淡水鱼，均含有大量的优质蛋白和丰富的钙，特别是含有不饱和脂肪酸，可分解胆固醇，使脑血管通畅。

动物内脏——营养丰富，比肉质含有更多的不饱和脂肪酸，其健脑作用大优于动物肉质本身。血脂偏高者少吃。

木耳——含有蛋白质、脂肪、矿物质、维生素等，是补脑佳品。

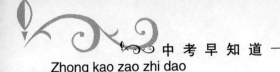
黄豆——卵磷脂是黄豆的主要成分，它是构成脑部记忆的物质和原料。植物蛋白质丰富，并含有异黄嗣，是天然植物雌激素，作用于大脑的海马记忆中枢能强化记忆。每天吃一定量的大豆或豆制品能增强记忆力。

菠菜——菠菜含有一种十分重要的维生素：叶酸。

香蕉——香蕉可向大脑提供酪氨酸，使人精力充沛，注意力集中，精神稳定，提高创造力。含丰富矿物质，特别是钾离子，还含有一种能够帮助人体制造"开心激素"的氨基酸，常吃可减轻心理压力帮助补脑。

小 贴 示

可因人而异适当给考生补充一些相应的营养品，比如睡眠不好可以选择辅助睡眠的保健品；如经常感冒就买些提高免疫力的保健品，但一定要适量。服用维生素千万别过量，否则会引起维生素中毒。一些功能性饮料和保健品含咖啡因等，在一定程度上能解除疲劳、让人兴奋，但没有提高智力、记忆力的功能。

关键时期睡眠与运动不可少

当中考的孩子在为夺取最后的胜利而进行紧张操练的同时，家长们也迅速地进入了"一级战备"状态。但家长们除了对孩子应有的督促和鞭策外，还要时时注意帮助孩子驱赶身心疲劳。正常情况下，身心疲劳对处于青春年少，精力充沛的学生来说，只要能好好地休息一下，其体力和精神就会恢复如初。但冲刺阶段的孩子比较特殊，主要是因为他们用脑过度，心理承受的各种压力又大，导致恢复身心疲劳的周期加长。

这里就要教你几招，让你在短期内掌握几种帮助孩子驱赶疲劳的好方法，成为孩子名副其实的按摩师，助复习中的孩子一臂之力。

家长们都清楚，孩子复习功课是一个复杂的脑力劳动过程，脑力消耗过大，用脑时间过久自然就会感到疲劳困倦，感觉脑子发木、浑沌、不清醒。为了维持大脑的兴奋状态，用冷水浇头或喝浓茶、咖啡等办法来刺激脑细胞，固然可以让大脑继续兴奋一会儿，但这些作法并不可取，容易导致失眠、头痛等疾病发生，严重的还可能造成神经衰弱等神经系统的疾病。

最科学最有效的方法，就是依照大脑兴奋抑制相互诱导规律，科学、合理地帮助孩子安排学习和生活，以提高学习效率，保护其身心健康。

一、睡眠法解除大脑疲劳

人在睡眠状态下，全身肌肉都很放松，脑细胞消耗的营养物质和氧气通过血液循环得到补充，可以有效恢复其功能。充足的高质量睡眠是保证孩子精神焕发、活力无限的前提，也是提高复习效率的基础。但遗憾的是大多数孩子在考前遇到的问题是既没有充足的睡眠时间，也没有很好的睡眠质量，甚至还会因考前过度紧张而常常失眠。即使能及时入睡，也睡眠不沉、整夜做梦。因此，美美地睡个好觉，是每个孩子长久以来的心愿。虽然孩子在复习考试期间，投入到学习上的时间要比平时多一些，这是肯定无疑的，但为了晚上多看一会儿书，而影响了睡眠，导致第二天上午甚至全天都浑身乏力，头脑迟钝，又有何意义呢？因此家长要监督孩子晚上10点钟左右一定要停止学习，及时休息，才能保证持续学习的良好精神状态。另外家庭要为孩子营造一个安静的休息环境，对于那些考前睡眠时间少、身心过度疲劳的孩子应采取多时段的睡眠。

中考马上就到了，部分考生睡眠也越来越差，躺在床上数山羊，还是难以入睡，所有关于中考的坏结果总是在脑海中闪现，赶也赶不走，一声叹息：今天晚上又睡不好了；一堆焦虑：要是明天中考，这可怎么办呀？专家给这类考生开出了几剂药方，调整睡眠：

（一）考生平时什么时候睡觉，中考前几天就什么时候睡，根本不用

打破自己平时的习惯，尤其是中考前一天，不要刻意地早睡，不要表现出与众不同。

（二）睡前吃点东西。考生在临睡之前可以喝一杯牛奶或者吃一个苹果，这样能够促进睡眠。但要注意临睡前不要吃大量的西瓜、喝过多的饮料等，否则会增加夜间小便次数，影响睡眠质量。

（三）睡前用热水泡脚，并做头部和脚部按摩，可以提高睡眠质量。

（四）如果实在睡不着，熄灯后仰卧在床上，让眼睛自然闭上并反复做深吸气，同时可以听一些轻松的音乐。

（五）睡觉前，尽量不去想中考时会出现什么样"万一"，应对自己保持自信，形成乐观的情绪。

（六）上床后熄灯躺下仰卧，先做3至5次深呼吸，然后想象在黑暗中有一个不太亮的白点，并集中注意力控制这一想象中的白点缓慢地进行圆周运动50次，再换成缓慢地勾画五角星轨迹50次。如果感到心情改变不大，则重复上述意念运动程序数次。然后再进行两次深呼吸，就对自己进行一次暗示：我已经睡着了，这样就可以起到良好诱导入睡的效果。

二、运动法解除身心疲劳

让孩子科学地安排复习生活，使体力劳动和脑力劳动有机地结合起来。劳逸结合有助于减轻压力，消除疲劳，同时还会有效转移孩子的注意力。对于中考冲刺阶段长时间、高强度的脑力劳动者孩子来说，进行适宜而又有益的各项运动是必不可少的。

（一）提示孩子在长时间的复习过程中进行短暂的运动

在中考自我备战阶段，不少孩子一拿起书做题，就没完没了，不是一个上午就是一个下午，中间也不休息，搞得头昏脑胀，影响学习效率和轻松的心情。家长要提示孩子，脑力劳动应有张有弛，一般来说，学习50分钟左右后，应有10～15分钟的休息。针对考前时间紧这一事实，让孩子学会抓住间隙时间进行短暂的体育活动。如可利用复习的间隙时间进行伸腰、踢腿等小活动。也可以到户外简单地散散步，做做腹卧撑，活动活动身体，在空气新鲜的地方来几个深呼吸，或用双手搓搓脸部、双耳和颈部，搓搓手心，伸展双臂，让全身放松一下，然后再回来学习。仅仅 10 多分钟的放松，对恢复脑力来说，却有重要作用。

（二）督促孩子从事户外体育活动，促进身体的新陈代谢

脑神经细胞的新陈代谢旺盛，所需要的营养物质和氧气的比例同身体其他部分相比要高很多，但由于这一时期的孩子心理压力太大，户外体力活动大幅度的减少，食欲往往不尽如人意，家长就是准备再多的补品，孩子也未必吃得下去，所以大脑消耗的能量也就无法得到及时的补充。一定量的体育活动能促进和加速身体的新陈代谢，增进食欲、改善睡眠和确保氧的吸收。

家长可以利用星期日与孩子进行爬山、打球、游泳等活动。无需担心体育运动会占用孩子的复习时间，因为单纯的比拼时间是最蠢笨的办法，注意合理安排、劳逸适度、脑体结合才是符合科学规律的学习方法。一些成功孩子的经验告诉我们：考前每日进行体育锻炼是必不可少的，但有一点提醒家长，以前传统的锻炼方式一般都是进行晨练，因为早晨锻炼空气会好一点儿，有助于大脑充分吸收氧气。但我们要从孩子的实际情况出发，应该看到孩子考前大都处于身心疲惫状态，晨练以后，往往会导致孩子整个一个上午都精神不振。而傍晚锻炼因有一个吃饭休息的调息过程，则可避免这种情况出现。因此建议中考生晚练比晨练更合适。

三、娱乐法舒缓紧张的神经，可有效缓解身心疲劳

复习中的孩子容易疲劳的另外一个原因是，精神压力过大，心情无法释然，这时家长可以引导孩子适当的听一听自己喜欢的音乐、歌曲，但节奏感不要过于强烈、刺激，看一点轻松搞笑的电视节目，但要注意节目是否健康向上，这都有助于孩子调整心态，释放压力，缓解身心疲劳，提高复习效率。

小 贴 示

为了保持考生的睡眠，建议考生考前三天每天晚上 11 点之

前睡觉，不要过早，也不能过晚。适当地做些运动，比如在家练俯卧撑、跳绳或打羽毛球，切忌不要做剧烈的运动。

解除眼部疲劳有妙法

经过长期紧张的学习，尤其是总复习阶段难免不熬夜，不知不觉中孩子的视力早已透支。除了眼睛疲倦、充血等直接的症状外，用眼过度还会导致头痛、肩酸等其他症状。随着考期临近，视物模糊、眼皮沉重越发的明显了，你可让孩子采用下面的三种方法解除眼部疲劳。

一、眨眼、深呼吸法放松眼部神经

据眼科专家的科学数据显示：正常活动的人，平均每分钟眨眼 10 ~ 15 次，所用时间为 0.3－0.4 秒，每两次的相隔约 2.8－4 秒，如果按每天 16 小时计算，一个人在进入睡眠状态之前，大概要眨眼 1 万余次。人在眨眼时，泪液可以均匀地湿润角膜，防止眼睛干涩。可是长时间凝神专注的看书看黑板，就会自然而然地减少眨眼的次数，这是使眼睛有累乏感的根本原因之一。

你可以让孩子适当地放下书本抬起头，连续眨眼睛，润湿眼球，改善眼睛的干涩感，通过上、下眼睑（眼皮）用力闭合来挤压眼球，用眼外肌运动调理视力，保护眼睛。与此同时做深呼吸，放松两肩，扩胸展腹深吸气，吸足气数秒后再尽量吸气，让新鲜空气充分进入扩展的肺泡，与淤积在肺泡壁周围毛细血管中的二氧化碳置换，再收腹把废气吐出来，如此往复进行，直至眼睛舒润、神清气爽，浑身解乏为止。

二、按摩眼角和鬓角，保持眼睛健康

人在眼睛疲劳时会自然而然的去按摩面部的两个穴位，即眼角处的睛明穴和鬓角处的太阳穴。首先用手指沿着以睛明穴为中心的眼睛周围骨骼划 4 ~ 5 圈后，再把左右两只手的手掌心分别放到两边的太阳穴上，转圈儿地揉。风池穴位于脖子的后面，发际的下方，耳根后面的骨头和脖子后面当中一根粗筋的正中间部分。它和眼睛关联密切，刺激它可直接影响眼球的后侧，改善眼底动脉的供血量，消除眼疲劳。可以一边做深呼吸，一边用两手的食指按住风池穴，转动 5 - 6 次，就可以神清目爽了。

三、眼眶按摩法

长时间地用脑、用眼，会导致孩子瞳仁阵痛，视线模糊或眼睛发红。虽然每个人的感觉不尽相同，但都有不同程度的头顶沉，眼球胀痛，心烦等感受。可以让孩子左右两手轻轻握住，用食指的侧面顺着眉头到眉梢的方向反复刮数次。然后再以同样的手法，顺着眼睛下面的眼眶刮数次，这时眼睛就会立刻变得清爽舒适起来。

小 贴 示

缓解学习疲劳的方法有很多，你可以和朋友同事多交流、多沟通，也可以向这方面的专家多请教，虽然每个孩子的疲劳状况有所不同，但只要你用心，总会找出几种适合他的行之有效的缓解方法。

到底要不要吃保健品

随着中考的来临，很多家长"望子成龙"、"望女成凤"心切，只好选择给儿女买很多保健品来补充营养、增强体力，以便更好地备考。但保健品究竟是不是考生的灵丹妙药？

目前市场上各种补脑药、保健品的种类繁多，据销售反映，卖得最好的就是中考前的一个月，虽然保健品大多价格不菲，每盒多在 100 元

以上，但家长们均出手大方，一买就是三四盒。到底原因何在呢？看看这些保健品的说明就知道了。有增进记忆力类、缓解大脑疲劳类、补充脑部营养类、补充维生素类等等。名目众多，包装精美，令人眼花缭乱。还有的保健品称可"促思维、增记忆"、"改善脑部营养"、"中考×××分计划"等，这些诱人的词语是吸引望子成龙的家长们的重要原因。

但保健品真的就有如此神奇的功效，可以帮孩子考出好成绩吗？让我们看一看保健品的成分与作用就知道了。几乎所有保健品中包含的成分，都是这些营养成分：不饱和脂肪酸、维生素、脑磷脂、微量元素等等，而这些营养成分并不都是它们所独有的。专家说实际上这些营养成分都可以通过正常的饮食摄取在体内合成。所以保健品并非独一无二，服用后的效果也因人而异、并非人人适用。

专家提醒考生家长，社会上形形色色的脑保健品中，需格外注意的是抗疲劳类营养品，要让考生少吃甚至不吃。原因是现在的保健品中，有相当一部分产品，其功能未在卫生部所公布的22项功能之列，因而一概都列入"抗疲劳"产品之列。这里面就包括治疗性功能障碍的产品。这类产品抗的疲劳就不是考生的疲劳，如果考生不慎服用，有可能会引起性早熟等不当的后果。

保健品的作用是改善亚健康状态，它不是药品，没有治疗的作用。比如中考前的考生，长时间复习功课，容易造成视疲劳，引起头痛，就需要神经传导的介质；长时间坐着看书不运动，大脑容易缺氧，因此一些耐缺氧保健品、鱼油、含DHA等健脑、增加视力的产品是可以起到一定的改善和调和作用的。

专家提醒广大考生家长：一些考生保健品未必真有其效，并给考生提醒适量购买健脑保健品应注意以下三点：

一、迷信保健品不可取。保健品的作用是改善亚健康状态，它不是药品，没有治疗的作用，只能起到一个调理的作用。保健品消费关键是要根据自身状况去选择适合的保健品。因而考生家长寄希望于保健品广告中"十全大补丸"似的效用其实并不实际。况且，一些保健品中含有兴奋剂或是类似于激素的成分，考生在服用这些含激素类的补品后，可能会出现发胖、内分泌失调等现象，这对考生实是不利反害。此外，考生体检之前服用保健品还可能影响其转氨酶的值，导致体检结果受到影响。

二、购买时要认清标识谨慎选购。保健食品市场鱼龙混杂，考生家长一定要在认真鉴别、仔细分析后再购买，因此，购买保健品时需认准保健品的小蓝帽标志和卫生部的食卫健字号。为了防止买到假冒伪劣产品，一定要到信得过的保健品专卖店或专业药店购买，切勿贪图价廉、大降价，另外还可以到卫生部的网站核实产品的批号是否真实。

三、要注意调节和合理膳食。药补不如食补。在"双考"期间，考生们复习任务繁重，大脑处在高度紧张状态，身体能量消耗多，食欲往往不佳，再加上生活规律被打乱，身体抗病能力降低，很容易生病。考生保健是一个综合性的保健，因此，合理安排膳食，清淡为主，注意营养搭配，加上心理的调节与放松，适量的体育锻炼，其实比追求保健品更为重要。

15 岁的张红自从吃了妈妈给她买的保健品，就一直有厌食心理，见到什么东西都想吐，而且思维也不似从前那般敏捷了。她的同桌汪清清，服用保健品后的反应却是，身体始终横向发展，光润的脸庞也被青春痘迅速占领。看过医生才知道，这都是吃保健品产生的副作用。保健品的口味大多偏甜，服用过多会影响孩子的食欲。短期内摄入甲鱼等大量高营养物质，很容易在孩子体内堆积，不被消化和吸收，从而引起孩子胃肠方面的疾病。另外，处于青春期的孩子内分泌很容易发生失调、紊乱，如果此时再过度进补，就会破坏其身体固有的平衡，扰乱正常的内分泌系统，使其转向恶化。

在复习考试期间，由于生活和学习节奏较快，学生的大脑活动处于高度紧张状态，此时大脑对氧气和一些营养素，如蛋白质、磷脂、碳水化合物、维生素以及铁的消耗也有所增多。大脑相对缺氧时可能立即会

通过扩张血管来增加供血量，以确保脑组织的供氧，但如果长时间得不到补充，就开始发生大脑细胞的活动减慢，表现为思维迟钝，甚至强迫休息，打瞌睡，会严重影响到复习和考生的身体。因此，在最后的冲刺阶段，应当通过科学的营养来补充大脑所需。

家长和学生不要迷信这些补品，不要认为吃了补品营养方面就没有问题了。在考试之前的这段时间，关键要注意营养的均衡和全面。主食和副食合理搭配，多吃肉、蛋、奶等蛋白质含量高的副食。钙、铁、锌是人体所需的常量元素，很多学生容易缺乏，家长要多给学生吃瘦肉、蛋黄和动物肝脏等，补充常量元素。另外，多吃蔬菜、水果可以补充微量元素和膳食纤维。保健品决非万能，而且并非所有的考生都适合"享用补品"，保健品也有因人而异、适不适合的问题。考生和家长不要期待那些标榜提神醒脑的产品会产生"特异功能"，如果考生不吸收、不适应的话，还会导致腹泻、过敏、感冒上火等病症，与家长的意图适得其反。如果确实愿意给孩子吃一些补脑方面的保健食品或者保健药品，一定要注意一个度的问题，不要滥用，要适可而止。

所以，对于保健品，家长们要摆正自己的态度，家里无法实现膳食结构合理的，可以适当的给孩子买一些吃，以弥补膳食的不足。但对于饮食得当、休息也有保证的考生来说，再吃这些保健品就完全没有必要了。因此，家长们千万不要跟着广告走，天然食物就是最好的保健食品。与其把希望寄托在保健品上，还不如合理搭配饮食结构，保证孩子全面营养，同时在生活起居上加强调理，使孩子休息充分，那样会更有利于他们的身体发育和学习。

小贴示

为安全起见，家长要尽量少购买或不购买保健品给孩子吃。特别提示要提防保健品"帮倒忙"。一些保健品中含有兴奋剂或类似激素的成分，考生服用这些补品后，可能会出现发胖、内分泌失调等现象。此外，考生体检之前服用保健品还可能影响体检结果。

考前大补不可取

很快就要中考了，不少聪明的餐饮企业推出了各种各样价格不菲的"中考大餐""高考大补套餐"，家长也心疼孩子们学习辛苦，考试紧张，为了让孩子们考出理想的成绩，考上理想的高中、大学，或者选择在饭馆里给孩子补身体，或是绞尽脑汁给孩子做各种各样补身体的美食。我的一位同事告诉我，女儿正要考大学，她现在的策略是"两天一条鱼，三天一斤虾，一周一只大王八"。于是，我不得不佩服中国的餐饮商家的精明，也不得不感慨中国家长望子成龙的一片苦心。但是我们的家长有没有考虑，这样的大补有效吗？真的能让孩子考出一个好成绩，让孩子超常发挥吗？

首先，很多人都经历过中考，回头总结一下自己的考试历程，不难发现，一般成绩理想的考试，都是考试前心理比较坦然，比较放松的。往往越是在意考试成绩、越是想考出好成绩，出现反常情况的几率也越大。那么，我们的家长是不是应该仔细思考一下，我们平时给孩子们吃的是普普通通的家常便饭，到了考试前我们带孩子们去高档餐馆，或者给孩子们吃鱼、吃虾、吃王八，甚至不惜花重金用鱼翅、燕窝、鲍鱼来补身体，我们的行动会不会无形中增加孩子的心理压力？会不会因为大家的过度关注而导致孩子压力过大，反而出现发挥失常的情况呢？

其次，家长大多都认为考试时精神高度集中，体力消耗会大大增加，于是临考前开始给孩子大补，身体是革命的本钱嘛，只有身体好才能打赢这场硬仗！但是事实上呢？考试时，家长为了保证孩子们考试时有充沛的精力、出色的状态，通常都不会再让孩子像考前一样复习，而是选

择放松或休息，这本身就大大地降低了能量的消耗，此外家长们都不舍得让孩子们像往常一样骑车、步行或坐公交去考试，这样又减少了体力上的消耗，而考试大多是上下午各一场，加起来时间也不过四五个小时，即便是精神高度紧张、即便是体力消耗很大，相比孩子们平时的学习来说，也相差甚远。从这个角度讲，更没有必要大补。

再次，孩子们处于青春期，新陈代谢旺盛，胃口也好，平时吃的都是家常饭，考试前餐桌上却出现了这么多的美食，难免多吃两口，而吃的太饱反而会影响孩子们的思考；此外，大多数家庭平时的饮食是以植物性食品为主，到了考前，每顿饭都是"满桌尽是鱼、虾、肉"，变成了以动物性食品为主，像这样在临考之时突然改变饮食结构，想必并非聪明之举。

对于选择考前下馆子的家庭，如果吃的适口、吃的舒服那最好不过了，倘若在饭馆中若遇到菜肴卫生不规范的，吃完肠胃不舒服或落个拉肚子就得不偿失了。

因此，考前家长不要紧张，饮食方面和平时相比，最好不要有太大变化；与其考试时补，不如补在平时；考试餐只要做到适量、营养均衡即可。

其实谁都明白：只要平时打下扎实的基础，考前不用补也会考出理想的成绩；若是平时没学到东西，考前吃仙丹也没用！临考前的大补，与其说补的是孩子的身体，补的是孩子的智力，不如说补的是家长的信心，补的是家长们的心理安慰。

保健专家提醒家长们：中考时间正值夏季，尤其是南方天气炎热，再加上临考前压力过大的作用，很多考生胃口都不会太好，这是很正常的现象。家长们无需为此担忧，也没必要强迫孩子像平时一样大吃特吃，只要不至于饿着或营养不良就好了。从经验上看，还没有考生因为营养不良而影响中考发挥的，倒是有些考生因为吃了火气过大的食品和补品，导致口腔、咽喉发炎、引起发烧头痛等症状而最终影响考试发挥的。

父母不要过分追求昂贵、稀有的补品，海参与普通鱼、虾的营养非常接近，经济条件一般的家庭没必要勉强买给孩子吃。蛋白粉是高蛋白的营养补充品，只有缺乏蛋白质的患者，如患有低蛋白血症、消耗性疾病、贫血等病的人，或膳食中蛋白质摄入不足的人，才在医生诊断和指导下进食，过量摄入蛋白粉不仅对肌体无益，反而会增加肝、肾负担。鱼属于高脂肪、高胆固醇食物，不能摄入过多。

由此可见，家长们为孩子采取的猛补做法，是不科学的。您今天为孩子"烧鸡烤鸭"，明天又是"肥鱼大虾"，虽说用心良苦，却起到了负面的作用。如果考前每天都吃这些高脂肪、高蛋白的食物，突然改变了孩子的日常饮食习惯，对那些肠胃功能弱的孩子来说，无法保证正常吸收，就会引起胃肠不适、腹泻等现象。而那些肠胃功能强的孩子，虽然做到了全部消化吸收，却因营养过剩，运动量相对减少而引起过度肥胖，并出现咽喉炎、高烧、便秘等上火症状。而且，很多孩子胃口不佳的另外一个方面的原因是：他们服用了大量的补品、保健品。这些补品、保健品从表面上看，似乎可以给身体补充大量的能量，其实却会直接影响孩子的饮食习惯，减少正常的进食，更容易引起孩子的营养不良。还有些孩子越是临近中考，心情越是焦虑、紧张。这种不良情绪的产生，除了心理因素外，营养原因不可忽视。那些看似营养丰富的大鱼大肉却多含酸性物质，孩子过量摄入，会破坏体内的酸碱失衡，导致酸性物质偏多，抑制大脑的活力，使记忆力减退、身体疲乏。孩子会由此产生不良情绪影响，甚至出现负面心理。

因此，家长们要正确认识狂补的危害性，对孩子的膳食安排要本着全面、适量与均衡的原则，注意粮食、水果蔬菜和肉蛋奶三大类食物的科学搭配。要记住：可口的饭菜永远比补品更重要。应考期间家长可以为孩子准备一些清淡、开胃的食物，不要过于油腻，要尽量少食荤腥及煎、炸食品。注意让孩子多吃水果蔬菜，多喝水，既可以补充各种维生素和矿物质，又能对上火起到预防作用。在保持平时基本的饮食结构外，适当给孩子吃一点儿补脑的食品也是非常有必要的。

如果孩子胃口不好，食欲不够旺盛，可以采取少食多餐的方式，把每日的三餐变成四餐或者五餐来服用，保证孩子摄取到一天所需的足够的营养，还能帮助孩子缓解紧张的情绪。此外为避免第二天精神不足，孩子平常要少喝茶或咖啡等提神醒脑的饮料。

对考生来说，理想的食谱应该是：每顿有粮食（粗细粮混合），每天至少要有一顿粥，一个鸡蛋，150 克鱼、虾、肉，250 克奶制品，600 克各种新鲜蔬菜和 200 克水果。晚上睡前一小时加餐，可以喝一盒酸奶，吃一些谷物点心。

从营养学角度讲，考生只要保证科学、合理地吃好一日三餐以及睡前加餐，完全没必要额外进补。家长如果想为孩子调剂得好些，可在饮食的精致程度上多花些心思，如为孩子准备蔬菜时，可将多种新鲜蔬菜混合做成沙拉，激发孩子的食欲，保证膳食纤维、维生素的全面摄入。

考生家庭应按正常规律生活，保证孩子情绪平稳，以较好心态迎接考试。此时，家长应适当给孩子以关心，多说一些轻松、幽默的话题，以愉悦的心态感染孩子，不要造成紧张、恐慌的情绪。合理、适度地帮助孩子解决生活、学习、心理上的问题，一旦遇到难以解决的情况，一定学会向专家求助。

总之，狂补不是给孩子身体加油的良方，您对孩子的关怀也要讲究科学性，也要有一定的限度，因为凡事过犹不及。为了保持孩子的身心健康，更重要的还是要养成良好的作息习惯，避免用脑过度。再配上每天从事些小运动量的体育活动，完全可以保持孩子充沛的体力、精力和旺盛的食欲。

小贴示

从营养学角度讲，考生只要保证科学、合理地吃好一日三餐以及睡前加餐，完全没必要额外进补。家长如果想为孩子调剂得好些，可在饮食的精致程度上多花些心思。要记住：可口的饭菜永远比补品更重要。相反的，太过于重视饮食也会无意中增加孩子的考试心理压力。

准备好中考"小药箱"

中考备战进入冲刺阶段。感冒、喉咙痛、头痛……这些小毛病，平时得了没什么，熬一熬就过去了，可如果在这个"节骨眼"上得病，就可能会对考生的身体和心理造成极其负面的影响。然而中考时节毕竟正值盛夏，人在这种特殊气候下本来就容易生病，再加上考生忙于复习，身体疲乏，抵抗力下降，更是病魔入侵的大好时机。家长们心急如焚，真是天公不作美，这可怎么办？那么，如何在备考期间筑起坚固的"防火墙"，如何应对突如其来的疾病，如何将疾病的影响降至最小？别急，只要您平时多注意积累掌握一些小病的应急措施，在家里随时准备好中考"小药箱"，并让上考场的孩子随身携带一些紧急备用之药，一切困难就会迎刃而解。

如果进入考场前，孩子突然感觉身体不舒服，可以让他们自行服用一些常发病症的备用药品，但不可以吃镇静药。一些考生在进入考场后会觉得自己发热、发烧，一种可能是由于过份紧张或天气炎热造成的，可以稍做停留、稳定一下自己的情绪，体温就会自动恢复正常。另一种可能就是真正患了感冒，应及时向考点负责人报告。寻求并获得所处考点医师的帮助。

如果在答题期间忽然出现腹泻、鼻子出血等急性症状，可以向考点老师索要事先寄存在他那里的藿香正气、泻立停、止血物品等应急药物来做紧急治疗。

中考的紧张气氛和孩子的心理压力常常会导致考生抵抗力下降，引起身体的不适。如：上呼吸道感染、昼夜交替、环境变化、病毒感染所

引起的头痛、咽痛、发烧发热、咳嗽、打喷嚏、流鼻涕等。这些是感冒初期的症况，发现问题可以自用药物处理。但应注意：为了保持考生大脑的清醒，白天应尽量避免服用一些抗过敏药，比如扑尔敏或含有扑尔敏等容易引起嗜睡的药物。可服用感冒清热冲剂，一日三次，每次一袋；或服用藿香正气水，每次5至10毫升，一日2次。还可以服用阿司匹林，每次一片，等。需要提醒的是，自用药的情况只限于轻度发热38.5℃以下，若高烧38.5℃以上，应赶快带孩子到医院就医。此外，对付突然的晕场问题，我们还可以准备点速效救心丸。

擦伤、破皮等算是最常见的小疾病，一般来说，对考试影响不大。只要考试时没出现大量出血，对于伤口不深，不小心擦撞，或走路扭伤等，都可以自备药处理。对于万一出现的烫伤情况，若是轻度烫伤，只是被烫部皮肤发红发亮，或是起泡但泡未破裂，也可以用药自行处理。若是更加严重的话就应该到医院求诊。

中考期间气温反复无常，加上学习和工作压力造成的精神紧张、情绪异常及睡眠严重不足等因素，易导致头痛。考生吃坏东西、用餐时间不正常会引发肚痛、胃痛。不少考生平时就有例如蛀牙等牙病隐患，而考场的紧张气氛则可能"引爆"牙病，例如牙神经发炎、牙根发炎等疾病引起疼痛。所有这些，只要不是毫无来由或剧烈疼痛，为了先对付中考，我们可以对症自行用药处理。但是如果遇到以下几种疼痛，最好还是到医院就诊。

你的中考小药箱应准备好以下这些轻微病症的应急药品，方可解决孩子的不时之需，助他顺利度过中考。

失眠：如果孩子因考前过分紧张无法抑制，并导致失眠。服用谷维素，可起到养血安神及有效调节神经的作用，必要时也可服用安定片催眠。

中暑：由热量过高或湿度过高引起，为了使体内产生的热量及时散失，预防上应进行降温。除保持空气流通外，还应多饮水，穿宽松的衣服。治疗上可在太阳穴上外涂风油精，或内服十滴水。

感冒：过度劳累、缺乏睡眠会使孩子的免疫力下降，容易患感冒。有空调的房间，室温与外界环境温差大，频繁进出也容易患感冒。这时可服用感冒清冲剂，一日三次，每次一袋；或服用藿香正气水，每次5至10毫升，一日2次。还可以服用阿斯匹林，每次一片。

头痛：引起头痛的原因有很多，感冒、高血压、用脑过度引起的血管痉挛都可以引起头痛。这需要对症处理，一般来说，止痛片、撒利痛为复方制剂，止痛效果较好，均可选用。

咳嗽：感冒、气管炎、哮喘等都可以引起咳嗽，处理咳嗽可服用急支糖浆、川贝清肺糖浆。甘草片含服缓慢化解，都可收到良好的止咳效果。

胃痛：因贪凉过多食用冷饮、进食过快、进食间隔时间过长或过短等不规律行为、消化功能紊乱、都容易引起胃痛。可服用颠茄片止痛，也可服用胃舒平、乐得胃等药物。

胃肠炎：由不洁食物引起，伴有恶心、呕吐、腹泻，重者可出现低热。可服用黄连素，一天3次，每次3片，或服颠茄片。

痛经：女孩子在考试期间月经来潮，可能会出现小腹及腰部微痛或不舒服，这属正常现象，不必过分担忧，要注意保暖，可以用热水泡脚，不要吃生冷食物。中考期间紧张劳累，常使痛经加重，可服阿司匹林或扑热息痛一片，以缓解疼痛。

在保管家庭中考小药箱时应注意以下几点：

一、合理贮存：药物常因光、热、水分、空气、酸、碱、温度、微生物等外界条件影响而变质失效。因此家庭保存的药物最好分别装入棕色瓶内，将盖拧紧，放置于避光、干燥、阴凉处，以防变质失效。部分易受温度影响的药品，如眼药水等，可放入冰箱冷藏室内保存；而酒精、碘酒等制剂，则应密闭保存。

二、注明有效期与失效期：药品均有有效使用期和失效期，过了有效期便不能再使用，否则会影响疗效，甚至会带来不良后果。散装药应按类分开，并贴上醒目的标签，写明存放日期、药物名称、用法、用量、

失效期，应定期对备用药品进行检查，及时更换。

三、注意外观变化：对于贮备药品使用时应注意观察外观变化。如片剂产生松散、变色；糖衣片的糖衣粘连或开裂；胶囊剂的胶囊粘连、开裂；丸剂粘连，霉变或虫蛀；散剂严重吸潮、结块、发霉；眼药水变色、混浊；软膏剂有异味、变色或油层析出等情况时，则不能再用。

四、妥善保管：内服药与外用药应分别放置，以免忙中取错。药品应放在安全的地方，防止儿童误服。

另外，家长朋友们再使用家庭备药不要太随便，要注意到以下几个问题：

一、症状往往是疾病诊断的依据之一，随便用药会掩盖症状，造成诊断困难，甚至误诊。所以在明确诊断之前，最好不要随便用药。再者，药物有双重性，既能治疗疾病，也可能导致疾病，严重者还可能危及生命。因此，无严重症状时不必服药，尤其是镇痛类药物，尽量以少用为佳。

二、在使用家庭药箱中的药物还要注意药物之间的相互作用。两种以上药物同时服用，彼此可产生相互作用，有时可使其中一种药物降低药效或引起不良反应。如青霉素类和四环素族合用，其抗菌效力不及单独使用。因此若要一次同服数种药物时，应经医生或药剂师指导，以免因药物的相互作用而失效。

三、用药一定要按剂量，超量服用可产生不良反应，甚至引起死亡。如老年人和小孩不注意退烧药物的剂量，可因出汗过多而使体温骤降，造成虚脱。

为了避免病痛影响孩子的考试成绩，家长要在这方面多花点心思，不要让孩子过于劳累和紧张，照顾好孩子的日常饮食起居，确保孩子考试期间的休息时间，及时地增减衣物，尽最大努力使孩子以饱满的精神，健康的身体来完成他人生中的第一次重大选择。

小 贴 示

考场上，阿斯匹林等用于治感冒、止头痛及痛经，黄连素用于治腹泻，十滴水等用于防暑，这是最简单的急用备药，一定要让孩子随身携带，做到有备无患。